ㅌ—ㅋ|ㅇ—ㅣ
ㅅ ㄱ|ㅇ리ㅈ|

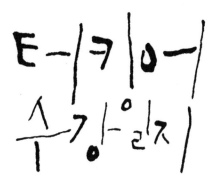

# 터키어 수강일지

우마루내 장편소설

나무옆의자

# 차례

터키어 수강일지

1부

## 존나 카와이하다는 것은

존나 카와이(Jonna Kawaii)한 그룹은 인터넷 그룹으로, 가입 조건이 까다로운 한 친목모임이다. 듣기에 좀 거슬릴 것 같으니 풀어 쓰자면 정말 귀여운 모임, 이다. 물론 나는 지금까지 단 한 번도 존나 카와이가 정말 귀여운이라는 뜻이라고 여긴 적이 없다. 존나 카와이는 어디까지나 존나 카와이였고, 줄여서 존카, 영어로는 JK라는 하나의 표현이었기 때문이다. 나뿐만 아니라 멤버 누구도 깊게 생각해본 적이 없었을 것이다.

이 그룹의 본거지는 부산. 이 외에도 일본 도쿄도, 캐나다 토론토, 말레이시아 쿠알라룸푸르 등등 세계 곳곳에 거점을 두고 있었다. 멤버들이 사는 장소마다 시간이 달랐기 때문에 그룹은 이십사 시간 내내 활발하게 깨어 있었다. 게시물도 올라오고 댓글도 달리고, 시간 되는 사람들끼리 모인 채팅방도 열렸다. 물론 본거지가 한국 부산이었으니, 공용어는 한국어였다.

거기엔 외국인도 있었고 혼혈아도 있었고 이민자도 있었다. 그러나 모두 한국어를 썼다. TV에 종종 나오는 외국인들의 이야기 코너에서 쓸 법한 서툰 한국어가 아니라, 토종 한국어였다. 멘탈붕괴라는 단어도 사용할 줄 알았고, 아오 일거리 빡쳐, 라거나 사진 쩌네, 같은 신조어들도 사용할 줄 알았다. 멤버들은 이 이상한 그룹에 대해 자부심이 강했고, 그런 의미에서 한국 은어와 외국어가 섞인 존나 카와이 (Jonna Kawaii)라는 말을 만들어 그룹 이름으로 정했다. 왜 하필 존나였고 왜 하필 카와이였는지는 설명할 수 없다. 굳이 이야기하자면 이런 거다.

존나(Jonna): [형용사] '좋으냐?'의 경상북도 영일 지방 사투리 (예문: 그게 그래 존나?)

카와이(Kawaii): [명사] 카우아이(하와이 주 오아후 섬 북서부의 화산도)는 물론 아니다. 여기에는 실제 사전에서 찾아볼 수 없는 우리들만의 특별한 해석이 필요하다.

존나(Jonna): [형용사] 남성의 성기를 뜻하는 은어 '좆'과 솟아나다를 뜻하는 '나다'가 합쳐져 만들어진 말로 '남성의 성기가 솟아날 정도로', '매우', '아주', '엄청'을 뜻한다.

카와이(Kawaii): [형용사] '귀엽다', '사랑스럽다'를 뜻하는 일본어, 지만 넓은 의미에서 기쁠 때, 슬플 때, 놀라울 때, 아쉬울 때, 당황스러울 때 등등 다양한 상황에서 사용된다.

존나 카와이(Jonna Kawaii): [형용사] 존나(Jonna)와 카와이(Kawaii)가 합쳐져 만들어진 말로 일부 세대에서 희로애락을 표현하기 위해 사용된다.

정말 굳이 이야기하자면 그렇지만, 누구도 이걸 일일이 신경 쓰지 않았다. 그냥 자주 했다. 틈만 나면 오늘 존나 카와이한 기분이네, 라고 했다. 나중에는 줄여서 JK한 기분이야, 라고 했다. 공식 표현이 됐다. 웃기면 '존카ㅋㅋ', 슬프면 '존카ㅜㅜ', 놀라우면 '오 존카', 아쉬우면 '아 존카', 당황스러우면 '존카;;' 등등 모든 표현에 존나 카와이가 쓰였다. 같은 표현을 쓰니 유대감도 강해졌다. 외국에서 같은 나라 사람을 마주치면 반가워하며 인사를 나누듯, 사는 곳이 다른 우리들은 게임이나 메신저에서 마주치기라도 하면 반가움으로 존나 카와이, 를 주고받곤 했다. 그건 존댓말도 반말도 아니었으므로 나이불문이었다.

열다섯 살이 되었을 때였다. 나는 내 친구들의 추천으로 존나 카와이한 그룹에 발을 들여놓았다. 내가 그곳에 흥미를 느끼고 있어서가 아니라 거기 들어가야만 친구들과 어울리기 수월해지기 때문이었다. 수업 시간이며 쉬는 시간 할 것 없이 떼를 지어 몰려다니는 또래 무리에 끼지 못한다는 것은, 한 학년 내내 혼자 다녀야 하고 혼자 밥을 먹어야 한다는 것을 의미했다. 만에 하나 그게 입소문을 탈 경우 다음 학년에도 혼자가 돼버릴 수 있었다. 혼자가 된다는 것은 당시 우리들에게 부끄러움과 창피함을 동반하는 무서운 일이었던 것이다.

오로지 지인 추천제로만 멤버를 영입했던 거기서는 나처럼 초대받아 온 사람들이 적응하려 애쓰고 있었다. 그 '지인'의 기준이 주관적이어서 유영자 눈에 띄어 긴거리 캐스팅 당한 사람도 지인이었고 두세 다리 건너 소개받은 사람도 지인이었지만, 같은 동네에 살아도 같이 놀지 않은 친구는 지인이 아니었고 매일 열두시까지 공부한다는 옆집 사는 엄마 친구 아들은 더더욱 지인이 아니었지만, 나름대로 까다로운 가입 조건이었기 때문에 무난하게 어울리는 것으로 본분을 다해야 했던 것이다. 대대적인 멤버 영입이 끝난 날, 총 백 명으로 맞춰진 정예 멤버들은 자기소개 게시물을 올리느라 바빴다. 저마다 상기된 모습이었다.

나 또한 닉네임을 만들고, 사는 지역이며 관심사 같은 것들을 알렸다. 생각할 수 있는 선에서 가능한 한 눈에 띄지 않을 만한 것들로 빈자리를 채워나갔다. 자세한 개인정보는 생략했다. 요즘은 자신의 모든 것을 세세하게 공개하는 것이 촌스럽게 여겨지기 때문이었다. 지나치게 상세한 일상까지 모조리 늘어놓는 사람은 관심병에 걸렸다고 해서 병자 취급을 받기 십상이었다. 내키지는 않았지만, 마지막 한마디 난에 '존나 카와이'라고 적어줌으로써 나는 본분을 다하는 데 그럭저럭 성공한 것처럼 보였다.

그때, 실패한 사람의 게시물이 눈에 들어왔다.


[백문백답

1. 닉네임: 한스 요아힘 마르세유

2. 성별: 남성

3. 나이: 국가기밀

4. 사는 지역: 전라남도 여수시

5. 좋아하는 색: 빨간색

6. 좋아하는 계절: 가을

7. 다음 생에 태어나고픈 성별: 여성

8. 이유: 남성으로서 한 번 살아봤기 때문에

9. 이상형: 턱이 길고 굽어 주걱처럼 생긴 여자

10. 이유: 그런 여자가 웃으면 턱 안에 웃음이 담길 것 같으니까

11. …….

…….

.]


안쓰러울 지경이었다. 자기 딴에는 열심히 한다고 했을 텐데 누가 봐도 민망한 실패작이었다. 게시물은 역시나 묻혀가고 있었다. 드러내놓고 열심히 하는 사람이 호응을 얻지 못하는 것은 오프라인에서나 온라인에서나 마찬가지였다. 정말 말하고 싶거나 보여주고 싶은 것이 있다면 살짝 감춰두는 게 좋은 법이다. 어쨌거나 그는 아랑곳하지 않고 주량은 소주 세 병이며 술버릇은 고성방가라는 것까지 덧붙여 써두었다. 분위기 파악을 못 하는 건지 안 하는 건지 알 수 없었지만 그가 앞으로 원만한 인간관계를 맺기 어려워지리라는 것은 알 수 있었다.

몇몇 멤버를 제외한 대부분은 그에게 아는 척하지 않으며 며칠을 보냈다. 그와 친하게 지내면 나와 친하게 지낼 수 있을지도 모르는 더 많은 사람을 잃게 된다는 것을 알았기 때문에 나도 그랬다. 그의 게시물이나 댓글은 무시하기 십상이었고 그가 걸어온 대화는 무응답으로 대응하기 일쑤였다. 나와 내 친구들은 그가 우리와 전혀 상관없는 사

람이라고 여겼고, 그래서 없는 사람 취급했다. 그 또한 딱히 우리에게 관심을 기울이지 않았다. 그러나 가끔, 아주 가끔은 학교 잘 다니고 있냐는 둥, 숙제는 했냐는 둥 대화를 걸어오기도 했다. 물론 우리는 못 본 척했다. 그러는 편이 깔끔했다.

나는 등하교를 대개 걸어서 하는 편이었다. 학교에서 집까지는 버스 타면 이십 분, 걸으면 오십 분 정도 걸리는 거리였는데, 그 사이에 커다란 고가도로와 상점들이 나란한 번화가가 있었다. 걷기에 무리가 있다고 판단한 아버지는 꼬박꼬박 버스비를 챙겨주었지만 나는 거의 걸어 다녔다. 그러는 게 재미있었기 때문이었는데, 그 이유 중 가장 큰 비중을 차지하는 것이 한 가게의 아저씨였다.

학교와 집 중간쯤에는 ㄱ자 모양의 낚시가게가 있었다. 그 낚시가게 주인아저씨는 바르고 성실하기로 소문난 사람이었다. 해가 뜨기 전부터 문을 열고 해가 지고도 한참 뒤에야 문을 닫았다. 일을 하느라 바빠서 밥 먹는 것을 밥 먹듯이 잊었고 심지어 씻는 것조차 잊어버렸다. 나는 종종 아저씨가 이를 닦지 않고 세수조차 하지 않은 채 눈곱을 떼면서 가게 앞을 쓸고 있는 모습을 보곤 했다. 올이 다 풀린 추리닝 엉덩이 틈으로 빛바랜 호피무늬 팬티의 일부분 같은 것이 보이곤 했다. 팬티조차 낡아버려서 자칫 타잔처럼도 보였다.

내가 주로 바라보는 것은 그런 부분이었다. 아무 데나 주저앉은 탓에 거뭇거뭇해진 추리닝 엉덩이 부분과 하도 움직여서 툭 튀어나온 무릎과 팔꿈치 같은 것들이었다. 왜 그런 것들이 눈에 들어왔는지 모르겠지만 그것들을 쳐다보며 지나가곤 했다. 어떨 때는 인간다움이 느껴져 정감 있어 보였고 어떨 때는 안타까워 보였지만 이제는 익숙하고 자연스럽게 보였다. 그것들을 보지 않은 날은 어쩐지 허전할 지경이었다. 그러나 나는 나 자신에게도, 그것들을 보기 위해 걸어서 등하교하고 있다는 사실을 차마 인정할 수 없었기 때문에 그냥 걷는 것을 좋아하고 걷고 싶어 하고 있다고 자위하고 다녔다.

내가 이제부터 말하려고 하는 것은 이 지점부터다. 나는 그 이상한 감정이 어떤 의미였는지 깨닫고 만 날 이후 내 15년 인생에서 가장 큰 재앙을 맞게 되었던 것이다. 집이 무너지고 도시가 파괴되고 국가가 전복되는 그런 재앙이 아니라, 정신적인 재앙이었다. 나는 내 친구들 무리로부터 내쳐지지 않을까 두려워하며 온갖 고민을 하느라 전전긍긍해야 했다. 그것은 황당한 어느 한 순간에서 비롯되었던 것이다.

평범한 순간들 중 하나였다. 나는 등교하고 있었고 낚시가게 앞에서 먼지를 쓸고 있는 주인아저씨를 발견했다. 아저씨는 반쯤 감긴 눈으로 비질에 바빴는데, 엉덩이를 조금씩 흔들면서 콧노래를 흥얼거리고 있었다.

> 엄마가 섬 그늘에 굴 따러 가면
> 아기는 혼자 남아 집을 보다가
> 파도가 들려주는 자장노래에
> 팔 베고 스르르르 잠이 듭니다

자장가였다. 얼마나 자고 싶었으면 자장가를 부를까. 나는 코웃음을 터뜨렸다. 그 소리를 듣지 못한 아저씨는 등을 돌린 채 여전히 빗

자루를 이리저리 움직이고 있었다. 흠뻑 졸음이 묻은 노랫소리와 몽롱한 움직임. 그런데 그때 가로세로 0.5센티미터 정도의 엉덩이 구멍이 눈에 들어오기 시작했다.

그건 그냥 작은 구멍일 뿐이었다. 그러나 나는 거기에 무서운 집중력으로 빠져들기 시작했다. 색 바랜 남색 줄무늬 팬티의 일부분. 그리고 올라갔다가 내려가는 탄력적인 리듬. 이상하다는 것을 아는데도 멈출 수가 없었다. 엄마가, 들썩, 섬 그늘에, 들썩, 들썩, 구울, 들썩, 따러어, 들썩, 가며언, 들썩, 들썩. 외간 남자의 엉덩이를 이렇게 주의 깊게 지켜본 적이 있었던가. 나잇살이 붙어 사실상 늘어진 엉덩이였지만, 나는 그 엉덩이가 내 가슴으로 돌진해 쾅 하고 부딪치는 거대한 충격을 느낄 수 있었다. 잊을 수 없는 찰나였다. 늙은 남자 엉덩이 페티시(Sexual fetishism)가 있는 것도 아닌데 왜 그랬는지 도대체 이해할 수 없지만 나는 주변이 찬란하게 빛나는 찰나를 경험하고 말았던 것이다.

그 순간 나는 깨달았다. 그 순간은 아무에게도 말 못 할 순간임과 동시에 말한다 해도 누구에게도 이해받을 수 없을 순간이라는 사실을. 절대 들킬 염려가 없는 비밀이 생겨났다는 사실을. 그게 내 비밀다운 첫 비밀이라는 사실을. 첫 비밀이, 낚시가게 아저씨 엉덩이라는 사실을. 황당하지만 사실이었다. 어이가 없지만 사실이었다. 인정하기 싫지만 사실이었다. 사실이었다. 나는 복잡한 심정으로 그 사실을 마주하고 있었다. 아저씨가 나를 발견하고 고개를 갸우뚱, 하며 말을 건넸을 때도.

"학교 가니? 왜 그러고 서 있어, 지각하겠다."

아저씨의 목소리는 따끈따끈한 붕어빵 같았다. 나는 팥을 넘치도록 품어 터지기 일보직전인 붕어빵처럼, 부푼 가슴을 조심스럽게 안고 대답했다.

"가야죠."

그래야죠. 나는 아무 일 없었다는 듯이 뒤돌아섰다. 두근거리는 가슴을 들킬까 봐 두려워서 서둘러 걸어갔다. 되도록 빨리 그곳을 벗어나야 한다는 생각밖에 들지 않았다. 그렇게 학교에 도착하고 교실에 들어서고 나서도, 아침 자습이 시작되고 나서도, 국어 시간이 되고 수학 시간이 되고 쉬는 시간이 되고 또 수업 시간이 되고 멍하니 있던 탓에 지목당해 칠판 앞으로 나가 문제를 풀고 나서도 내 머릿속에는 아저씨의 얼굴과 뒷모습과 목소리와 엉덩이가 맴돌았다. 처음으로 내 것이 생긴 거였다, 그것도 엉덩이가!

"그 사람 어디에 관심이 있어?"

"엉덩이."

"응?"

"엉덩이. 몰라?"

남에게, 심지어 나에게도 말할 수 없는 비밀을 간직한 나는 참담한 심정으로 고개를 푹 수그렸다. 낯부끄러워 고개를 들 수가 없었다.


가끔 나는 친구들과 같이 근처 남중 애들을 만나는 자리에 나가곤 했다. 그래봐야 점심시간에 맞춰 맥도날드 햄버거를 사 먹거나 학생들이 자주 가는 노래방에 가서 노래를 부르는 게 다였는데 그것들은 영웅들의 무용담과도 같은 것들이어서 내가 다니는 여중에서 인기 있는 이야깃거리 중 하나였다. 친구들은 남중 애들과 주고받은 휴대폰 번호랑 문자메시지를 자랑하면서 의기양양해하곤 했다. 그러나 나는 그런 자리에서 누구에게도 호기심 혹은 호감이 생기지 않았기 때문에 연락하는 애도 없었다. 그런 나를 보며 친구들은 진저리를 치고는 "좀 설레라, 설레! 평생 모태솔로로 살다가 죽을 거야?"라고 소리치거나, "그 정도면 돌덩이와 다름없지, 아니면 취향이 다른가? 여자 좋아해?"라고 물었는데 그때까지만 해도 나는 그냥 그런가 보다, 하고 무덤덤하게 있었던 것이다. 아, 그런데! 그런데!

밤마다 잠이 오지 않았다. 나는 컴퓨터를 켜놓고 날마다 밤을 지새웠다. 마주 보고 밤새울 사람이 없으니 컴퓨터라도 켜둔 것인데 그렇다고 할 일이 있는 것도 아니었다. 낮에는 존나 카와이한 그룹에 접속하는 일을 해야 했다. 친구들과 어울리기 위해서 멤버들과도 어울려야 했던 것이다. 사실 멤버들과 노는 일은 내 흥미를 끌지 않았다. 모든 다른 표현 대신 '존나 카와이'라는 표현 하나만 사용하는 방식은 재미있지도 않았고 적응도 안 됐다. 친구들과 노는 일도 그랬다. 하나같이 재미없었다.

내가 다니는 여중에서 친하게 지내고 있는 친구들 무리는 모두 그룹 멤버였다. 친구들은 그룹을 만족스러워했고 탐탁해 마지않았으며 때때로 오프라인에서도 멤버를 자처했다.

"오늘 급식이 존나 카와이하더라. 종 치자마자 뛰자."

"그래. 수업 빨리 끝났으면 좋겠다."

"수업이 존나 카와이해. 이십 분이나 남았네."

물론 다른 친구들을 사귀는 방법도 있긴 했다. 그러나 새 학기가 지났기 때문에 새 친구들을 사귀는 일은 불가능에 가깝다고 봐야 했다. 이미 굳어져 있다시피 한 무리에 들어가는 것은 어려웠다. 들어간다고 해도 환영받는 것은 힘들었다. 어쩔 수 없이 기존의 무리에 머물면서 간혹 '존나 카와이'라는 표현을 씀으로써 자리를 지켜내야만 했다.

밤에는 친구들이 잠을 자기 때문에 존나 카와이한 그룹에 접속하지 않아도 되었다. SNS를 들락거리거나 게임을 이어가지 않아도 되었다. 잠은 여전히 오지 않았고 존나 카와이한 그룹에서 깨어 있는 사람이 눈에 띄었지만 나는 가만히 있어도 됐다. 마음에도 없는 표현을 써가며 내키지도 않는 말을 하는 것은 낮이면 족했다. 나는 웹서핑을 하거나 인터넷 뉴스 기사들을 보거나 만화책을 넘기며 시간을 보냈다. 그러다가 문득, 강렬한 열망에 사로잡혔다. 욕망이라고 해도 좋고 욕구라고 해도 좋았다.

누군가와 이야기하고 싶다는 욕구였다. 정확히 무슨 이야기를 어떻게 하고 싶은지 짚이지 않았지만 순간적으로 외로움과 함께 소통 욕구가 밀려왔다. 은연중에 나는 낚시가게 아저씨를 떠올렸는데 그 아저씨는 엉덩이를 쭉 빼고 잠들어 있을 시간이었다. 어쩔 수 없이 나는 그룹에 들어가 잠들어 있지 않은 사람 목록을 죽 살폈다. 갑자기 말을 걸 만큼 친분 있는 사람은 눈에 띄지 않았다. 대개 인사만 하는 사이였기 때문이다.

그때 한스 요아힘 마르세유라는 닉네임이 눈에 들어왔다. 그것은 두 번째 황당한 순간이었다. 왜 하필 그 닉네임이었을까. 그와 어울리면 다른 사람들과 어울릴 수 없게 될 거라는 사실을 알았기 때문에 일부러라도 열심히 피해온 닉네임이었는데, 그 순간 가장 마음 편하게 떠들 수 있는 사람이 그라고 생각되는 것을 나는 이해할 수도 인정할 수도 없었다. 하지만 왠지 그러면 나를 반갑게 맞아줄 것이고 사근사근하게 대화를 이어갈 수 있을 거라는 느낌이 들었다. 그에게라면 어떤 말을 해도 괜찮을 거라는, 그가 나를 어색해하거나 부담스러워하지 않을 거라는 확신이 왠지 있었다.

[안 자요?]

한참 만에 용기 내어 말을 건 데 비해 답장이 즉각 왔다.

[지금 검색어 1위가 뭔지 알아? 어서 검색엔진 들어가서 확인해봐. 되게 놀라서 계속 기사 찾아보고 있었어.]

빛처럼 빠르고 따뜻한 대답이었다. 허물없는 대답이었다. 나는 그와 검색어 순위에 대한 이야기를 하면서 금세 가까워질 수 있었다. 그렇게 이상한 사람이 아닌데 그동안 왜 그렇게 피해 다녔는지 이해되지 않을 정도였다. 나는 그와 이야기하면서 점점 동질감을 느끼게 되었고 그가 내 반쪽이라고 생각될 지경까지 다다랐다. 나는 별 이야기를 다 꺼내놓기 시작했다.

그중 하나가 이상형에 관한 이야기였다. 나는 '내가 생각하는 멋있는 이성과 내 취향'을 주제로 이야기했다. 말하면서 내가 정말 이 말을 하고 싶었구나, 하고 알았다. 누가 되었든 이것을 다른 사람에게 이야기하고 동조나 호응을 얻기를 내심 바라고 있었구나, 하고 알았다. 나는 모든 것을 이해하고 받아들여줄 수 있을 만한 아저씨 같은 사람이 좋다는 이야기에서부터, 그런 사람이라면 마땅히 얼굴이 아주 못생겨야 하고 나이가 들어 보여야 하며, 패션 센스가 형편없고 간혹 제대로 밀지 않은 수염이 눈에 띄어야 한다고까지 말했다. 나는 집 근처 낚시가게 아저씨 얼굴에서 그런 모습을 봤는데, 쉰이 가까워오는 나이인데도 결혼을 하지 못하고 있어 안타까웠다는 말도 했다. 그가 듣는 내내 '응'이나 '정말?' 혹은 '멋진데!' 같은 맞장구를 잘 쳐줬기 때문에 나는 더 흥이 났다.

[생활고에 지쳐 있으면 더 좋아요. 낡은 지갑을 들고 다니거나 해진 구두 같은 것을 신고 다니다가, 중요한 날이 되면 장롱 깊숙이 숨겨두었던 유행 지난 넥타이를 하는 거죠. 그런 모습을 상상하면 막 설레요. 그렇지 않아요? 남들이 보면 멋없고 볼품없어 보이는 아저씨겠지만, 그 나름대로 열심히 준비한 거잖아요. 그런 보이지 않는 배려, 눈에 띄지 않는 열정. 전 그게 바로 아저씨들이 지닌 매력이라고 생각해요. 그래서 제가 좋아하는 거고요.]

지난 며칠간 내가 고민해왔던 이야기였다. 낚시가게 아저씨 엉덩이에서 출발해 아저씨들의 매력으로 귀결시킨 이야기. 사실 나는 나를 설명해 납득시킬 이야기가 필요했는지도 몰랐다. 말을 마치고 나자, 나는 내가 아주 훌륭한 문장들을 지어냈다고 스스로 감탄했을 정도로 크게 만족하고 있었다. 그의 반응이 궁금했다. 가능하면 그가 내 이상형, 취향에 대해, 그 이야기에 대해 전적인 공감을 해줬으면 좋겠다고 생각했고 그것을 바랐다. 그러나 그는 내 말이 끝나자마자 내 말에 대한 사실 확인부터 먼저 했다.

[그래? 그게 정말이야?]

[물론이죠.]

사실 따위가 왜 중요하단 말인가. 조금 김이 빠졌지만 나는 대답했다.

[그냥 독특한 정도가 아닌데. 분명 그렇단 말이지?]

[그렇다니까요.]

단호하게 대답했지만 나는 갑자기, 뭔가 석연찮은 느낌이 밀려드는 것을 감지할 수 있었다. 감정에서 깨어난 것이다. 이성을 되찾으면서 나는, 이야기가 사실이고 아니고를 떠나서 내가 그에 대해 얼마나 알고 있다고 그런 이야기를 다짜고짜 털어놨는지에 대해 낭패감이 밀려들기 시작했다. 그건 내 친구들에게도 차마 할 수 없는 종류의 이야기였다. 나는 내 친구들이 나를 내치고 이상하게 바라보지나 않을까, 그게 두려웠던 것이다.

"내 이상형은 다리에 털이 무성하게 나고 매일 똑같은 옷을 입고 출근하는 샐러리맨 아저씨야. 뭐, 자영업 하는 아저씨도 되고. 그래서 낚시가게 아저씨 엉덩이 같은 것에 끌렸던가 봐. 어쨌거나 남중 애들은 그냥 코나 찔찔 흘리고 다니는 어린애들로밖에 보이지 않는단 말이야."

그런 말을 어떻게 한단 말인가. 그 순간 나는 다시 깨달았다. 그 순간 역시 아무에게도 말 못 할 순간임과 동시에 말한다 해도 누구에게도 이해받을 수 없을 순간이라는 사실을. 하나 다른 점이 있다면 들킬 염려가 있는 비밀이 생겨났다는 사실이었다. 그것은 이제 나만의 비밀이 아닌 나와 그 둘만의 비밀이 되어 있었다. 나는 내 비밀을 그런 식으로 누설하고 말았다는 데 대해 나에게 화가 치밀었다.

[진짜?]

대화창에 뜨는 말이 나를 일깨웠다. 나는 순간 아니라고, 꾸며낸 이야기였다고 말해야만 한다는 필요성도 강하게 느꼈다. 그러나 그렇다고 돌이킬 수는 없었다. 내 비밀은 이미 누설되어 있었다. "그건 다 거짓말이었어요. 난 이만 자러 갈게요. 안녕!" 하고 사라지기엔 너무 멀리 와 있었다. 나는 어쩔 수 없이 밀어내듯 대답했다.

[그럼요.]

그렇게 된 이상 비밀을 같이 간직하는 수밖에 없었다. 오프라인에서 얼굴을 마주 보고 나누는 대화가 아니라 온라인에서 각자 모니터를 보고 나누는 대화여서 얼마나 다행스러운지 몰랐다. 그가 내 앞에 있었다면 나는 얼굴을 쳐다보지도 못했을 것이다. 나는 어서 자리를 뜨고 싶은 마음에 재빨리 덧붙였다.

[근데 벌써 시간이 이렇게 됐네요. 내일 학교 가려면 빨리 자야겠어요. 잘 자요!]

그리고 그의 대답이 떠오르기 전에 로그아웃을 해버렸다. 컴퓨터 종료 버튼까지 마저 누르고 나자 큰 범죄라도 저지른 것처럼 두근두근 가슴이 뛰었다. 그제야 나는 내게 진짜 비밀이 생겨났음을 실감할 수 있었다. 들킬 염려가 있는 진짜 비밀이. 나는 말하지 못한, 혹은 말할 수 없는 이야기를 품고 어떻게 해야 할지 몰라 혼자 벌벌 떨었다. 나는 이불을 덮어도 추운 몸을 잔뜩 웅크리고, 겨우 잠에 들었다.


한스 요아힘 마르세유는 하루에도 수십 개의 게시물을 올리고 수백 개의 댓글을 달았다. 수치로 분석할 수는 없어도 이 사람 저 사람 붙들고 대화를 시도하기도 했다. 수업을 마치자 친구들은 같이 PC방에 가자고 했고 나는 가장 먼저 한스 요아힘 마르세유를 떠올렸다. 어쩌면 게시물이나 댓글로 나에 대해 이야기해놓고 의기양양한 태도로 나를 기다리고 있을지도 몰랐다. 어쩌면 대화를 살갑게 걸어올지도 몰랐다. 나는 친구들로부터 멀리 떨어져 혹여 생길지도 모르는 상황들과 오해들로부터 최대한 피해 있는 것이 상책일 거라는 판단이 섰으나 그건 불가능한 일이었다.

요즘 나는 친구들과 자주 어울리지 못하고 있었기 때문이었다. 친구들이 저희들끼리 놀고 와서 후일담을 이야기할 때면 나는 소외되고 급기야 밀려나기도 했다. 공유하는 이야기가 줄어들었기 때문에 서먹해지는 것 같기도 했다. 오늘마저 같이 놀지 않는다면 돌이킬 수 없을 정도로 사이가 멀어져버릴지도 몰랐다. 나는 거의 사명감을 가지고 PC방을 향해 가면서, 지옥문을 마주하고 있는 것처럼 눈앞이 깜깜했다.

"네 죄가 무엇이냐?"

"아저씨 엉덩이를 보고 뿅, 갔습니다만."

죄목으로도 웃기는 일이었다. 아저씨 엉덩이에 관심을 가졌기 때문에 오랜 기간 간신히 매달리며 유지해온 친구들과의 관계를 잃게 된다는 것은 용납할 수 없었다. 무슨 일이 있어도 지켜내야 한다고 되새기면서 텅 빈 오후의 PC방으로 성큼성큼 걸어 들어갔다. 모니터들이 언제 터질지 모르는 시한폭탄들로 보였다. 나는 친구들과 나란히 앉았다. 그리고 아케이드 게임을 켠 뒤, 그렇게 하면 폭탄이 늦게 터지기라도 한다는 듯 키보드를 두드려대기 시작했다.

"야, 피해, 피해!"

화면 속에서는 쉴 새 없이 물 폭탄이 터지고 길거리가 흠뻑 젖었다. 때때로 캐릭터가 위험에 처하기도 했고, 그들을 구해주거나 완전히 없애버리기 위해 갖은 곳에서 다른 캐릭터들이 질주했다. 전쟁터나 다름없었으나 진짜 전쟁은 내 안에서 일어나고 있었다. 나는 내 밖의 어지럽고 역동적인 분위기에 집중할 수 없었던 것이다. 게임에서 이기고 지는 것에만 신경을 쏟기에는 너무나 커다란 문제가 내 안을 잠식하고 있었다.

그간 청소 안 하고 도망갔다고 선생님께 일러바친 사람이 너냐, 너는 뭐만 있으면 쪼르르 달려가 일러바치더라, 일러라 일러 이름보, 등으로 친구들과 다퉜던 것은 아무것도 아니었다. 나는 이른 적이 없는데 오해를 샀다는 사실이 도무지 억울해 견딜 수가 없어서, 다음 날 정말로 교무실에 가서 혹시 몰라 정리해둔 다이어리를 펼쳐 보이며 '몇월며칠몇시에아무개가도망갔고몇월며칠몇시에는아무개가도망가면서이르면죽인다고협박했고'라고 일렀던 것은 아무것도 아니었다. 그때 마침 내가 교무실에 들어갔다 나오는 것을 친구가 목격해서 그다음 날 친구들과 더 크게 싸웠던 것은 정말이지 아무것도 아니었다. 그 싸움으로 인해 1년 내내 대놓고는 아니고 은근하게 '은따'를 당한 것은 정말, 정말로 아무것도 아니었다. 나는 자칫 한 학년이 아니라 다음 학년, 다다음 학년에도 영향을 미칠 수 있는, 어쩌면 평생 꼬리표처럼 따라붙을 수 있는 무서운 소문의 시발점을 끌어안고 있는 것이었다.

왜 하필 한스 요아힘 마르세유였을까? 어쩌자고 오프라인에서 만날 일도 없는 그에게 그런 것을 털어놓고 만 것일까? 그렇게 하면 아저씨 엉덩이에 쏠린 내 눈길이 합리화되기라도 하는 것처럼, 어쩌자고 동조해준 것을 바라기까지 했을까? 그가 족쇄처럼 내 발목을 붙집고 있었다. 나는 친구들과 같이 있을 때마다, 그러기 위해 존나 카와이한 그룹에 접속할 때마다 그 때문에 끊임없이 불안해하고 무서워해야 할 것이었다. 눈에 보이지 않았기 때문에 더 무서웠다. 나는 눈으로 볼 수도 없는 추상적인 위험을 싸안고 그토록 무서워하고 있는 것이었다.

"야!"

"너 미쳤어?"

친구들이 소리를 질렀다. 나는 내가 게임을 시작한 지 삼 초 만에 죽어버렸다는 것을 알았다. 도망칠 수 있었을 텐데 멍청하게 서 있었던 것이다. 계속해서 지고 있던 상황이어서 격앙돼 있던 친구들이 각각의 방향에서 흘겨봤다. 거칠게 비난의 목소리들을 쏟아내기도 했다.

"아, 존나 카와이."

"아, 존카."

그건 예뻐, 멋있어, 좋아, 환상적이야, 혹은 아쉽네, 다음에 더 잘하면 되지, 같은 뜻이 아니라 오로지 '짜증 나'에만 국한된 존나 카와이였다. 존나 카와이라는 표현은 그럴 때 유용하게 쓰였다. 온갖 욕들을 퍼붓기는 귀찮고 또 시간이 없을 때 간단하게 내뱉음으로써 온갖 욕들을 대신할 수 있었던 것이다. 그것은 어떤 뜻을 분명하게 나타내지는 못하지만 어떤 뜻이라도 분명하게 나타낼 수 있는 무엇보다도 강렬한 표현이었다. 나는 온 세상 욕을 다 들은 것 같았으나 한편으로는 안도감이 밀려왔다. 내가 한 더 욕먹을 짓을 지칭해 들은 것이 아니었기 때문에 상처받지 않을 수 있었던 것이다.

그 순간이었다. 나는 15년간 해내지 못한 배설을 해낸 것처럼 짜릿해졌다. 15년간 배 속에 묵혀둔 변을 내보낸 것처럼 쾌감이 들었다. 그건 바로 비밀의 묘미였다. 나는 존나 카와이라는 표현을 말할 수도 들을 수도 없는 사람이 되었는데, 자격을 잃은 사람이 되었는데도 친구들은 아무것도 모르고 나란히 앉아 있었다. 나는 비웃었다. 마음껏 빈정거리기도 했다. '나는 따돌려져야 하는데도 너희들은 모르지?' 나는 존나 카와이한 그룹 밖에 있었다. 나는 신이라도 된 것처럼 친구들을 내려다보고 있었다. 나는 내 비밀을 싸안고 있었다. 누구도 가질 수 없고 아무도 넘볼 수 없는 내 소유물이었다. 나는 '존나 카와이' 같은 것으로 말해질 수 없는 것이 하나쯤은 있다는 것에 대단히 만족했다.

물론 나는 내 비밀을 어떻게 표현해내야 할지 아직 알 수 없었다. '낚시가게 아저씨 엉덩이에 이끌리는 나와 그것을 한스 요아힘 마르세유에게 약간의 오버를 더해 말해버린 나에 대한 이야기들'이라고 하기엔 조금, 아니 많이 없어 보이니까 그것은 모른 척하기로 했다. 어쨌거나 나는 존나 카와이 이상의 언어를 구사할 수 있게 된 것이었고 그럼으로써 존나 카와이한 그룹에 얽매여 있다시피 했던 자신을 어느 정도 해방시켜줄 수 있게 된 것이었다. 나는 내 비밀을 언젠가는 누설해야 한다는 것을 알고 있었다. 물론 최선의 표현을 찾을 때까지는 숨겨둬야 했다.

불안하고 무서웠다. 이제껏 비밀 같은 비밀을 지녀본 적은 없었다. 나는 내가 배신과 반동과 쿠데타의 주동자가 된 것만 같았다. 만약 들키게 된다면 온 세상 사람들로부터 돌을 맞을 것 같았다. 이 세상에서 가장 큰 벌이 모든 사람들로부터 따돌림당하는 것이라는 말을 들은 적이 있다. 거기서 오는 외로움은 사람을 잡아먹을 수도 있다고 했다.

상상할 수 있는 범위 이상의 고립감은 정신적인 재앙으로 작용할 수도 있을 것이다.

마지막까지 남아 있던 친구가 죽었다. 게임이 끝났다. 게임 화면이 어두워지자 나는 나와 내 주변이 같이 어두워지는 것 같았다. 정말로 혼자가 될 것만 같다는 공포감이 밀려들었다. 모니터에 'THE END'라는 글자가 떴다. 게임의 종료를 알리는 것이었지만 나는 이전의 나와 작별을 의미하는 것처럼 생각되었다. 걱정 없이 '존나 카와이'를 내뱉던 나는 다른 나였다. 나는 그게 너무 무서워서 견딜 수 없었다. 친구들로부터 욕을 한차례 얻어먹은 뒤 입을 다물고 있던 나는 정신을 차리고 다시 게임을 시작했다. 남중 애들과 하는 팀플레이 게임이었다. 그것은 '지푸라기라도 잡는', 아니 '남중 애라도 잡는' 심정이었다.

남중 애들은 친구들의 최대 관심사였다. 남중 애들과 친하게 지낸다는 것은 친구들과 친하게 지낸다는 것과 동의어였기 때문에 나는 꾸준히 만남 자리에 나가곤 했다. 그러나 연락처를 주고받아 따로 만나는 일까지는 하지 않았는데, 그러지 않아도 딱히 문제되지 않았기 때문이었다. 하지만 낚시가게 아저씨 엉덩이와 한스 요아힘 마르세유라는 비밀을 껴안은 이상, 나는 그것을 지켜야 할 의무가 생겼다. 나는 우선 열심히 게임에 임하기로 했다.

남중 애들과 한 게임은 관절 로봇 전투 게임이었다. 관절 로봇은 삐거덕거리는 관절로 구성되어 있었는데, 흔들흔들 주먹 휘두르기와 발차기를 할 줄 알았다. 로봇을 움직여 상대방을 공격하면 상대방의 관절이 하나하나 절단 났다. 물론 관절을 절단 내는 것은 인체학적인 지식이 요구되는 고급 기술이어서 대개의 경우엔 관절이 물러지기만 할 뿐 떨어지지는 않았다. 어쨌거나 그런 식으로 상대방을 망가뜨려 완전히 무너뜨리면 이기는 게임이었다. 나는 남중 애 하나와 팀이 됐다. 남중 애는 나를 자신의 뒤로 보냈다.

[가만히 있어.]

자신이 지켜주겠다는 것이었다. 그리고 흐느적거리며 관절을 움직이기 시작했다. 수많은 전투 게임 중에 왜 하필 관절 로봇 전투 게임을 하게 됐는지 잘 모르겠지만, 그는 멋있어 보여야 할 상황에서도 멋있어 보이지 않았다. 오히려 불쌍해 보였고 처량해 보였고 처절해 보이기까지 했다. 그럼에도 그는 꿋꿋이 싸웠다.

"오, 존나 카와이."

친구 하나가 내 곁으로 다가왔다. 친구는 나와 남중 애를 보면서 말했다. 그것은 '쟤 괜찮은데?' 정도로 해석하면 될 존나 카와이였다.

"오, 존나 카와이."

"오, 존나 카와이."

친구들이 내 옆으로 몰려들었다. 친구들은 나와 남중 애를 주시하면서 떠들었다. 그것들은 '쟤 멋있는데?' 정도로 해석하면 그럭저럭 맞아떨어질 존나 카와이들이었다. 그때 상황은 이랬다. 내가 적군에게 공격당하고 있자 남중 애가 달려왔다. 남중 애는 내 앞을 막아섰고 나를 지켜줌과 동시에 반격을 시도했다. 그리고 결국 적군의 관절을 다섯 개나 떨어뜨렸다. 게임은 끝을 향해 달려가고 있었다. 나는 아무것도 하지 않아도 됐다. 그래도 친구들은 나를 응원하고 있었다. 이제 껏 없던 관심이었다. 나는 새삼 남중 애가 지닌 힘을 실감했다. 그리고 남중 애와 좀 더 가까워져야겠다고 다짐했다.

나를 적군이 또 공격해왔다. 남중 애는 나를 지켜주려다가 왼쪽 다리 관절을 잃었다. 그럼에도 마지막 판까지 살아남았다.

"오, 존나 카와이!"

그건 극에 달한 한순간을 표현하는 존나 카와이였다. 마지막 판까지 살아남은 캐릭터는 나와 남중 애가 다였는데, 남중 애는 여전히 내 앞자리를 지키고 있었던 것이다. 마지막 판에는 괴물이 나타났다. 괴물은 무시무시하고 동시에 더럽고 지저분했다. 남중 애는 혼자 싸우기 시작했다.

"오, 존카!"

그건 일종의 추임새였다. 남중 애가 나를 지키기 위해 목숨을 버렸던 것이다. 힘이 다 빠져 있던 괴물은 내가 한 대 툭 치니까 꽥 죽어버렸다. 나는 얼결에 최종 우승자로 등극했다. 친구들은 남중 애의 희생정신과 용기에 대한 감탄, 괴물의 죽음에 대한 탄성, 게임이 끝난 것에 대한 희열 등이 한데 뒤섞인 감정을 한마디로 표현했다.

"오, 존카!"

그 간단하면서도 복잡한 말은 남중 애가 내게 공개고백을 해왔을 때 한 번 더 터졌다. 아마 근처 남중에 다니고 나와 나이가 비슷할, 이름만 모를 뿐이지만 딱히 궁금하지 않은, 왼쪽 다리 관절이 부서진 관절 로봇 캐릭터가 녹슬고 때 탄 모습으로 내게 고백했다.

[네가 좋아. 우리 만날래?]

삐거덕, 삐거덕. 관절이 움직이는 소리가 들렸다. 스피커를 통해 넘어오는 소리를 들으며 나는 나를 둘러싸고 있는 친구들을 둘러보았다. 그리고 남중 애가 지닌 힘에 대해서 다시 한 번 생각했다. 남중 애는 단단하고 튼튼한 보호막이 되어줄 것이다. 나는 그 안에서 안심해도 좋을 것이다. 나는 긍정의 대답을 입력했다. 게임에서 우승했는데도 무서웠고, 친구들 사이에 있는데도 무서웠고, 남자친구가 생겼는데도 무서웠다. 나는 어딘가, 추상적인 공간에 혼자 갇혀 울고 있는 것 같았다. 아무도 말해줄 수 없고 나조차도 말할 수 없는 이상한 공간이었다.

존나 카와이한 그룹에 접속하는 일은 전래동화에 자주 등장하는 저주처럼 느껴졌다. '뒤돌아보지 마라. 그러면 돌이 될 것이다'라는 저주가 내려졌을 때, 등장인물들은 호기심을 못 이겨 번번이 뒤돌아보고 돌이 되어버린다. 저주는 사악한 기운을 띠고 있는 것이지만 운명 같은 것도 깃들어 있어서 결코 거부할 수 없는 것이기도 한가 보다. 그러니까 그 저주, 그게 바로 내가 받은 '그룹에 접속하지 마라. 그러면 친구들과의 관계에 금이 갈 것이다'라는 직감적 지령과 같다는 얘기다. 실제로 그룹에 접속하지 않으면 친구들과의 관계에 금이 갈 만한 게시물이나 댓글 같은 것이 올라왔을지 올라오지 않았을지 알 수 없기 때문에 나 또한 호기심을 못 이겨 그것을 어기게 되어 있었다. 나는 친구들이 그룹에 접속하자고 말했을 때 그런 생각을 하고 있었다.

"한스 요아힘 마르세유 게시물 보는 사람 있어? 댓글도 안 달리는 것 같은데 엄청 열심히 올리네."

아이디와 패스워드를 입력해놓고 로그인 버튼을 클릭할까 말까 망설이는 사이, 친구들이 수다를 떨기 시작했다. 거기 끼두 섰다.

"가끔 달리긴 하더라고. 동정표 같은 건가."

"안쓰럽다."

입안이 바싹바싹 타들어가는 것 같았다. 나는 옆자리 친구가 먹던 컵라면 용기를 집어 들었다. 그리고 국물을 들이켰다. 마실 만한 것이 눈에 띄지 않았기 때문이었다. 목이 칼칼해졌다. 친구가 이상하게 쳐다봤으나 나는 한술 더 떠 친구들의 수다에 맞장구를 쳤다.

"그러게."

"뭐가 그러게야?"

"한스 요아힘 마르세유, 그 사람."

그리고 로그인 버튼을 클릭했다. 가장 먼저 한스 요아힘 마르세유의 게시물이 눈에 들어왔다. 맨 위에 올라선 글자들이 나를 쳐다보며 싱글싱글 웃었다.


*[요즘 고등학생들 옷은 참 존나 카와이해―한스 요아힘 마르세유*

*오늘 버스를 탔는데 존나 카와이한 일이 있었어. 버스 뒷자리에 빨주노초파남보, 존나 카와이한 색으로 옷을 맞춰 입은 고등학생들이 존나 카와이하게 앉아 있더라고. 와, 참 존나 카와이하더라.]*

*―댓글 1: 빨간색이 저예요.*

*―댓글 2: 보라색은 저.*

*―댓글 3: 존나 카와이한 표정 짓고 있던 그 아저씨가 이 아저씨?*


*[요즘 고등학생들 옷은 참 당혹스러워―한스 요아힘 마르세유*

*오늘 버스를 탔는데 당혹스러운 일이 있었어. 버스 뒷자리에 빨주노초*

파남보, 무지개색으로 옷을 맞춰 입은 고등학생들이 다리를 쩍 벌리고 앉아 있더라고. 와, 참 당혹스럽더라.]

　─댓글 1: 빨간색이 저예요.

　─댓글 2: 보라색은 저.

　─댓글 3: 당혹스러운 표정 짓고 있던 그 아저씨가 이 아저씨?

　나는 집중해서 읽었다. 해석도 해봤다. 그러다가 정신을 차렸다. 화면이 뚫어져라 게시물을 읽고 있는 사람은 나뿐일까, 만약 그렇다면 다른 사람들이 이상하게 생각하지는 않을까. 한번 신경 쓰니 계속해서 신경 쓰였다. 그의 게시물을 다 읽고 다른 게시물도 읽으면서 나는 여러 번 주위를 둘러봤다. 그리고 한숨을 내쉬곤 했다. 다행스럽게도 지금까지 올라온 게시물들에는 이상한 내용이 없었다. 아직까지는 별말을 하지 않은 것일 수도 있었다. 쭉 모른 척해줬으면 했으나 앞일은 모르는 것이었으므로 나는 조금 조마조마해졌다.

　친구들도 게시물들을 읽고 있었다. 친구들은 추임새처럼 한스 요아힘 마르세유에 대한 비난을 퍼부었다. '얼쑤'나 '으이', '잘헌다', '그렇지'처럼 'JK'를 주고받으며 비꼬았다. 'JK', 'JK', 'JK'. 사방에서 존나 카와이의 머리글자가 쏟아졌다. 친구들 사이에 속해 있지 않았다면 나도 듣게 되었을지도 모르는 말이었다. 나는 친구들 사이에서 심장이 쪼그라드는 것을 느꼈다. 내가 한스 요아힘 마르세유와 어울렸다는 사실이 무덤까지 가져가야 하는 비밀이라는 생각이 들었다. 그에게 했던 말들 또한 그랬다. 그러나 그건 내 마음대로 되는 일이 아니었다. 나는 일단 입을 다물고 있기로 했다.

그때였다. PC방을 울리며 대화가 걸려왔다는 것을 알리는 음이 퍼졌다. 스피커 볼륨이 크게 조절돼 있던 탓이었다. 친구들의 시선이 내게로 모아졌다. 내 모니터 화면에는 원망스럽게도 한스 요아힘 마르세유라는 닉네임이 뜨고 있었다.

[학교 갔다 왔어?]

[뭐 해? 바빠?]

[왜 대답이 없어?]

[화장실 갔나?]

[쾌변해!]

나는 놀라서 대화창을 꺼버릴 생각조차 하지 못했다. 그사이 옆자리 친구가 내 모니터 화면을 넘겨다보고 말했다.

"뭐야, 저건."

안 그래도 그를 욕하고 있던 참이었다. 나는 내가 왜 그런 말을 들어야 했는지, 혹 그와 친분이 있거나 친하거나 친해졌거나 친해질 마음이 있거나 친해질 여지가 있는지 같은 것들을 설명해야 하는 상황에 처했다. 분명하고 명확하고 확실하게 설명해내야 했다. 그러지 않으면 나는 나를 정신적인 것을 넘어선 실제적인 재앙에 빠뜨리는 꼴이 될 터였다. 머릿속이 하얘졌다. 나는 마음을 다잡으려고 애썼다.

"원래 아무에게나 말 잘 거는 사람이잖아."

그때 내게 나조차도 알 수 없는 순발력이 생겨났다. 나는 나조차도 알지 못하는 곳에서 튀어나온 내 말을 바라보았다.

"하긴."

친구들은 동조했다. 나는 튀어나올 듯이 뛰던 심장이 다시 깊숙한 곳으로 들어앉는 것을 느꼈다. 안정이 됐다. 나는 안정에 대한 확신이라도 얻으려는 듯이 그에 대한 욕에 박차를 가했다.

"JK, JK, JK."

완전히 안정됐다는 확신이 들 때까지, 친구들이 나를 완전히 신뢰하고 있다는 확신이 들 때까지 나는 무슨 말을 하는지도 모르면서 계속해서 그런 말들을 하고 있었다.

낚시가게 아저씨 엉덩이가 좌우로 흔들렸다. 나는 턱을 괴고 그 모습을 가만히 바라봤다. 낚고 싶은 엉덩이다, 낚고 싶은 엉덩이야. 저런 엉덩이를 낚는 낚시꾼이 되고 싶다. 그러려면 나는 엄청나게 크고 토실토실한 엉덩이를 갖고 있어야 하지 않을까? 팜파탈 같은 치명성을 지니고 있어야 하지 않을까? 그래야 급이 좀 맞을 거 아냐. 그러나 내 엉덩이에는 솜털이 보송보송 돋아 있을 뿐이었다. 나는 흐린 솜털을 자세히 들여다보았다. 눈을 비비고 봐도 어리고 파릇파릇할 뿐이었다. 다르게 말하면 매력이란 게 솜털만큼도 없다 못해 아예 없었다. 나는 절망했다. 그리고 가질 수 없는 엉덩이를 다시 바라봤다. 당신을 보는 것이 미안할 정도로 내가 그렇게 매력이 없어요. 미안해요. 미안하고 죄송한데도 눈을 뗄 수가 없었다. 무지막지하게 죄송합니다. 조바심과 불안감과 죄책감이 동시에 밀려들었지만 한편으로는 확실하게 짜릿한 감정이 내 가슴을 지배했다.

그 후로도 낚시가게 아저씨 엉덩이 꿈을 자주 꿨다. 그러는 동안에도 한스 요아힘 마르세유는 귀신같이 내게 찾아와 나를 깜짝깜짝 놀라게 했다. 나는 무시하거나 피했다. 특히 친구들과 같이 있을 때면,

존나 카와이한 그룹에 접속해 있을 때면 더 주의를 기울여 도망쳤다. 그는 온라인에서 수단과 방법을 가리지 않고 나를 찾아왔다. 존나 카와이한 그룹을 비롯해서 아케이드 게임, 남중 애와의 게임상 데이트 같은 것들을 번번이 방해했다. 대화가 걸려왔다는 것을 알리는 음을 듣지 않으려고 스피커 볼륨을 최대한으로 낮춰놓곤 했지만, 대화창마저 없애버릴 수는 없는 노릇이었다. 그는 끈질기게 대화를 걸어왔다.

그는 간혹,

[낚시가게 아저씨는 요즘 어때?]

같은 말들로 내 대답을 요구하기도 했다. 그의 말들이라면 단답형으로 대답하거나 모른 척 대답하지 않던 나도 그럴 때면 대화를 이어가지 않을 수 없었다. 그 이야기는 입 밖에 내지도 말아야 하며, 만약 내면 아저씨도 죽고 나도 죽을 거라는 게 주 내용이었다. 그는 나를 조롱하고 있는 것 같았다. 그때마다 타당한 이유를 물었다. 그럴듯한 이유라니, 그게 설명해서 납득될 상황인가! 나중에는 그가 내 괴로움을 즐기고 있다고까지 생각되었다. 그는 내가 대답하지 못한다는 것을 알고 있다. 그럼에도 압박하고 있다. 나는 아버지가 방에 들어왔다느니, 숙제가 많다느니 하는 치졸하고 비겁한 핑계로 간신히 그에게서 벗어나고 있었다. 내가 언제까지 버틸 수 있을지는 미지수였다.

남중 애와의 관계도 위태롭게 이어가고 있었다. 나는 그 애에게 마음이 없었는데 마음이 있는 척하고 있었기 때문에 아슬아슬하기 짝이 없었다. 그 애와 어울리면 어울릴수록 친구들과 가까워질 수 있었고 대화거리가 늘어났으며 일종의 우월감도 얻을 수 있었기 때문에 나는 그 애를 포기할 수 없었던 것이다. 얻는 것이 많아질수록 멈출수가 없었다. 그것은 질주본능과도 같아서, 다칠 위험을 무릅쓰고라도 미친 듯이 가속페달을 밟고 싶을 정도였다. 그 애는 그것을 아는지 모르는지, 나와 함께 가속페달을 밟아주었다.

먼저 만나자고 말한 것도 그 애였다. 그것까지는 생각지 못하고 있던 나는 '어?' 했다. 그러나 진작 엎질러진 물이었다. 나는 어쩔 수 없이 알겠다고 했다. 날짜와 시간, 장소가 정해지고 오프라인 약속이 잡혔다. 그 애에 대해 아는 것이라곤 온라인의 관절 로봇이 다였다. 그래서 그 애가 오프라인의 또래 남자애로서 내 앞으로 다가왔을 때 나는 상당히 놀랐다.

"안녕?"

키가 크고 마른 애였다. 앞머리는 자를 때가 지난 듯 왼쪽 눈을 다가리고 있었는데, 오른쪽 눈을 보니 그런 게 아닌 것도 같았다. 그냥 멋으로 비스듬하게 잘라놓은 듯했다. 다시 보니 끝이 날카롭고 뾰족한 게 몇 시간 전에 자르고 나온 것 같기도 했다. 코에는 테가 얇은 안경이 삐뚜름하게 걸쳐져 있었고 뺨에는 곧 터질 것처럼 부풀어 오른 여드름이 대롱대롱 달려 있었다. 전체적으로 위태롭게 생긴 외양이었다. 나는 그 애를 보며 어색하게 웃음을 지어 보였다. 그 애는 그걸 어떻게 받아들였는지 자신도 씩 웃으며 내 손을 덥석 붙들었다. 그리고 고가도로 옆을 걸어가며 달달 외웠지 싶은 유머 몇 가지를 꺼내놓기 시작했다.

"아, 건담에게 말을 어떻게 건담?"

"웃긴다."

"고로케가 고로케 맛있나?"

"웃기네."

"자가용이 너무 자가용."

"웃겨."

그 애의 유머감각은 대체로 그랬다. 나는 웃기다고 말해주며 웃어주었다. 그래서였는지 어색한 분위기가 가라앉고 다정한 분위기가 차올랐다. 물론 겉으로는 그랬다. 나는 속으로 쥐구멍에라도 숨고 싶은 심정을 다스리고 있었다.

생각에 잠긴 내가 우스운지 그 애가 나를 내려다보며 씨익 웃었다. 그 애의 입꼬리가 지는 태양에 빛났다. 농익은 여드름도 같이 빛났다. 너무도 탐스러워서 톡 따고 싶은 여드름이었다. 물론 그 '탐스럽다'는 수확 철을 맞아 주렁주렁 열린 과일에 쓸 법한 '탐스럽다'가 아니었다. 그건, 말하자면 오래되고 낡은 부엌 한구석에 박혀 있던 프라이팬에서 몇 달 잘 먹고 자라난 희고 통통한 구더기에서 찾아볼 수 있는 '탐스럽다'였다. 그러나 그건 너무 적나라하고 또 꺼림칙한 표현이니까 생각하지 말기로 했다. 어쨌거나 그 애는 내 시선을 어떻게 읽었는지 다시 씨익 웃었다. 그렇게 입꼬리를 죽 늘인 다음엔, 함께 달에라도 걸어가자는 것처럼 끊임없이 걷기만 했다.

얼마나 걸었을까. 그 애가 내 이름을 불렀다. 나는 올려다보았다. 그러자 그 애의 입술이 내 뺨에 와 닿았다. 입맞춤이라니, 그래도 입술이 아니라 뺨에 해줘서 다행이라고 생각했는데, 그러는 순간 거짓말처럼 툭, 하는 소리와 함께 내 뺨을 타고 무언가가 흐르기 시작했다. 질척하고 끈끈한 점액질, 그 애의 여드름이 터진 것이었다.

아, 안 짜고 우물쭈물하다가 내 터뜨릴 줄 알았지, 만 그게 지금일
줄은. 수천 개의 신경세포가 곤두서고 수만 개의 소름이 돋았다. 수십
만 가지의 생각이 소용돌이쳤다. 뭔가 수많은 것들이 내게 몰려들고
있었던 것이다. 그러나 나는 내가 무슨 행동을 해야 하고 어떤 말을
해야 할지, 심지어 어떻게 생각해야 할지까지 무엇 하나 확실하게 잡
히지 않았다. 끈적거리는 액체는 어느새 내 턱까지 흘러내려 방울져
맺혀 있었다. 참 묘했다. 그 애는 차마 고개를 들지 못하겠는지 그대로
굳어 서 있었다. 그 애 뺨에서는 갓 터진 고름들이 여전히 솟구치고
있었다.

네가 나에게 뽀뽀를 해줘서 기쁘다, 고 표현하기에는 기분이 너무
나쁘고 더럽고 불쾌하고 언짢고, 네가 나에게 뽀뽀를 해줘서 기쁘지
않다, 고 표현하기에는 뭔가 약하고 부족하고 충족되지 않은 느낌이
고, 그렇다고 꺼져버려, 네게 거부감이 들어, 피하고 싶고 사라지고 싶
어, 라고 표현하기에는 너무 잔인한 것 같았다. 어찌 됐든 나는 그 애
와 멀어지면 안 됐던 것이다. 아쉬운 쪽은 나였으니까. 그렇다면 어떻
게 표현해야 하지. 뭔가가 목구멍에 걸린 것처럼 답답해져왔다. 도저
히 모르겠어서 눈동자만 이리저리 굴리는데, 마침 낚시가게 아저씨와
눈이 마주쳤다. 하필 그 장소가, 낚시가게를 지척에 둔 가로등 아래였
던 것이다.

도리 없이 오해 살 상황이었다. 그 애와 나의 자세도, 분위기도 딱
그랬다. 낚시가게 아저씨는 놀랐는지 눈을 떼지 못하고 있었다. 나는
당장 달려가 설명하고 싶었다. 그 애와 하고 있는 행위가 사랑의 행위
가 아니라는 사실을, 그 애와 나 사이는 전혀 낭만적이지 않다는 사실

을, 당장 내 뺨에는 오랫동안 피부 속에서 곪은 고름이 흘러내리고 있지 않느냐고, 나는 말하고 싶었다. 가장 꺼내놓고 싶은 것은 내 가슴속에서 불끈불끈 솟아오르고 있는 감정이었다. 딸꾹질이 튀어나오려고 하는 것처럼, 무언가가 끊임없이 내 가슴을 치며 밖으로 빠져나오고 싶어 하고 있었다. 그러나 나는 그것을 꺼내줄 능력이 없었다. 굴욕적이어서 눈물이 솟구치기 시작했다.

그대로 그 애를 밀치고 뺨이라도 시원하게 내려칠 수 있다면. 낚시가게 아저씨 앞에서 나를 욕보인 것에 대해 주먹이라도 한바탕 날려줄 수 있다면. 그러나 나는 내가 그럴 수 없다는 것을 알았다. 나는 그 애의 보호가 필요했다. 그 애로 인해 얻을 수 있는 친구들의 평판이 필요했다. 밀어낼 수도 도망칠 수도 없는 것이다. 꼬일 대로 꼬여 있는 상황이 복잡하고 어지러워서 나는 뭐라 말할 수도 없었다. 막힌 말이 탄식이 되어 흘러나왔다. 아, 아, 아.

그때 번개같이 머릿속을 스치고 지나가는 것이 있었다. 그것은 일종의 표현이었다. 존나 카와이. 처음엔 어색했다. 나는 들리지 않도록 입모양으로만 따라 해보았다. 존나 카와이, 존나 카와이. 익숙해지자 다음에는 조그맣게 소리를 내서 따라 해보았다. 존나 카와이, 존나 카와이, 존나 카와이. 그동안 내키지 않아 쓰지 않고 있던 표현인데, 다른 표현들을 거세시켜버린다고 생각해서 거세 형용사라고 단정 짓고 있던 표현인데 그게 그렇게 적절하게 쓰일 줄은 몰랐다. 그랬다. 내게는 거세가 필요했던 것이었다. 하고 싶은 말들을 거세시켜버리면, 고민하고 괴로워하고 힘들어하지 않을 수 있었다. 얼마나 편한가. 한마디만 하면 되는데. 그거 하나면 다 되는데!

나는 다시 말했다. 존나 카와이! 존나 카와이! 존나 카와이! 백만 가지 표현보다 그 하나의 표현이 나왔다. 그거 한마디면 다 됐다. 그 애에 대한 욕지거리도, 원망도, 비난도, 내 속상함도, 부끄러움도, 수치스러움도 죄다 눌러버리고 한마디만 하면 됐다. 다 무시해버리고 한마디만 하면 됐다. 말하는 순간, 내 주변에는 보호막이 둘러쳐졌고 나는 나를 숨길 수 있었다. 그건 분명 괴로운 일이었지만 하고 싶은 말을 해서 얻게 될 괴로움보다는 나은 것이었다. 아, 존나 카와이. 나는 내 안에서 튀어나오려 애쓰고 있는 말들을 한 손으로 꾹 누르며, 가슴 깊이 묻어두면서 다시 한 번 말했다. 어느 유려한 문장가가 환생해도 다 표현해낼 수 없을 것 같은 엄청난 수의 문장이 내 머릿속을 괴롭히다가 한마디로 쫓겨났다. 아 그냥 존나 카와이.

# 메신저 비행기 전투 게임

남중 애와 보낸 끔찍한 밤 이후로 나는 잠을 이룰 수 없었다. 눈을 감으면 뺨에 흐르던 고름과 숨결의 감촉이 생생하게 되살아났고, 겨우 얕은 잠에 빠지면 끈끈한 액체에 빠져 허우적대는 내 모습이 눈앞에 나타나곤 했던 것이다. 그때마다 나는 숨이 막힐 것 같은 고통 속에서 아는 사람들의 이름을 떠오르는 대로 소리쳐 불렀는데, 아무도 나를 구해주지 않았다. 그러면 베개가 젖도록 땀을 흘려대면서 깨어나 아침이 오려면 멀었다는 사실을 확인하곤 했다.

고통스러웠다. 존나 카와이를 말하며 아무렇지 않은 척하는 거나, 존나 카와이를 말하지 않으며 하고 싶은 말을 모두 해버리는 거나 고통스럽긴 매한가지였을 것이다. 다만 나는 전자가 후자보다 그나마 덜 고통스러울 거라고 생각했기 때문에 전자를 택했을 뿐이었다. 전자를 골랐다고 해서 편해지지는 않았다. 그러나 잠 못 드는 날들이 길어지면서 나는 전자나 후자 중에 무엇을 택했든 똑같은 크기로 고통스러웠을 거라는 생각이 들었다. 어차피 고통스러웠을 거라면 하고 싶은 말을 모두 해버리고 오는 게 나았을까. 나는 이미 정상적인 사고를 할 수 있는 상태가 아니었으므로 이내 누군가 나를 좀 꺼내주었으면 하고 바라곤 했다. 차라리 선택지가 없던 때, 한스 요아힘 마르세유와 대화를 하지 않고 낚시가게 아저씨 엉덩이를 보지 않던 때로 돌아가고 싶다는 생각도 들었다. 하지만 다시는 돌아갈 수 없다는 사실을 나는 잘 알고 있었다.

한스 요아힘 마르세유에 대해 내가 아는 바는 많지 않았다. 그룹 내에 떠도는 조각난 정보들을 모아 모자이크식으로 구성한 것이 그에 대해 내가 아는 거의 전부였다. 혹자는 그가 청소년들의 언어와 문화를 연구하기 위해 잠입한 청소년 전문가라고 했고, 혹자는 그가 10대들의 메신저와 게임을 즐겨 하는 철 덜 든 어른이라고 했고, 혹자는 그가 나이 어린 사람에 대한 성적 판타지를 가지고 있는 변태라고 했다. 무엇이 어디까지 사실인지는 알 수 없었으나 그러한 주장들 사이에는 공통점이 있었는데 그가 40대 후반에서 50대 초반 사이의 아저씨라는 점이었다. 평상시 그의 말과 행동에 의거해 추론한 결과였으므로 나름대로 믿을 만한 것이었다. 나는 간혹 그의 몽타주를 머릿속으로 만들어보곤 했다. 그것은 이야기책에 나올 법한 삽화 같아서, 비현실적이고 추상적이었으며, 반쯤 죽어 있곤 했다.

그러나 정작 그는 그런 소문과 추측, 뒷이야기에 아랑곳하지 않았다. 확대되든 축소되든 아니면 뒤틀리든 무관심했다. 시도 때도 없이 존나 카와이한 그룹에 접속해서 존나 카와이를 남발해댈 뿐이었다.

횟수로 따지자면 VIP 대우를 받기에 충분할 정도였다. 그러나 그는 VIP 대우는 고사하고 가히 은근한 왕따 취급을 당했는데, 그에게 치명적인 문제가 하나 있기 때문이었다.

[오늘 개 오줌을 깔고 앉았거든. 음…… 여기 말로 치면 존나 카와이한 기분이었다고 해야 할 거야.]

그것은 어눌한 어법이었다. 그렇게 자주 사용했으면 익숙해질 법도 한데, 그는 어색하고 어설프고 서투른 언술을 자랑했다. 그가 그룹 내에서 무시당하는 주 이유였다. 멤버 대다수가 '이런 게 바로 세대차이', '어디서 늙다리 냄새가', '늙징이가 나타났다'며 비웃을 지경이었다. 그래도 비웃고 있지 않은 소수 중의 극소수가 있어 그에게 조언을 해주고자 한 경우도 있었다.

[아저씨, 파블로프의 개 알죠, 파블로프의 개? 먹이를 줄 때마다 종을 치니까, 나중에는 종소리만 듣고도 침을 흘렸다는 그 개요! 그러니까 존나 카와이는, 그 개의 침 같은 거예요. 아침에 일어났는데 이미 지각이었다, 아, 존나 카와이, 더 늦지 않으려고 뛰다가 넘어졌다, 아, 존나 카와이, 겨우 회사에 도착했는데 창립기념일이라서 아무도 없었다, 아, 존나 카와이. 그런 식으로 반사적으로 툭, 내뱉어지는 표현이에요. 침처럼요. 조르르륵, 주르르륵, 좌르르륵. 아시겠어요? 개의 침처럼! 그 부분이 중요해요. 개처럼, 침처럼. 더럽고 지저분하게 들리겠지만 그렇게 내뱉어야 해요. 조르르륵, 주르르륵, 좌르르륵. 기억해두세요. 조르르륵, 주르르륵, 좌르르륵. 말하는 게 아니라 내뱉는 거예요.]

그러나 그에게는 무리였다. 그는 말하기 전 심사숙고한 후 표현을 고르고 골라 입 밖에 내는 사람이었던 것이다. 그는 '내가 존나 카와이라는 표현을 사용하면 다른 사람들이 그러그러한 뜻으로 받아들이겠구나'라고 생각한 뒤에야 말할 수 있었다. 그것은 조르르륵, 주르르륵, 좌르르륵과는 거리가 멀었다. 오히려 과학실에서 삼각 플라스크를 꺼내놓고 스포이트를 들어 일정한 양의 액체를 톡, 톡, 톡, 떨어뜨릴 때 나오는 그 정제된 물방울과 가까웠다. 그에게 조언을 해주고자 한 소수 중의 극소수는 그래서 떠나갔다. 그는 계속해서 비웃음당했다.

나 또한 그를 비웃었다. 그것은 그의 표현 때문이 아니라 나의 표현 때문이었다. 나는 낚시가게 아저씨 엉덩이를 아저씨들의 매력으로 표현했던 것이다. 나는 내가 비웃음당할까 봐 그를 대신 비웃고 있었다. 물론 그는 자주 말해도 아무 말이나 하는 사람은 아니었지만 안심할 수 없었다. 그가 누군지 나는 몰랐다. 그의 이름도 나이도 직업도, 대략적인 생김새도 몰랐다. 심지어 살아 있는 사람인지 혹 정교하게 조작된 프로그램이 아닌지도 몰랐다. 차라리 악의 기운 같은 것이라면 믿을 만할 것 같았다. 그러나 잠 못 자는 날들이 늘어나면서 나는 그를 점점 비웃지 않게 되었다. 비웃어도 습관이나 버릇처럼 비웃었을 뿐이었다. 그에 대해 무뎌져가고 있었다. 될 대로 되라는 식이었고 무슨 일이 일어나도 상관없다는 식이었다. 그때 그가 다시 내게로 다가왔다. 나는 그와 더 가까워지게 되었다.


어느 날 밤, 그가 내게 말을 걸어왔다. 자지 않고 뭐 하느냐는 말이었다. 무거운 말이 아니었으므로 나는 가볍게 받아쳤다. 그 또한 가볍게 받아쳤다. 그런 식으로 그와 나는 대화를 나누게 되었다. 그와 나는 이런저런 이야기를 주고받았다. 자연스럽게 다가왔기 때문에 거부감이 들지 않았다.

　남중 애와의 밤 이후로 나는 괴로워하고 있던 참이었다. 그 후로 내가 한 말들은 내가 보기에도 가식적이었다. 나는 마음에 없는 말과 입에 발린 말을 일삼곤 했다. 그러다 보니 주변이 다 가짜 같았다. 주변 사람들 또한 가면을 쓰고 있는 것 같았다. 나는 한 사람이라도 좋으니 수다를 떨 상대가 있었으면 하고 바랐다. 그러던 와중에 그가 말을 걸어온 것이다. 나는 마음의 문이 열렸다는 게 어떤 뜻인지 알 것만 같았다. 나는 내가 무슨 말을 하고 있는지도 모르면서 손이 가는 대로 키보드 자판을 두드렸다. 그는 내 말을 듣고, 소재가 바닥났다 싶으면 새로운 소재를 꺼내주었다. 그와 나는 정말로 이상한 관계를 맺어가는 중이었다.

　[지금 검색어 1위가 뭔지 알아? 되게 흥미로워!]

　그가 꺼낸 소재에는 전에 언급했던 검색어 순위도 있었다. 실시간 검색어 순위에 민감하게 반응하는 사람이었다. 나는 검색엔진을 켜고 검색어 순위를 훑었다. 그리고 순간, 그와 나 사이에 거대한 벽이 하나 들어선 것 같은 느낌을 받았다. 나는 키보드 자판 두드리기를 멈추고 멍하니 모니터 화면을 바라보았다.


　실시간 검색어 순위

　1위 낚시왕 똥꼬뽀뽀

　2위 …….

　3위 ….

4위 .

그를 십년지기 친구처럼 느꼈던 지난 몇십 분이 한꺼번에 부정되는 느낌이었다. 가장 먼저 든 생각은 '왜 저런 것이 1위로 올랐지?'라는 일반적인 궁금증이 아니라 '저 사람은 무슨 의도로 저게 흥미롭다고 말했을까?'라는 일반적이지 않은 궁금증이었다. 그와 나 사이 자체가 일반적이지 않았으니 그건 당연한 것이었을지도 몰랐다. 나는 생각했다. 낚시가게 아저씨 이야기를 듣고 싶어서 나름대로 돌려서 말을 꺼낸 걸까? 아니면 낚시가게 아저씨를 좋아하는 나를 조롱하는 건가? 그것도 아니면, 내가 낚시가게 아저씨가 아니라 낚시가게 아저씨 엉덩이에 관심을 가지고 있다는 것을 알아차린 건가? 그래서 놀리는 건가, 지금? 그것도 똥꼬뽀뽀라고? 아니, 저 사람이 진짜.

거기까지 생각이 미치자 나는 키보드 자판을 빠르게 두드렸다.

[왜요? 왜 흥미로운데요?]

[재밌잖아. 낚시왕이라면 많은 물고기를 잡았거나 큰 물고기를 낚았거나 해야 할 것 같은데 똥꼬뽀뽀라니, 웃기지 않아?]

[왜요? 왜 웃긴데요?]

[웃기잖아. 넌 안 웃겨?]

[왜요? 왜 웃겨야 하는데요?]

그쯤 되자 그는 그 소재로 나와 대화할 수 없다는 것을 깨달은 것 같았다. 그는 잠시 말을 멈췄다가, 다른 소재를 끄집어냈다. 간만의 대화였으므로 나는 망치고 싶지 않았다. 나는 그가 하는 대로 내버려두기로 했다.

[아, 네게 추천하고 싶은 게임이 있어.]

그가 꺼낸 소재는 한 게임이었다.

[메신저 비행기 전투 게임인데, 존나 카와이한 그룹만큼 다양한 나라 유저들이 하거든. 그룹을 그대로 시뮬레이션 해놓은 것 같은 게임이라 되게 흥미로워.]

그의 말에 의하면, 그 게임은 마치 존나 카와이한 그룹의 축소판 같았다. 그들만의 표현을 사용하며 그것으로 소통을 한다는 것이었다. 그것 외의 특이한 점은 없지만, 그는 그것만으로도 관심을 기울일 만하다고 강조해서 말했다. 그러나 평상시 그룹에 관심이 없던 나는, 친구들로부터 내쳐지지 않기 위해 존나 카와이라는 표현을 사용하고 있을 뿐이었기 때문에 그 표현의 축소판이든 시뮬레이션이든 도무지 관심이 가지 않았다.

[그것 참 재미있어 보이는데요.]

하지만 그와의 대화를 끊고 싶지는 않았다. 나는 관심이 있는 척하기로 했다. 그는 금세 알아차렸다.

[그래, 재미없어 보일 수 있지.]

의외로 그는 내 가장 깊숙한 곳에 있는 비밀까지 눈치채고 있을 수도 있었다. 낚시가게 아저씨 엉덩이에 대해서, 그리고 그것을 지키기 위해 내가 이야기를 만들어냈다는 사실까지도. 그는 내가 존나 카와이한 그룹을 어떻게 생각하고 있으며 존나 카와이라는 표현을 어떤 마음으로 사용하고 있는지도 알 것 같았다.

[그래도 네게 연관시켜서 생각해봐. 네가 사용하고 있는 대부분의

표현과 관련 있는 시뮬레이션이니까. 특히 존나 카와이에 말이야. 존나 카와이는 특정한 기호나 방식을 정해 뜻을 주고받는 평범한 표현처럼 보일 수 있지만, 실은 특별한 표현이거든.]

그는 비밀이라도 털어놓는 것 같았다.

[존나 카와이라는 표현을 사용하고 있는 사람은 백 명 정도지. 그룹에 들어왔다 나간 사람까지 합하면 수백 명 정도가 사용했다고 볼 수 있어. 그 정도의 사람들이 사용한 표현이라면, 그만큼 설득력 있게 만들어졌다는 얘기야. 그런데 말이야, 하나의 표현만으로 모든 감정을 나타낼 수 있다는 것 자체에 문제가 있어. 물론 소통에 문제가 없었다는 건 알아. 하지만 소통에 문제가 없었다고 해서 앞으로도 없을 거라고 믿는 것은 말도 안 되는 소리지. 그런데 그걸 모두가 믿고 있어. 존나 카와이라는 표현이 있으니까 모든 소통이 가능하다고 믿고 있단 말이야. 그래서 소통이 안 되는 상황에서도 그걸 표현의 탓으로 돌리지 않고 자기의 탓으로 돌리고 있어. 재밌지 않아?]

[뭐, 그런 것 같기도 하네요.]

실은 그의 말은 음모론 같았다. 석연찮고 의뭉스러운 논리를 만들어내고 있는 것처럼 보였다. 그러나 나는 그의 말을 좀 더 듣기로 했다.

[아마 존나 카와이라는 표현은 그냥 갖다 붙여댔을 거야. 존나 카와이가 아니라 윙가르디움레비오우사나 익스펙토페트로눔이라고 했어도 상관없었다는 거지. 좀 흔하지 않으면서 입에 잘 달라붙는 표현이면 어느 것이나 상관없었어. 그래놓고 '이 그룹 멤버들은 이 표현을 사용해야 한다'고 말하기만 하면 됐지. 그러면 그 후에 그룹에 들어온 멤버들은 그것이 당연하다고 믿게 되는 거야. '그것은 문맥상 읽어내

는 표현이기 때문에 분명하게 설명할 수 없다'고 정당화하면서 말이야. 같이 이야기하고 어울리는 무리를 구분 지을 수단이 필요해서 그냥 갖다 붙여댄 표현으로 모든 의미 있는 표현을 하기 시작한 거야.]

[그럼 존나 카와이라는 표현으로 소통이 불가능하다는 말이에요?]

[그땐 그랬지. 아마 같이 이야기하고 어울리는 무리에서 공유하는 어떤 정서가 시발점이 되었던 것 같아. 좀 다른 얘기지만, 예컨대 한 회사에 냄새 심한 상사가 있어. 어찌나 냄새가 심한지 옆에 가기만 해도 코가 마비될 정도야. 앞뒤양옆 자리에 앉은 직원들은 죽을 맛인 거지. 그렇지만 직원들은 그 상사에게 옷 좀 빨아 입으라거나 제발 좀 씻으라는 등의 말을 하지 못해. 다만 탈취제를 공유할 뿐이지. 한 시간 간격으로 한 사람씩 가서 뿌리고 오는 거야. 그건 그 상사만 모르는 일이지. 직원들은 다른 직원이 어디 가는지 알아. 그 상사가 어디 가냐고 물으면 '화장실 갔다 올게요'라고 대답하지만 실은 탈취제 뿌리러 간다는 것을 알아. 거기서 말하는 상사의 냄새에 대한 괴로움이 공유하는 정서고 '화장실 갔다 올게요'가 그냥 갖다 붙여댄 표현인 거지. 그렇지만 그 표현이 하나의 표현으로서 통용되자 대략적인 소통이 되었다는 점은 부정할 수 없는 거잖아? 존나 카와이라는 표현도 마찬가지야.]

[그러면 분명히 소통하지 못하는 부분도 있다는 거 아니에요?]

[일반적으로 받아들여질 수 없는 정서 같은 거지. 예컨대 어느 노래 가사처럼 네가 '아파트 옥상에서 번지점프를' 하고 싶다든가 '신도림역 안에서 스트립쇼를' 하고 싶다든가 '선보기 하루 전에 홀딱 삭발을' 하고 싶다든가 뭐 그런 정서는 존나 카와이라는 표현으로 설명될

수 없잖아?]

그는 말하지 않았지만 나는 짐작할 수 있었다. '낚시가게 아저씨 엉덩이'라는 정서도 존나 카와이라는 표현으로 설명될 수 없다는 것을. 그는 그 말을 하고 싶었던 걸까? 그는 아무것도 모른다는 듯 접속해 있었다. 그는 아는 걸까, 모르는 걸까? 왠지 나는 내가 발가벗겨진 것 같았다. 창피했다. 그래서 시간이 늦었으니 자야겠다고 말하며 로그아웃을 해버렸다. 만에 하나 그가 안다고 해도 나를 이해한다고 해도 부끄러웠다. 나는 나를 이해하지 못하겠는데, 말도 안 되는 소리였다.

존나 카와이라는 표현으로 설명될 수 없는 것은 없다. 만약 그런 게 있다면 그것은 이상한 것이다. 낚시가게 아저씨 엉덩이에 관심이 간다든가, 남중 애와의 여드름 뽀뽀가 마음에 든다든가 하는 정서야말로 존나 카와이라는 표현으로 설명될 수 없는 것일 텐데, 어차피 그건 설명할 수 없는, 아니 설명되어서는 안 되는 것이 아닌가? 그걸 설명하려는 사람이 있다면 그 사람은 미친 사람 취급을 받을 것이다. 그 사람은 단순히 미친 사람이지, 정상적인 사람이 아니다. 정상적인 사람이라면 응당 존나 카와이로 설명될 수 있는 정서를 지니고 살아야 했다.

존나 카와이라는 표현을 사용하지 않으면, 존나 카와이한 그룹에서 내쳐지게 되면 영원히 동떨어져 고립될 것 같은 불안감은 괜히 있는 게 아니다. 남중 애와의 여드름 뽀뽀를 내가 괜히 견딘 게 아니란 말이다. 나는 그가 나를 비웃고 있는 거라고 생각했다. 그는 나를 설득해서 내 입으로 내 비밀을 모두에게 털어놓기를 바라는 것이다. 자기가 나쁜 사람이 되지 않고도 재미있는 구경을 할 수 있을 테니까.

나는 존나 카와이한 그룹과 존나 카와이라는 표현과 친구들과 나에 대해 처음으로 생각했다. 그리고 존나 카와이한 그룹에 접속해 게시물들을 훑어봤다. 그날 올라온 백스물여섯 개의 게시물에는 그 다섯 배를 웃도는 양의 그룹 표현이 사용되어 있었다. 그 표현들이 그냥 갖다 붙여댄 설명될 수 없는 표현이라고 말하는 것은 말 그대로 말도 안 되는 말이었다. 뜬금없이 페터 빅셀의 소설 「책상은 책상이다」가 떠올랐다. 주인공은 침대를 책상이라고 부르고 거울을 의자라고 부르는데, 그냥 갖다 붙여댄 표현이긴 해도 설명될 수 있는 사물에 갖다 붙여댔다. "내가 난시라서 의자가 울퉁불퉁하게 보여. 울퉁불퉁한 의자를 줄여서 '울의'라고 부르기로 하지" 같은 표현은 갖다 붙여대지 않았다. 물론 책상은 책상이고 의자는 의자지만 모두 설명될 수 있는 사물이 있는 것이다.

표현은 설명될 수 있고 표현될 수 없는 것은 없다. 표현될 수 없는 정서도 물론 없다. 그건 엉터리다. 그렇게 생각하고 나자 나는 마음이 조금 편안해지는 것을 느꼈다.


한스 요아힘 마르세유가 추천한 게임은 그로부터 이틀 뒤에 시작했다. 내게는 너무나 괴로운 이틀이었다. 친구들과 같이 다른 남중 애들을 만나 떡볶이를 먹었고, 어떻게 알았는지 남중 애가 추리닝 바람으로 들이닥쳤고, 내 손을 잡고 끌고 나갔고, 마음을 확인하는 시간을 거친 뒤 가로등 아래서 두 번째 뽀뽀를 했고, 다음 날에는 영화관에 가서 로맨스 영화를 보는 데이트를 했다. 나는 내내 견디기 힘든 시간들이었다. 그리고 그 시간들은 내가 생각지 않고 있던 게임을 시작하게 되는 결과를 불러왔다.

그러니까 그것은 남중 애 때문이었다. 나는 그의 말을 떠올리게 되었던 것이다. 그의 말대로 그 게임이 그룹의 시뮬레이션이면, 그 게임의 표현은 어떻게 생겼고 어떻게 사용되는지 보고 싶었다. 그의 말대로 존나 카와이라는 표현이 그냥 갖다 붙여댄 표현이면, 나는 말도 안 되는 말을 하고 있기 때문에 답답한 거라고 설명할 수 있을 것이다. 그 게임이 내 답답함에 대한 답을 보여주는 전달 매개체(Messenger)가 되는 셈이었다. 그래서 '메신저' 비행기 전투 게임인가 싶었으나 메신저와 연동돼 있어 메신저 비행기 전투 게임일 뿐이었다.

메신저 비행기 전투 게임은 메신저를 통해 접속할 수 있기 때문에 회원가입을 해야 했다. 나는 닉네임 입력란을 바라보다가 '존나 카와이'라고 적어 넣었다. 이미 있는 거라고 했다. '남중 애'라고 적어 넣었다. 그것도 이미 있는 거라고 했다. '여드름 뽀뽀'라고 적어 넣었다. 그것도 이미 있는 거라고 했다. 그것들을 대체 누가 사용하는 걸까. 머리가 꽉 막힌 것 같았다. '한스 요아힘 마르세유'라고 적어 넣었다. 그것조차 이미 있는 거라고 했다. 생각해보니 이미 있는 게 당연했다. 머리가 뜨거워졌다. 이제 생각나는 게 없었다. 어쩔 수 없었다. '낚시왕 똥꼬뽀뽀'라고 적어 넣었다. 그건 없었다. 다음 단계로 넘어갔다. 후련했지만 후련하지 않았다. 내 입으로 낚시가게 아저씨 엉덩이에 관심을 가진 나를 모욕한 것 같아서 찝찝했다.

겨우 접속했을 때, 나는 수십 개국의 유저들이 그들끼리만 알아들을 수 있는 표현으로 대화하는 장면을 볼 수 있었다. 매뉴얼이 있어 체계적으로 배울 수 있는 표현은 아니었다. 나는 난체 채팅방을 기웃

거리며 대화의 양상을 파악해보려고 했다. 몇 번 지켜보고 나니까 대략적인 뜻 정도는 이해할 수 있게 됐다. 내가 남다른 재능이 있어서는 아니었다. 그 정도로 간단하고 단순했기 때문이었다. 누구라도 쉽게 사용할 수 있었다.

그리스군을 이긴 이야기
구술 ― 독일군

사건 개요: 이 이야기는 독일군이 그리스군을 이긴 것에 대한 내용이다. 독일군과 그리스군은 숙명적 싸움 상대였는데, 어느 날 우연히 공용비행구역 한가운데서 맞닥뜨리게 됐다. 독일군은 먼저 공격을 시도했지만 그리스군에 밀려 퇴보를 반복해야 했다. 그러나 굴하지 않고 형제들에게 용기를 불어넣었고, 결국 전진에 전진을 거듭하며 큰 승리를 거뒀다.

1. Go, Go, Go, Go, Go!
(우리가 먼저 공격했지!)
2. Go, Go, Go, Go, Go, Go, Go, Go, Go, Go!!
(계속해서 공격했어!!)
3. Stop!!!
(그런데 그리스군에게 막히고 만 거야!!!)
4. Stop, Stop, Stop, Stop, Stop!!! Stop, Stop, Stop, Stop, Stop!!!
(퇴보는 반복됐어!!! 계속해서 뒷걸음질만 쳤지!!!!)

5. Come on!! Come on!! Come on!!

(우리는 용기를 불어넣었어!! 힘내!! 힘내!!)

6. Come on……, Yes!

(계속해서 용기를 주다가……, 기회를 잡았어!)

7. Go, Go, Go, Go, Go! Go, Go, Go, Go, Go, Go, Go, Go, Go, Go!!

(다시 전진이 시작된 거야! 끊임없이 앞으로 갔지!!)

8. Go, Go, Go, Go, Go, Go, Go, Go, Go, Go, Go, Go, Go, Go, Go!!!

(쉼 없이, 멈추지 않고 공격했어!!!)

9. Yes!!!! I love you!!!!!

(그리고 승리를 거머쥐었지!!!! 아주 기뻤어!!!!!)


특히 도움이 된 이야기는 독일군의 무용담이었다. 독일군은 대부분의 유저와 붙어본 경험이 있는 데다가 언변이 넘쳐흘렀다. 흥미진진한 말솜씨가 나를 사로잡았다. 나는 다른 유저들 사이에서 열심히 귀를 기울였다. 듣는 사이 또 다른 유저들이 와글와글 몰려들곤 했다. 그 유저들 사이에 있던 터키군을 만나 친해져 동맹을 맺기도 했다. 한국727번 군과 터키219번 군의 동맹에는 사실 말하지 못한 내 이야기가 하나 숨어 있었다.

이태원에 잘생긴 터키인이 살았다. 잘생겼다는 표현으로 표현이 안 될 정도였다. 강인한 눈매, 다부진 입술, 중저음의 목소리, 넘쳐흐르는 매너까지 갖추고 있있다. 거기나 유머까지 있었다. 한 가지 흠이라면, 거리에서 케밥 장사를 하고 있다, 정도였다. 20대 중반에 하기에 어딘지 아쉬워 보이는 일이 아닌가. 보통의 남자라면 별로인 조건이었다. 그렇지만 그건 문제가 되지 않았다. 그가 내게 케밥을 건네주는 그 짧은 순간에 내가 사랑에 빠져버렸기 때문이었다. 심장이 쫄깃쫄깃해지고 케밥의 닭고기가 쫄깃쫄깃 씹히고, 그의 담백한 시선이 닿고 케밥의 담백한 소스가 느껴지고, 케밥을 먹으며 그를 바라보는 순간, 내 안은 아수라가 되었다. 정말로 아수라였다. 그도 여자고 나도 여자였으니까.

열다섯 직전에 찾아온 첫사랑이었다. 나는 매일 이태원에 갔다. 이태원까지는 한 시간 반 정도 걸렸다. 그 시간을 쏟아부으면서까지 이태원에 가는 이유에 대해서 나는 케밥이 맛있어서, 라고 말했지만 사실 그의 눈웃음이 맛있어서 갔다. 그렇게 한 주, 두 주 흘렀다. 나는 그와 점점 친해졌다. 바라던 바였다. 꿈만 같았다. 그런데 어느 날, 한 남자가 나타났다.

처음에는 손님인 줄로만 알았다. 케밥과 같이 팔던 쫀득쫀득한 아이스크림을 사 먹고 있을 때까지만 해도 몰랐다. 그런데 쫀득쫀득한 시선이 그에게 닿고, 쫀득쫀득한 목소리로 그에게 아이스크림 하나 더 달라고 말하고, 그것도 모자라 케밥도 주문하는 것을 보고 나는 그에게 붙어 떨어지지 않는 쫀득쫀득한 눈빛을 알아차렸다. 경쟁자가 나타나버린 거였다, 그것도 남자로! 그런 내 속을 아는지 모르는지 남자는 내게 휴대폰을 들이밀며 그가 나오게 사진 한 장 찍어달라고 했다.

매일매일 불꽃 튀는 경쟁이었다. 물론 나만의 경쟁이었다. 집에서 나가기 전, 갖은 옷들을 꺼내 입어보고 거울 앞에서 포즈도 취해봤다. 그러면 남자는 아무렇지 않게 슈트 자락을 휘날리며 등장하곤 했다. 울고 싶었다. 나는 꾸미고 꾸며도 여자구나. 설렘이나 두근거림은 무슨. 친근감이라도 느껴주면 감사한 거구나. 그렇지만 쉽게 포기하면 그게 어디 사랑인가. 나는 남자를 견제하며 케밥과 아이스크림을 사먹고 그에게 한마디라도 더 말을 붙여보려고 노력했다.

내가 여자라는 조건만 제외하면, 남자를 이길 수 있을 것 같았다. 그런데 몇 주 정도 흐르자 그게 얼마나 헛된 생각이었는지 알게 됐다. 텅텅 빈 지갑과 끊긴 용돈과 그걸 지켜보는 아버지가 진짜 문제였던 것이다. 그건 아마도 전쟁 같은 사랑이었다. 열다섯 직전, 내 첫사랑은 그렇게 막을 내렸다. 직전이라고는 해도 중학교 2학년이 되기 전 겨울, 2월 19일의 일이었다.

나와 터키219번 군과의 동맹에는 지극히 개인적인 이유가 있었던 것이다. 너무나 주관적이어서 다른 사람들이 이해하기 어려운 이유 말이다. 터키219번 군은 그 터키인이 아닌데도, 나는 설렘과 두근거림을 품고, 사심을 품고 동맹을 맺었다. 사실 그런 일은 수도 없이 많다. 어렸을 때 본 수술실 초록색 가운이 떠올라 시금치 무침을 먹지 못하고, 애지중지 키운 노란색 병아리가 죽은 뒤로 계란말이를 입에도 대지 못하는 등등 자기 자신만이 이해할 수 있는 이유들이 있다. 그 일들이 얼마나 끔찍했는지 자기 자신만이 이해한다. 겪지 못한 사람들은 "언제까지 그럴 건데? 유난이네" 정도로 이해한다. 나뿐만 아니라 다른 사람들도 마찬가지일 것이다. 자기 자신만의 이유에 따라 살아나가는데, 그 이유들은 어떻게 설명될 수 있을까. 어떻게 설명할 수 있을까.

　물론 터키219번 군과 동맹을 맺은 것은, 낚시가게 아저씨 엉덩이에 관심을 가진 것도 마찬가지지만 같이 살고 싶고 결혼하고 싶다고 말할 때의 그런 확실한 절실함에서 비롯된 마음에서가 아니었다. 그런 것들을 하지 못하게 된다고 하더라도 한강 다리 위에 죽을 결심을 하고 올라가 '밥은 먹었어?' 같은 죽음예방 문구를 보고 울음을 터뜨릴, 그래서 '밥이나 먹고 죽을까'라고 생각을 고쳐 하고 근처 김밥 체인점 '김밥지옥' 같은 곳에 들어가 비싸서 못 먹었던 부들부들우유계란말이김밥이나 왕돈가스김밥, 스테이크김밥, 킹크랩김밥 같은 걸 보고 '마지막이니까 다 먹어버리겠다'며 시켰다 결국 배탈 나서 정말로 지옥에 갈 경험을 할, 뭐 그럴 정도는 아니었다는 말이다. 그것은 불확실한 절실함이었다. 하지 않아도 되지만 꼭 하지 않으면 안 될 것만 같은 마음이었다. 꼭 그래야만 하는 이유는 없지만 꼭 그러지 않으면 안 될 것만 같은 이유가 있는 것 같은 느낌이었다.
　예컨대 어느 날 공원을 걷다가 둥글둥글한 돌을 봤는데 참 인상적이어서 그날 이후로 둥근돌들을 수집하기 시작했다거나, 어느 날 길을 가다가 화단에 눈이 갔는데 촉촉한 진흙이 굉장히 맛있어 보여서 그날 이후로 젖은 흙들을 맛보기 시작했다거나 하는 것들과 비슷한 것이다. 키우던 개를 잡아먹었는데 지나가던 외국인이 '오 마이 갓' 하며 놀랐다는 것도 유사하다. 그러니까 나는 '개 먹은' 사람, 다른 사람들은 '개 먹은 사람 본' 사람인 셈이다. '개 먹은 사람 본' 사람이 '개 먹은' 사람에게 '개를 먹어야만 했던 이유를 서른 가지만 대보시오'라고 말했을 때 '맛있게 생겨서', '맛있어 보여서', '맛있는 냄새가 나서', '맛있게 느껴져서'까지 말하다가 '맛있……었는데 뭐가 문제야!'라고 소리치게 되는 상황인 것이다. 너무 꼬치꼬치 캐물으면 닭꼬치가 먹고 싶어진다. 계속 물으면 뭐라도 대답하기 위해 더 우습지도 않은 유머를 던질 수 있으므로 그만 묻는 게 낫다. 세상엔 물을 필요가 있는 질문보다 물을 필요가 없는 질문이 더 많으니까.

동맹을 맺은 이후로 나는 터키219번 군이 불편해졌다. 터키219번 군의 일거수일투족이 신경 쓰였다. 그와 대화할 때, 그와 같이 싸울 때 가리지 않고 나는 그에게 거슬리는 말이나 행동을 할까 봐 두려워졌던 것이다. 그와 가까워져 게임 밖에서도 만나고 싶었지만 그가 부담스러워 할까 봐 섣불리 말하지도 못했다.

그와 나는 게임의 동맹적 관계일 뿐이었다. 그 관계를 넘어서려면 내 비밀을 누설해야 했다. 누설하고 나면 내 비밀은 들킬 위험이 있는 비밀이 되고 더 많은 사람에게 누설될지도 몰랐다. 내 표현을 그가 알아듣지 못할 경우 그가 나를 어려워하게 되거나 피하게 되거나 멀어지려 하게 될지도 몰랐다. 그러나 말하지 않고는 결코 관계는 진전되지 않는다. 그러니 언젠가는 비밀을 어떤 표현으로든 누설해내야만 했다.

그즈음 내 첫 비밀을 한스 요아힘 마르세유에게 누설하던 날 밤 소통욕구를 느꼈듯이, 소통욕구를 느끼는 순간이 거짓말처럼 찾아왔다. 나는 아마 소통욕구 때문에 망하든지 흥하든지 할 것이라고 생각했다.

그날 내가 접속했을 때, 그는 한쪽 날개가 떨어진 비행기를 끌고 귀

환 중이었다. 가상 구름이 솜털처럼 흩어져 있는 공용비행구역에 들어선 그는 때 탄 몸체와 퇴락한 발사기관도 장착하고 있었다. 부쩍 수척해 뵈는 것이 온갖 고생이란 고생은 다 하고 돌아온 패잔병 같은 모양새였다. 아닌 게 아니라 패잔병이라고, 그것도 엄청난 패잔병이라고 사람들은 술렁이고 있었다. 서로서로 귓속말을 하고 있다는 것이 느껴질 정도였다.

그는 아무 말도 하지 않았다. 나를 외면하기도 했다. 나는 무슨 일이냐고 물으려다가 입을 다물었다. 그가 대답하지 않을까 봐 두려웠다. 그가 속마음을 털어놓지 않으려 할까 봐 무서웠다. 변명하자면, 무슨 일이냐고 물을 표현조차도 생각나지 않았다. 이겼다, 졌다, 공격했다, 후퇴했다, 승리의 함성을 내질렀다, 용기를 북돋웠다, 까지는 알았지만 그 외의 표현들은 몰랐다. 게임 표현 외의 표현들을 사용할까? 영어로 말해볼까? 뭐라고 묻지? 하우 아 유? 왓츠 업? 왓 해픈? 아니면, 나이스 투 미츄? 롱 타임 노 시? 그러나 그것들은 지원되지 않는 표현이기 때문에 사용할 수 없을 것이다. 나를 이상하게 볼지도 몰랐다. 그뿐만 아니라 다른 사람들도 나를 이상한 사람으로 생각할 수 있었다. 그런 생각을 하는 사이에 그는 나를 내버려둔 채로 로그아웃 해버리고 말았다.

[Turkey219, Go, Italy, Go.]

(이탈리아 군과 싸웠대.)

[Turkey219, No, No, No, No, No.]

(아주 참패했다던데.)

사람들은 내게 와서 보고 들은 싸움을 설명해주었다. 나는 가장 중

립적인 입장인 아르헨티나군의 이야기를 주의 깊게 들었다.

터키219번 군과 이탈리아군의 싸움
구술 ― 아르헨티나군

사건 개요: 이 이야기는 터키219번 군과 이탈리아군의 싸움에
관한 내용이다. 터키219번 군은 공용비행구역에서 곡예비행을 하
며 놀다가 이탈리아군의 날개를 건드리고 말았다. 날개가 떨어지
거나 흠집이 나지는 않았지만 이탈리아군의 몸통이 휘청거릴 정도
로 타격이 있는 일이었다. 심기가 불편해진 이탈리아군은 근처에
있는 형제들을 불러 모았고, 총 세 대의 비행기가 날아왔다. 터키
219번 군을 도와줄 형제, 한국군은 그 자리에 없었다. 터키219번
군은 무방비로 공격받았고, 결국 날개가 떨어져 나갔다.

1. Turkey219, Go, Stop, Go, Stop.
(터키219번 군이 곡예비행을 하고 있었어.)
2. Turkey219, Italy, Wing, Go.
(터키219번 군이 이탈리아군의 날개를 건드렸어.)
3. Italy, Turkey219, Go.
(이탈리아군이 터키219번 군을 공격했어.)
4. Italy, Brother, Turkey219, Go.
(이탈리아군의 형제들도 터키219번 군을 공격했어.)
5. Go, Go, Go, Go, Go.

(계속해서 공격했어.)

6. Turkey219, Come on.

(터키219번 군이 말했어, 진정해.)

7. Italy, No.

(이탈리아군은 진정하지 않았어.)

8. Go, Go, Go, Go, Go, Go, Go, Go, Go, Go!

(계속해서, 계속해서 공격했어!)

9. Italy, Yes! I love you!

(이탈리아군이 승리의 함성을 내질렀어.)


이탈리아군이 터키219번 군을 무자비하게 공격한 이유는 간단히 설명 가능하다. 첫째로 그와 '피를 나눈' 형제, 한국군이 없었다. 그에게 시비를 걸어도 도와줄 만한 동맹군이 없었기 때문에 싸우기 좋은 상태였던 것이다. 둘째로 이탈리아군은 조금 더 승리하면 레벨 업을 할 수 있었다. 점수판이 거의 차 있어서 누구든 걸리기만 하면 바로 싸워줄 준비가 돼 있었던 것이다. '꼬리 깃이 생긴 게 마음에 안 들어, 싸우자'나 '몸체 색깔이 왜 그 모양이야, 싸우자'라고 말하지 않아도 터키219번 군이 알아서 날개를 건드려주었기 때문에 '날 쳤어? 싸우자'라고 말하면 되니까 이탈리아군으로서는 훨씬 체면이 서기도 했을 것이다. 그러나 그것들은 중요한 것이 아니었다.

중요한 것은 터키219번 군이 일주일이 넘도록 게임에 접속하지 않는다는 사실이었다. 그와 연락할 수단이나 방법을 찾을 수 없었기 때문에 나는 마냥 기다리는 수밖에 없었다. 그가 없으니 싸울 수도 없어서 나는 아무것도 하지 않곤 했다. 가끔 실시간 단체 채팅방을 기웃대며 대화를 지켜보기만 했다. 얼마나 많은 국가에서 얼마나 많은 사람이 말을 주고받고 있는지 그걸 보면 실감이 났다. 프랑스군과 벨기에군이 연합했고, 러시아군과 싸운 루마니아군의 날개가 산산조각 났다는 정보 같은 것들도 얻을 수 있었다.

[France, Belgium, Brother.]

[Russia, Go, Romania, Go.

Romania, Wing, No, No, No, No, No.]

그런 것들을 발견할 때마다 나는 터키219번 군이 돌아오면 알려주기 위해 기록해두었다. 오프라인에서 만났으면 대화할 수 없었을 상대와 온라인에서 만나 그렇게나마 대화할 수 있다는 것이 다행스러웠다. 그러나 무슨 일 있느냐고, 괜찮으냐고 묻지 못했던 것은 여전히 마음에 걸렸다. 그것은 내가 그런 표현들을 몰랐기 때문이 아니라, 그런 표현들이 없었기 때문이었다. 만약 있었더라면 나는 그에게 걱정이나 위로를 해줄 수 있었을지도 모르고, 그와 '이탈리아군 복수 5개년 계획' 같은 것을 짤 수 있었을지도 모른다. 물론 그럴 수 없었을지도 모르지만 그럴 기회조차 없었던 것은 분명하지 않은가.

그러나 더 분명한 것은 싸워서 이기고 지는 게임에는 그런 표현들이 필요하지 않다는 사실이었다. 친목을 쌓거나 교류하는 의도로 만들어진 것이 아니기 때문이다. 게임상 동맹은 친분이라기보다 전략에 가까운 것이었다. 그러니까 내가 그런 표현들을 필요로 하는 것은 게임의 의도에 어긋나는 일이었고 이해될 수 없는 정서였던 것이다. 나는 내가 이상한 사람이 된 것 같았다. 생각해보니 이상한 것도 같았다. 이상하다니, 나는 왠지 화가 났다.

[Italy, No, No, No, No, No.]
(이탈리아군이 졌어요.)

[No, Italy, Yes!]
(그럴 리가, 이탈리아군이 이겼어!)

[Turkey219, Go, Italy, Go.]
(터키219번 군과 이탈리아군이 싸웠죠.)

[Turkey219, Brother, No.]
(터키219번 군은 형제가 없었어요.)

[Italy, Brother, Brother, Brother.]
(이탈리아군은 세 명의 형제가 있었고요.)

[Italy, No, No, No, No, No, No, No, No, No, No!]
(이탈리아군은 아주아주 확실하게 참패를 당한 거란 말이에요!)

[Turkey219, Yes, Yes, Yes, Yes, Yes, Yes, Yes, Yes, Yes, Yes!!]
(터키219번 군은 아주아주 확실하게 압승을 거둔 거고요!!)


터키219번 군과 이탈리아군의 싸움에서 이탈리아군이 얼마나 비열했는지를 설명하는 내 이야기는 자주 무시당했다. 싸움에 도움이 되는 이야기가 아니었고 그렇다고 재미가 있는 이야기도 아닌 데다가, 괜히 기분만 상할 만큼 분노에 가득 차 있는 이야기였기 때문이었다. 내가 지나치게 화가 나 있다는 것은 내가 더 잘 알았다. 그러나 내가 할 수 있는 것은 그것뿐이었다. 그런 싸움이 일어나지 않았다면 내가 이상한 사람이 되지 않았을 것이었다. 내가 이해받을 수 없는 정서를 품게 된 것은, 다른 사람들이 사용하지 않는 표현이 필요하게 된 것은, 일어난 싸움이 잘못된 싸움이었기 때문이었다. 내가 말하고 싶은 것은 그것이었다.

그러나 들어주는 사람은 점점 줄어들었다. 나는 이상한 사람 취급당했다. 화를 주체할 수 없었다. 그러면 또 이야기했고 들어주지 않으면 또 화가 치솟았다. 그런 날들이 반복됐다. 어느 날은 한스 요아힘 마르세유가 말을 걸었다. 그는 그만하라고 했다. 나는 그만하지 않겠다고 했다. 실랑이를 벌였다. 결국 그가 먼저 침묵했다. 뭔가가 잘못돼 가고 있는 것 같았지만 내겐 신경 쓸 만한 여유가 없었다.

한참 만에 그가 물었다.
[뭐에 그렇게 화가 나 있는 거야?]
[이탈리아군이 비열했어요.]
[터키군은 항의하지 않았어.]
[그러지 못한 것일지도 모르죠.]
대화가 잠깐 끊겼다. 그러나 곧 계속됐다.
[이탈리아군과 터키군의 싸움은 게임에서 비일비재한 수많은 싸움이랑 다르지 않았어. 한쪽이 이기고 한쪽이 졌지. 누가 불리했느냐 하는 것은 다른 문제야. 언제나 한쪽은 불리하기 마련이니까. 그러니까 그걸 억울해하는 것은 당연한 것을 당연하다고 여기지 않고 있는 것과 마찬가지야.]
나는 아무 말도 하지 않았다. _J가 이어 말했다.

[하지만 네가 당연하지 않은 일을 하고 있다고 생각하지 않아. 네가 다른 것을 억울해하고 있고 그게 바로 당연한 일이라고 생각해. 너는 이탈리아군에게 항의하고 있는 게 아니라 무언가 다른 것에 대해 항의하고 있는 거라고. 뭐에 그렇게 화가 나 있는 거야?]

그가 다시 물었다. 내 대답을 알고 묻는 것 같았다. 그러나 나는 대답하고 싶지 않았기 때문에, 차마 대답할 수 없었기 때문에 침묵을 지켰다.

[많은 사람이 잊고 지내는데.]

아랑곳하지 않고 그가 말을 이었다.

[대화 수단에는 정말 온갖 게 있어. 그중 하나로 상세한 정보 전달을 목적(purpose, amaç)으로 한 도표가 쓰일 수 있지.]

|  | First<br>(birinci) | Second<br>(ikinci) | Third<br>(üçüncü) | Fourth<br>(dördüncü) | Fifth~<br>(beşinci~) |
|---|---|---|---|---|---|
| Language<br>(Dil) | 9 | 0 | 1 | 1 | 2 |

[그건 범세계적 '사랑의 영향력'을 이야기하기 위해 만든 도표야. 영어와 터키어로 표기했고, 분석 결과를 숫자로 써넣었어. 과정은 이래. 우선 우리나라 특정한 검색엔진을 선정해서 검색창에 '연관 검색어 뜨기'를 설정해두고 키워드를 '○○어로'까지 입력하는 거야. 그러면 '○○어로 사랑해'가 연관 검색어로 열에 아홉은 뜨지. 그게 위에 뜰수록 더 많은 사람이 찾았다는 뜻인데, 첫 번째부터 다섯 번째 이후까지 분석했어. 그래프로 보면 그 결과가 더 명확하게 보일 거야.]

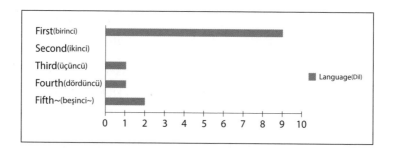

[메신저 비행기 전투 게임을 하고 있는 유저들의 주요 13개 언어 (독일어, 러시아어, 베트남어, 스페인어, 아랍어, 이탈리아어, 인도어, 일본어, 중국어, 태국어, 터키어, 포르투갈어, 프랑스어) 중 9개 언어(독일어, 베트남어, 스페인어, 이탈리아어, 인도어, 태국어, 터키어, 포르투갈어, 프랑스어)의 '사랑해'가 연관 검색어 첫 번째로 떴어. 세계적으로 사랑이 미치는 영향이 그렇게나 크다고. 흥미롭지 않아?]

그가 검색어에 관심이 있다는 것은 알았다. 그러나 터무니없는 통계까지 내고 있을 줄은 모르고 있었다. 나는 흥미롭지 않았다. 오히려 그가 흥미로웠다.

[더 흥미로운 것은 검색엔진의 검색창이라는 공간이지. 사람들이 거기만큼 솔직해지는 곳도 없거든. 미처 이야기하지 못했는데, 분석의 정확성에 대한 내용이야. 예컨대 한 회사의 사무실을 생각해봐. 화기애애한 분위기가 감돌고 있어. 그렇지만 사원들 손에는 스마트폰이 하나씩 쥐여져 있지. 그리고 '치질 초기 증상'이나 '초록색 똥이 나와요', '먹을 때 짭짭 소리 내는 여직원, 같이 식사하기 싫습니다' 같은 것들을 검색하고 있어. 이상하지 않아. 검색장은 개인적이고 주관적

인 궁금증을 푸는 곳이니까. 그러니까 검색창은 사람들의 순수한 본심을 보여준단 말이야.]

그가 말했다.

[내가 하려던 말은 이거야. 넌 무언가에 화가 나 있어. 그게 당연하지 않으니까. 그럴 땐 검색창이라는 공간을 이용해봐. 진짜 검색엔진을 켜고 '난 왜 화났나요?'를 검색하라는 게 아니라, 사심 없이 뭐가 가장 먼저 떠오르는가 보란 말이야. '안녕하세요'나 '감사합니다', '이름이 무엇입니까' 같은 것들보다 '사랑합니다'가 낯선 표현으로 가장 필요했던 것처럼, 당연한 것들이 떠오를 거야. 뭐에 그렇게 화가 나 있는 거야?]

그가 또다시 물었다. 누설되기를 꺼리는 내 비밀이 움찔거렸다.

[터키219번 군에게 괜찮으냐고 묻지 못했어요.]

[터키219번 군에게 괜찮으냐고 물을 만한 표현이 없기 때문이었어. 그 표현은 게임에서 의미가 없기 때문에 없었으니까. 그러나 너에게는 의미가 있기 때문에 있어야만 했어. 게임과 다른 태도를 취하게 됐던 거야. 그래서 게임에서 받아들여지지 않을 수밖에 없어졌고, 너는 거기에 화가 났어.]

그가 내 대답을 정리했다.

[이해가 안 됐으니까요.]

[나는 네가 당연하다고 생각해. 누구에게든 무엇에든 관심을 갖거나 하는 정서는 당연한 거고, 그걸 표현하려는 것도 당연한 거니까.]

그가 내 비밀을 알고 있을까?

[네가 누굴 사랑하거나 뭐를 좋아하거나 그건 당연한 거야. 그것들

은 그런 정서를 왜 품게 되었나 하는 분석 없이도 표현할 수 있는 것들이야. 게임 표현은 게임 안에서만 의미 있는 거니까 너무 얽매여 있지 않아도 돼. 해내고 싶은 표현이 있다면 해내면 돼. 게임 밖으로 나가 다른 표현들을 사용하면 된단 말이야. 존나 카와이 같은 표현이라도!]

게임뿐이 아니었다. 나는 게임 밖으로 나가는 것뿐이 아닌 존나 카와이한 그룹 밖으로 나가는 것도, 친구들 밖으로 나가는 것도, 한스 요아힘 마르세유 밖으로 나가는 것도 해내고 싶었다. 낚시가게 아저씨 엉덩이와 터키219번 군을 이해하기 위해서라도 나가야 했다. 그러나 어쩌면 그 모든 것들이 한스 요아힘 마르세유의 트릭일지도 모른다는 생각이 들었다. 내가 스스로 웃음거리가 되도록 설득하고 있는 것일지도 몰랐다. 나는 불신에 차 있었다.

그러자 깊은 구덩이에 빠진 것 같은 기분이 들었다. 어두컴컴한 구멍 안에서 나는 벽을 더듬고 있다. 끊어질 듯 말 듯 매달려 있는 동아줄을 붙잡을까 말까 망설이면서. 썩어버린 동아줄은 나를 구해줄 수 있을까. 뾰족한 수가 없을까. 나는 로그아웃을 해버렸다. 내가 생각한 최선의 방법이었다. 그러나 그렇다고 해서 내가 온전히 빠져나온 것은 아니었다. 나는 더 확실하게 구덩이 속으로 침잠한 것이었다.


터키219번 군과 이탈리아군이 비행한다. 이탈리아군이 터키219번 군 뒤를 따라다닌다. 하트 모양으로 빙빙 돌기도 하고, 터키219번 군을 툭 치고 달아나며 '나 잡아봐라' 놀이를 시도하기도 한다. 터키219번 군은 따라가지 않는다. 이탈리아군은 멋쩍어하지만 다시 시도한다. 터키219번 군은 못 이기는 척 따라간다. 눌은 나란히 비행한다. 그때 한스 요아힘 마르세유가 나타나 내 앞으로 다가온다.

[왜 표현을 못 해, 왜!]

그는 나를 다그친다. 나는 '내가 어떻게 그래요' 따위를 말하려다가 멈춘다. 대체 무슨 상황인가. 그런 생각이 든다. 그러자 꿈에서 깬다.

이상한 꿈을 꿨다. 그러나 나는 괜히 진지해졌다. 그러고 보니 해결된 것이 하나도 없었던 것이다. 터키219번 군은 돌아오지 않았고, 한스 요아힘 마르세유는 여전히 찜찜한 채로 남아 있었다. 그와 나는 무슨 사이인지 알 수 없었다. 어디서부터 풀어야 할지 감도 잡히지 않았다. 나는 학교에 가고 친구들과 어울리고 존나 카와이한 그룹에 접속하고 메신저 비행기 전투 게임에 들락거리는 생활을 지속하는 것밖에 별다른 방법이 떠오르지 않았다. 나는 우선 게임에 들어갔다.

[Vietnam, Go.]

(베트남군을 공격하자.)

그러자 믿을 수 없는 일이 벌어졌다. 게임에 접속하자마자 터키219번 군이 내게 말을 걸어온 것이었다. 그는 멀쩡한 모습이었다. 나는 당황한 채 그와 같이 베트남군을 공격하러 갔다. 비틀비틀 날아가던 베트남군을 양옆에서 덮쳐서 격추시켰다. 이 대 일의 비열한 싸움이었지만 비열하게도 재미있었다.

그런 다음에 나는 터키219번 군과 대화를 계속해나갔다. 터키219번 군은 게임 표현도 사용했지만 게임 밖의 표현도 사용했다. '하우 아 유?' 나도 썼다. '아임 파인 생큐. 앤드 유?' 그도 썼다. '미 투.' 그와 그렇게 친근하게 말을 주고받은 적은 없었다. 나는 그와 가까워졌다. 게임상 동맹군 이상의 사이 같았다. 그러나 갑작스럽게 술술 풀리는 일들에 나는 행복했지만 한편으로는 영 석연찮은 느낌이었다. 그 모든 일이 만들어진 일 같다는 생각이 머릿속을 떠나지 않았다.

의문은 곧 풀렸다. 한스 요아힘 마르세유를 붙들었다. 힐끔거리고 얼쩡거리던 그가 수상했던 까닭이었다. 그는 내 물음들에 하나도 답해주지 않았다. 그가 그랬다는 건지 안 그랬다는 건지 도무지 알아낼 수 없었다. 그가 무엇을 어떻게 한 건지, 어떻게 할 수 있었는지 나는 정말 궁금했다. 그는 한 가지만 대답해주었다.

[터키219번 군, 영어 잘하지?]

[뭐라고요?]

그러나 나머지는 대답해주지 않았다. 다만 다른 이야기로 대답을 대신했다.

[아프리카에는 북소리 표현이 있고, 카나리아 섬에는 휘파람 표현이 있어.]

[뭐라고요?]

[아프리카에서는 누가 사라지면 북을 쳐. '둥둥, 아들이 가출했어요, 발견하시는 대로 알려주세요, 다리몽둥이를 분질러버리게요, 둥둥.' 그러면 옆 마을에서 대답해주지. '둥둥, 마을 어귀에 앉아 있어요, 둥둥.' 그러면 아버지와 다투고 집 나온 젊은이는 가슴이 쿵 내려앉아. '대륙 전체가 작당하고 나를 가두고 있구나. 미국으로 도피유학 가야 하나' 고민하면서 말이야. 카나리아 섬도 마찬가지야. 거기서는 휘파람으로 이야기하지. 외부인은 못 알아듣는 표현들로 말이야. 흥미롭지 않아?]

나는 두 표현을 알아듣지 못하는 외부인이 된 것 같은 심정이었다.

[북소리와 휘파람으로 실질적인 의사소통이 가능할까? 그 표현들로 대화한다는 것은, 사용자들 사이에 어떤 힘 같은 게 존재하기 때문이 아닐까? 오랫동안 더불어 산 사람들 사이에서 자연스럽게 생겨나는 힘, 어쩌면 이해심 같은 거 말이야.]

그러니까 바나나를 너무나 좋아하는 원주민 아이가 점심때쯤 집 문을 쿵, 치면 사냥 나가 있던 아버지가 그 소리를 듣고 '저놈 나 들으라고 저러는구나' 싶어 돌아오는 길에 바나나 한 송이를 따게 되는, 뭐 그런 식의 이해심인가.

[무슨 말을 하고 싶은 거예요?]

[내가 터키219번 군에게 물었거든. '헬로! 터키 솔저! 왓 해픈드 투 유!' 터키군이 답했어. '저스트 컴퓨터 에러!' 일주일이 넘도록 컴퓨터 에러 때문에 접속을 못 했대. 네 걱정도 했겠지. 내가 영어로 말을 걸었기 때문에, 터키219번 군도 영어로 말을 걸 수 있다는 것을 알게 됐을 거야. 그래서 걱정했던 너와 말을 주고받을 수 있게 됐을 거고. 오랫동안 더불어 게임한 유저들 사이의 이해심으로, 짧은 대화로 긴 이야기를 한 거지.]

그러니까 나는 컴퓨터가 고장 난 터키219번 군에게 '아 유 오케이?' 한마디를 하지 못해서 일주일을 앓았다는 이야기였다.


내가 게임 안에서 이상한 사람이었듯 게임 밖에서 이상한 사람인 상대가 있었다. 남중 애였다. '살구 먹으면 나랑 살구 싶을까'나 '아, 나 졸린데 자두 먹고 자두 되나' 같은 유머감각은 둘째 치고라도, '남중에서는 내가 소문난 미남이거든. 레오나르도 디카프리오 정도 된다고 생각하면 돼. 영화계로 치자면' 같은 근거 없는 자신감도 둘째 치고라도, 남중 애는 이상했다. 정말 이상한 것은 자기 자신이 이상한 것을 자랑스러워한다는 점이었다.

남중 애는 남중 안에서 대체로 이런 역할들을 했다. 교실 뒷자리 친구가 만 원짜리 한 장을 주며 '딸기크림빵 세 개랑 딸기우유 두 개 사오고 2만 원 남겨 와'라고 하면 '딸기크림빵이 1200원이고 딸기우유가 7백 원이라서 5천 원 남았어. 그건 수고비!'라고 했다가 빵과 우유로 맞는 역할이나, 하굣길에 삼선 슬리퍼 신은 고등학생이 다가와 어깨에 손을 척 걸치며 '야, 친구인 척해, 친구인 척' 하자 정말로 친구인 척 '오, 그럼 우리 오락실 가서 게임 한 판 당길까' 했다가 한 대 척 맞는 역할 같은 것들이었다.

남중 애는 남중 안에서 인지도가 없었다. 인지도가 있으려면 대개 성적이 높거나 싸움을 잘하거나, 아니면 얼굴이 훤칠하게 생기거나 키가 크거나 해야 했다. 남중 애는 어느 것도 아니었기 때문에 괴롭힘의 대상이 되었다. 남중 애들은 남중 애를 괴롭히지 못해 안달이었다. 빵과 우유를 시키고, 숙제를 시키고, 체육복 대여며 청소도구함 정리까지 시켰다. 남중 애가 괴롭힘을 당할 때 누구도 괴롭히지 말라고 말하지 않았다. 남중 선생님들도 마찬가지였다. 남중 선생님들은 남중이라면 응당 벌어질 만한 일들이 벌어지고 있다고 여겼다. 남중 애도 똑같았다. 남중 애는 괴로워하지 않았다. 남중 애는 오히려 괴롭힘을 즐겼다. 괴롭힘을 당하는 자기 자신을 즐겼다.

남중 애는 자기 자신이 조금이라도 특별해진다고 생각했던 것이다. 남중 애는 사소한 배려에 과도하게 감동받는 사람이었다. 보습학원이나 온라인강의 업체에서 홍보차 나눠주는 공책, 볼펜 들을 받을 때나, 교회나 보험회사에서 주는 휴지, 사탕 들을 받을 때 엄청나게 기뻐했다. 내가 사탕 한 알이나 초콜릿 한 조각을 입에 넣어주면 눈물을 글썽이기도 했다. 자기 자신만을 위한 것, 자기 자신의 것이라는 생각이 들면 누구든 무엇이든 좋아했다. 괴롭힘이라고 해도 그랬다.

사실 남중 애에게 부족하거나 모자란 것은 없었다. 넉넉한 집안에서 남부러울 것 없이 자랐으니까. 자식 교육에 열심인 부모님 덕에 피아노, 미술, 태권도 할 것 없이 배웠고, 여름마다 해외로 여행도 다녔으며, 한 달에 서너 번은 오페라며 뮤지컬도 보러 다녔고, 일주일에 두세 번은 고급 레스토랑에서 식사도 했다. 그러나 남중 애는 늘 허전함을 느꼈다. 그 빈자리를 메우기 위해 어렸을 때부터 무언가를 찾아다녔다. 버려진 인형을 주워 오거나, 남들이 먹다 남긴 음식들을 몰래 먹거나 했다. 인형이 없어서나 배고 고파서가 아니었다. 비어 있는 자리가 너무 허했기 때문이었다.

남중 애는 생활 속에서도 뭔가를 찾았다. 아홉시 뉴스가 끝날 때 나오는 음악을 꼭 들어야만 잘 수 있다거나, 잠들 때 베개를 꼭 거꾸로 베야만 이불을 덮을 수 있다거나 하는 규칙들을 만들었다. 동네를 돌아다니며 조금이라도 밀폐된 공간이 있으면 제1비밀창고, 제2비밀창고, 하고 번호를 붙여 비밀창고로 지정했다. 자기 자신만의 무엇을 찾아야만 했다.

중학교에 입학할 때였다. 두발규정에 맞춰 머리를 짧게 자르는데 어깨선을 타고 떨어지는 머리카락들을 보자 눈물이 뚝뚝 떨어졌다.

다시 돌아오지 않을, 아주 소중한 것을 잃는 느낌이었다. 그러나 남중 애는 그 느낌을 즐겼다. 남다른 것을 느낄 수 있어 좋았기 때문이었다. 남중 애가 빈자리를 채우는 것은 대개 그런 식이었다.

중학교에 입학하고 남중 애는 캄캄한 밤이면 운동장 벤치에 자주 앉아 있었다. 다른 애들처럼 밤늦게까지 게임을 하거나 왁자지껄 몰려다니기도 했지만 자기만의 시간이 필요했던 것이다. 어느 날은 교실 한복판에 앉아 있다가 아무도 자신을 의식하고 있지 않다는 사실이 견딜 수 없어졌다. 남중 애는 충동적으로 복도에 나갔다. 미화원 아주머니가 두고 간 양동이 하나가 눈에 띄었다. 양동이 안에는 땟국이 고여 있었다. 남중 애는 그 양동이를 냅다 창밖으로 던져버렸다. 그리고 반사적으로 도망쳤다.

남중 애가 수업 시간에 맞춰 교실로 들어갔을 때 교실은 술렁이고 있었다. "누가 양동이 던졌대." "누가 맞을 뻔했다던데." 선생님도 말했다. "누가 양동이를 던졌더군요." 그게 남중 애의 첫 비밀이었다. 들킬 염려가 있는 비밀다운 비밀이었다. 남중 애는 자신이 한 행동이 의식되고 있다는 것, 다른 사람들 몰래 스스로 의식할 만한 것이 생겼다는 사실이 행복했다.

남중 애는 창가에 있던 화분, 다른 애들 책상에 있던 교과서도 던졌다. 그러자 교실은 물론 학교까지 술렁이게 되었다. 화분들이 회수되고 교과서들은 좀 더 철저하게 관리됐다. 남중 애는 그 뒤로도 몇 번 같은 짓을 벌였다. 그러다 멈췄다. '복도에 CCTV를 설치할지도 몰라. 꼬리가 길면 잡히는 법이니까.' 남중 애는 다른 짓을 벌일 생각을 했다. 들키지 않을 정도로 소소하면서 여전히 자신이 의식되고 자신을 의식할 수 있는 어떤 짓. 남중 애는 옆자리 애의 지우개에서부터 자잘한 물건들을 훔치기 시작했다. 지우개 같은 물건들은 잃어버리는 일이 흔했기 때문에 잃어버린 당사자도 당시에만 당혹스러워할 뿐 크게 신경 쓰지 않았다. 다른 사람들도 그랬다.

거기까지 들었을 때, 나는 더 고개를 끄덕이기 어려워졌다. 더 고개를 끄덕이면 나도 이상한 사람이 돼버릴 것 같아서 두려워졌다. 남중 애의 이야기는 이해할 수 있으나 공감할 수 없었다. 내가 이상한 사람이라는 사실을 확인하게 될까 봐 섣불리 공감하기가 무서웠던 것이다. 나는 아직 내 비밀에 대해 누설할 준비가 되어 있지 않았다. 스스로에게도 마찬가지였다.

그때 남중 애는 주머니에 있던 잡동사니들을 꺼내놓았다. 지우개와 같이 형광펜 뚜껑, 부러진 자, 다 쓴 샤프심 통 같은 것들이 섞여 있었다. 남중 애는 말했다.

"다른 애들 거야."

아니까 어서 돌려주라고, 그것들을 어디에 쓸 거냐고 말하려다가 멈췄다. 남중 애는 내 이야기를 듣고 싶어 했다.

낚시가게 아저씨 엉덩이나 터키219번 군 이야기는 할 수 없었다. 나는 존나 카와이한 그룹과 메신저 비행기 전투 게임 이야기를 했다. 친구들과 떡볶이 먹은 이야기, 다른 남중 애들과 만나, 지는 않고 만날지도 모른다는 이야기를 했던 이야기를 했다. 두서없는 이야기들이었는데 남중 애는 눈을 맞추고 고개를 끄덕였다.

"메신저 비행기 전투 게임이 특히 재미있어 보여."

"같이 해볼래?"

나는 내 속이 들여다보일까 봐 서둘러 대꾸했다. 남중 애는 나를 집까지 데려다주었다. 남중 애는 몇 가지 유머를 던지기도 했다. 나는 웃어주었다. 비로소 집에 돌아왔을 때, 나는 방문을 닫고 한숨을 내쉬었다. 남중 애 비밀과 내 비밀 사이에서 정신없이 헤매고 있던 참이었다. 순간, 남중 애에게 별생각 없이 내뱉고 만 말 한마디가 떠올랐다. 메신저 비행기 전투 게임을 같이 해보자고 했던 말. 게임 닉네임이 '낚시왕 똥꼬뽀뽀'일 텐데, 무슨 생각으로! 비밀 누설이고 뭐고 새로운 비밀이 생겨나 누설될 위기에 처해 있었다.

## 최불암 아저씨와 테멜 아저씨에 관한 짧은 보고서

존나 카와이한 그룹에서 한스 요아힘 마르세유는 가장 많이 접속하는 멤버였다. 그의 높은 접속률만큼 그를 친근하게 느끼는 사람들이 갈수록 늘어났다. 그에게 친근감을 느껴 나처럼 섣불리 비밀을 누설해버린 사람들도 늘었다. 예컨대 닉네임이 '고무줄사내'인 남자는 그에게 동질감을 느낀 나머지 집 화장실 네 번째 타일 안에 붙여둔 비상금의 위치까지 가르쳐주었을 정도였다. 그가 '그래요?'나 '멋진데요?', '놀라워요!' 같은 맞장구를 잘 쳐줬기 때문에 남자는 비상금의 위치를 넘어서 비상금의 출처에 대해서도 털어놓았다.

그것은 외도를 위한 비상금이라는 것이었다.

[아내와 자식 모르게 외도 중인데, 옆집 과부가 상대거든요.]

[우와, 대담하네요!]

[아내와의 성관계에 만족할 수 없었어요. 그런데 어느 날 옆집에 과부가 산다는 것을 알게 됐어요. 가슴도 크고 엉덩이도 크고, 몸매가

참 좋은데 남자가 없더라고요. 어떻게 알았긴요! 동네 아주머니들이 그 여자는 남편을 잃은 지 꽤 지났는데 재혼 생각도 없는 것 같고 집에 드나드는 남자도 없는 것 같다고 떠드는 것을 들었거든요. 아침 일찍 일어나 장 봐 오고 저녁이면 일찍 불 끄고 잠들고, 겉으로 보기에 바른 생활을 하는 여자였죠. 그렇지만 저는 느낄 수 있었어요. 저 여자도 맺힌 게 참 많겠다.]

어느 날 아내와 자식이 둘 다 늦는다는 연락을 했다. 저녁을 먹지 않고 있던 남자는 간편하게 먹을 수 있는 '3분 요리 시리즈'라도 사려고 집을 나섰다. 추리닝 바람에 떨어진 슬리퍼를 끌고 나선 참이었다. 그때 열려 있는 과부 집 문이 눈에 들어왔다.

[뭔가에 홀린 것처럼 들어간 거예요. 과부는 베란다에서 빨래를 널고 있었어요. 엉덩이를 쭉 빼고요. 과부 몸에 저녁놀이 비스듬히 비치는데 와, 순간 정신을 잃었어요. 낡은 추리닝이 흘러내리지 않게 아내가 넣어준 고무줄이 있었거든요. 순간적으로 그 고무줄을 쭉 빼서 과부 뒤쪽으로 다가가 두 손을 잡고 묶었어요. 그리고 엎드리게 해놓고 치마를 걷어 올린 다음 성기를 밀어 넣었어요.]

과부가 고개만 돌리면 끝날 관계였다. 그의 얼굴을 보면 그를 강간범, 못해도 변태로 낙인찍어 얼굴도 못 들고 다니게 할 수도 있었다. 그러나 과부는 고개를 돌리지 않았다. 고개를 돌리면 성기가 빠지는 자세였기 때문에 얌전히 엎드려 있었다.

[거기서 알았죠. 이 여자도 나처럼 맺힌 게 참 많았나 보다. 그러자 그 자리에는 가해자도 피해자도 없게 되었어요. 우리는 암묵적인 합의하에 정신없이 성관계를 가졌어요. 그리고 곧바로 다음 성관계를

가졌죠. 과부의 침실에 들어가서 옷을 다 벗고 서로 애무도 했어요. 과부는 제 몸 구석구석을 핥아주었어요. 핥았다기보다 빨아들였다는 말이 맞을 것 같아요. 우리는 허기져 있었으니까. 아무튼 만족스러웠어요. 물론 복잡스럽기도 했죠. 내가 강간을 했다는 데서 오는 배덕감, 혹은 자괴감, 아내와 자식을 생각하니 죄책감 같은 것도 들더라고요. 그런데 나는 정말 굶주려 있었다고요. 뭐, 그래도 과부가 동의한 강간이니 나쁜 게 아니지 않겠어요?]

그 후로 그들은 정기적인 성관계를 가졌다. 아내와 자식이 집에 없는 날이면 남자는 과부 집 앞을 얼쩡거리며 고무줄을 튕겼다. 팅티디팅팅. 늘어난 추리닝이 내려가지 않도록 그의 아내가 넣어준 고무줄이자, 첫 성관계 시 일시적으로나마 과부의 반항을 막기 위해 과부의 두 손을 묶었던 고무줄이었다. 그 고무줄이 튕겨지는 소리를 들으면 그의 성기는 빳빳하게 섰고 과부는 모른 척 문을 열어두곤 했다. 고무줄은 그들만의 성적 판타지를 자극해서 손을 묶고 발을 묶고 몸을 묶고 성기를 묶는 등 다양한 용도로 쓰였으며, 덕분에 고무줄이 빨리 닳아 남자는 그것을 자주 바꿔줘야 했다. 천 원 한 장도 아껴 쓰는 꼼꼼한 아내 몰래 그가 비상금을 조성한 이유였다.

그러니까 고무줄은, 남자의 욕구불만 증상이 만든 표현 수단(강간)으로 쓰였는데, 그게 과부의 욕구불만 증상이랑 만나 다른 의미에서의 표현 수단(정기적인 성관계)으로 발전한 셈이었다. 한스 요아힘 마르세유는 이야기를 듣고 난 뒤 평소와 다름없이 존나 카와이가 남발하는 게시물들을 올려댔다. 남자는 안심했다. 그러나 곧 문제가 생겼다. 아내에게 이혼통보를 받은 것이었다. 물증은 없었지만 심증은 있었다. 그러나 확인할 방도는 없었다. 한스 요아힘 마르세유는 아무 말도 하지 않았다. 만약 그가 아니어도 그에게 비밀을 누설한 다음에 일어난 일이었으므로 찜찜한 마음은 마찬가지였을 것이다. 남자는 후회했지만 어쩔 수 없었다.

소문의 출처는 알 수 없는 법이었다. 언제부턴가 존나 카와이한 그룹에 떠돌게 된 이야기가 어디서 나오게 되었는지 나는 몰랐다. 나는 한스 요아힘 마르세유에게 누설한 내 비밀을 생각했다. 그러고 보니 그는 그룹에서 가장 많이 말하는 사람이었고 그룹 멤버들과 가장 많이 대화하는 사람이었다. 그래서 그에 대해 다 안다고 여겼던 것이다. 그제야 나는 그가 자기 자신 이야기를 한마디도 하지 않았다는 것과 상대 이야기를 귀담아듣고 있었다는 것을 알게 되었다. 그가 자기소개 게시물을 올렸을 때 자기 자신의 모든 것을 알려주고 있다고 생각했는데, 실상 알 수 있는 것은 거기 없었던 것이다.

메신저 비행기 전투 게임에서의 한스 요아힘 마르세유는 존나 카와이한 그룹에서의 그와 조금 달랐다. 그는 공격하거나 방어하는 대신 구석 자리에 가만히 앉아 있곤 했던 것이다. 적극적이었던 그룹에서의 모습과 대조적으로 소극적인 모습이었다. 다른 유저들이 날아다니는 와중에 그는 멈춰 있기만 했다. 마치 접속이 끊어져버린 것처럼 미동 없는 움직임이었다. 그러나 나는 그가 그룹에서의 그와 조금도 다르지 않다는 생각이 들었다. 그는 한 번도 싸우지 않았지만 모든 싸움을 알고 있을 것이었다.

비유하자면 그는 우리나라에 온 외국인 같은 사람이었다. 그가 사용하는 표현은 우리가 사용하는 표현과 다르다. 그러나 그는 우리가 사용하는 표현을 조금 공부하고 왔기 때문에 간단한 대화를 할 수 있다. 어휘가 부족하므로 단순한 의사소통만 할 수 있을 뿐이다. 그는 주로 듣기만 한다. 듣는 것은 말하는 것과 달라서 말할 수 있는 것 이상으로 들을 수 있다. 낯선 나라에 온 그는 낯선 표현을 이유로 자기 자신을 이야기하지 않고도 다른 사람들의 이야기는 들을 수 있는 만큼 듣다 갈 수 있는 것이다. 다르게 비유하자면 그는 어린아이 같은 사람이었다. 새로운 표현을 한마디씩 따라 배우고 있는 것이다. 어떤 표현을 맞닥뜨려도 배우지 못한 표현의 일부일 뿐이므로 거부감 없이 배운다.

그러나 나는 물론 다른 사람들은 다르다. 예컨대 어느 날 길을 걷다가 한 사람이 붕 떠오르는 것을 본다면 나를 비롯한 다른 사람들은 놀랄 것이다. 놀라는 것을 넘어서 경악할 것이다. 그러나 어린아이는 조금 놀라기는 해도 경악하지는 않을 것이다. 기는 개미, 달리는 자동차, 나는 새 등등 세상에는 신기한 것들이 많으니까, 떠오르는 사람도 신기한 것들 중 하나일 뿐이기 때문이다. 그는 그랬다. 어떤 표현이든 경악하지 않고 받아들였다. 외국인과 어린아이 같아서 말은 잘 하지 않아도 무엇이든 다 들었다. 물론 그런 사람이 아닐 수 있었다. 외국인 같은 한국인이거나 어린아이 같은 어른아이일 수도 있는 것이다. 만약 정말 그렇다면, 그는 얼마나 고단수인 것일까.

어느 날 밤, 나는 컴퓨터를 켜두고 있다가 한스 요아힘 마르세유가 말했던 검색어 이야기를 떠올렸다. 그는 검색엔진 검색어 1순위의

'낚시왕 똥꼬뽀뽀'라는 키워드에 대해서 말했었다. 그러나 나는 그가 나를 놀린다고 생각했었고, 찾아볼 생각도 하지 않았었다. 메신저 비행기 전투 게임 닉네임을 짓느라 골머리를 앓고 있을 때 혜성처럼 떠올라 도움을 준 키워드였는데, 그런 수혜를 입고도 찾아볼 생각이 들지 않았었다. 그런데 그게 갑자기 떠올랐다. 뜬금없이 궁금해졌던 것이다. 나는 검색엔진을 켜고 검색창에 '낚시왕 똥꼬뽀뽀'를 입력했다. 그러자 이야기 하나가 튀어나왔다.

　어느 밤이었다. 안개가 자욱한 탓에 별이 보이지 않았다. 설상가상으로 짐승 울부짖는 소리를 내며 바람도 불고 있었다. 낚시꾼들은 찌를 던지며 한기를 느꼈다. 부르르 몸을 떨고 나자 곧바로 후회가 밀려들었다.
　'이런 날 괜히 낚시를 하러 왔나 봐.'
　그런 생각을 가장 절실하게 하고 있는 사람은 똥꼬뽀뽀 씨였다. 똥꼬뽀뽀 씨는 저녁에 먹은 초특급해룡스테미너해산물정식이 체한 것을 느꼈다. 배가 차가워지고 배 속이 쑤셔왔다. 거대한 괴물이 튀어나올 것처럼 소화 덜 된 음식물이 발버둥치고 있었다. 을씨년스러운 날씨가 배 속 사정을 더 악화시키는 것 같았다. 싸르르 뱃가죽에 소름이 돋았다. 해파리냉채와 한치물회를 들이마시고 복어껍질무침과 전복내장죽을 떠먹으며 연어샐러드와 가자미콩나물찜을 섞어 먹던 자기 자신이 정신이 나갔었지 싶었다. 장이 뒤틀렸다.
　하지만 화장실은 없었다. 주변을 둘러봐도 사방이 뚫려 있었다. 벽이나 나무 같은 것들도 없었다. 새벽 세시가 넘어가는 중이었다. 문득 무언가를 끝내기엔 너무 이르고, 무언가를 시작하기엔 너무 늦은 시간이라는 말이 떠올랐다. 그게 낮 세시였나, 새벽 세시였나. 아무튼 낚시터에서 나가기엔 첫차 시간이 한참 남았고, 낚시터에 남아 있기엔 괄약근이 터질 것 같았다. 똥꼬뿌뿌 씨는 생각했다.

'죽겠어. 죽을 거야.'

그게 생각할 수 있는 것의 전부였다. 똥꼬뿌뿌 씨는 바지를 내려버리고 싶은 충동을 겨우 억눌렀다. 낚시꾼들 옆에서 변을 볼 수는 없었다. 냄새가 많이 날 테니까. 다시는 낚시 바닥에 발을 못 붙일지도 몰랐다. 창피해서라도. 그렇다고 낚시꾼들에게서 멀리 떨어진다고 해도 들키지 않을 것 같지는 않았다. 아예 눈에 띄지 않는 곳에 가야만 했다. 그때 똥꼬뿌뿌 씨 눈에 낚시터의 탁한 물이 들어왔다. 똥꼬뿌뿌 씨는 배 속에서 삼십 초도 못 버티고 뿜어져 나올 것 같은 묽은 대변이 출렁대는 것을 느끼며 굳은 결심을 했다.

"다들 심심하시죠? 물고기도 볼 겸, 제가 한번 물에 들어갔다 나오겠습니다."

낚시꾼들은 웃었다. 그리고 똥꼬뿌뿌 씨를 재미있게 지켜보았다.

똥꼬뿌뿌 씨는 물에 들어가자마자 앞뒤 사정이고 뭐고 다짜고짜 바지와 팬티부터 한꺼번에 끌어내렸다. 그리고 태어났을 때 젖 먹던 힘까지 모아서 변을 쥐어짜내기 시작했다. 끄으응, 끄으응. 수중 배설은 이를 악물고 버텨야 할 만큼 고됐다. 숨이 차올랐고 눈과 코가 매워왔다. 느낌과는 달리 묽은 변이 아닌 된 변이 나와서 힘이 배로 들어가기도 했다. 똥꼬뿌뿌 씨는 낚시꾼들에게 들킬까 봐 걱정이 이만저만이 아니었다. 그러나 문제는 다른 데 있었다. 힘을 줘도 줘도,

허리를 비틀고 뱃가죽을 쥐어뜯어보아도, 변이 끊어지지 않는다는 사실이었다.

아우, 아우. 똥꼬뽀뽀 씨는 오열했다. 그러자 상황이 더 심각해졌다. 가슴이 턱턱 막혀오고 목구멍이 답답해져왔다. 변을 끊어내기 전에 질식사할 위험이 더 높아졌다. 한술 더 떠 밖에서 낚시꾼들이 웅성대는 소리가 들려왔다. 이제 더 어쩔 수 없어졌다. '안 끊길 똥이면 급한 똥도 아니겠지.' 똥꼬뽀뽀 씨는 애써 자기 자신을 위로했다. 그리고 반쯤 나와 있던 변을 빨아들였다.

변은 잘 빨려 들어갔다. 하지만 문제가 있었다. 똥꼬뽀뽀 씨가 먹었던 산해진미, 싱싱한 해산물들이 소화돼 있었던 것이다. 똥꼬뽀뽀 씨의 배 속에서 잘 숙성돼 있던 음식물들은 물고기들의 미끼가 될 수 있었다. 그리고 똥꼬뽀뽀 씨가 몇 시간 동안 구더기와 지렁이를 담가놔도 몰려들지 않던 물고기들이 정말로 변 끝으로 몰려들기 시작했다.

물고기들은 변이 다 빨려 들어갈 때까지 도망가지 않았다. 그리고 그렇게 삼 초 정도, 똥꼬뽀뽀 씨의 똥꼬와 물고기의 주둥이가 만나서 진한 뽀뽀를 나눴다. 촉촉하면서도 물컹한 감촉. 축축하면서도 차가운 감촉. 그런 이상한 감촉에 놀란 똥꼬뽀뽀 씨는 소리를 지르며 밖으로 뛰쳐나갔다. 바깥 공기가 닿자 똥꼬가 오므라들었고 똥꼬뽀뽀 씨 또한 오므라들었다. 똥꼬뽀뽀 씨는 땅바닥에 얼굴을 파묻고 하늘을 향해 엉덩이를 쭉 뺀 자세로 움직이지 않았다. 낚시꾼들은 바지와 팬티를 내리고 있는 똥꼬뽀뽀 씨와, 똥꼬뽀뽀 씨의 똥꼬에서 떨어져 나와 팔딱거리는 물고기 한 마리를 볼 수 있었다.

그 후로 똥꼬뽀뽀 씨는 똥꼬로 물고기를 잡은 희대의 낚시꾼으로 등극한 한편 '똥꼬뽀뽀'라는 불멸의 별명을 얻게 되었다. 그때 잡은 물고기가 붕어인지 잉어인지, 아니면 돔이나 메기인지, 그것도 아니면 피라미 혹은 철갑상어인지 논란은 지금까지도 일고 있다. 당사자인 똥꼬뽀뽀 씨는 자기 자신과 물고기에 대한 의리로 고개를 돌리지 않았다.

한동안 똥꼬뽀뽀 씨 이야기를 응용해 '물고기 잡았다'라는 표현을 '똥꼬뽀뽀'라는 표현으로 바꿔 쓰는 낚시꾼 은어가 생기기도 했다. 예컨대 '고등어 똥꼬뽀뽀'는 '고등어 잡았다'는 뜻이다. 그때 그 자리에 있던 한 낚시꾼의 스틸컷이 비싼 값에 거래되고 있다는 소문도 있다.

낚시꾼들끼리 주고받곤 하는 '낚시꾼 유머 시리즈' 중 일부라고 했다. 낚시터에서 있었던 재미있는 에피소드들을 변형시켜 이야기로 재탄생시킨 내용들이었다. 낚시꾼들이라면 낚시터에서 응당 듣게 마련인 우스갯소리나 소문 같은 것들이어서 낚시꾼들은 다른 사람들의 몇 배로 웃고 즐길 수 있었다.

예컨대 '낚시왕 똥꼬뽀뽀' 이야기는, 화장실 청소가 하기 싫고 청소부 고용은 더 하기 싫은 주인이 운영하는 화장실 없는 낚시터에서, 실제로 배가 아파 지옥 체험을 한 몇몇 낚시꾼들의 주도로 일어난 '낚시터 물에 똥 누기' 퍼포먼스를 바탕으로 하고 있었다. 그 퍼포먼스는 곧 전국적으로 퍼졌으며, 전국의 화장실 없는 낚시터들이 화장실을 세우는 데 큰 기여를 했다. '낚시왕 똥꼬뽀뽀' 이야기에서 그런 내용들을 읽어낼 수 있는 낚시꾼들은 그때의 퍼포먼스를 떠올리며, 다른 에피소드들을 떠올리며 더 많이 웃고 즐길 수 있는 것이었다. 그것은

'낚시꾼 무리'에서만 읽어낼 수 있는 일종의 표현과도 같았다.

그 무렵 나와 한스 요아힘 마르세유는 직접적인 표현이 아닌 간접적인 표현으로 대화를 하고 있었다. 암시나 은유를 사용해서 돌려 말하는 식이었다. 존나 카와이한 그룹이나 메신저 비행기 전투 게임, 북소리 표현 이야기나 낚시왕 똥꼬뿌뿌 이야기 같은 것들로 말이다. 일대일로 만나서 마주 앉아 말을 주고받는 것은 나에게 이로울 게 없었다. 나는 친구들 때문에라도 그를 견제하고 있었고, 그가 다가오려 할수록 뒷걸음질 치고 있었던 것이다. 그와 거리를 둬야 했다. 그 무렵 그는 나름대로 내게 무언가를 표현하려고 하고 있었다.

한스 요아힘 마르세유는 유머 시리즈 게시물들을 올리고 있었다. 존나 카와이한 그룹이든 메신저 비행기 전투 게임 채팅방이든 가리지 않았다. 내가 어느 한 곳에 접속하면 기다렸다는 듯 그의 새 글이 올라왔다는 알림이 왔다. 열 가지 남짓 일정한 패턴을 지닌 것들이었다. 문제가 있다면 '유머'라기보다 '유우머'라고 표기되어야 어울릴 법한 시대에 뒤떨어진 유머감각이었다는 점이었다. 그러나 그는 그의 성격대로 대놓고 '유우머'라고 적어놓고 자신 있게 행동했다.

만득이가 부엌에서 설거지를 하는데, 귀신이 일 초에 한 번씩 '만득아, 만득아' 하는 거야. 하도 불러대는 통에 만득이는 화가 날 지경이었어. 그런데 마침 옆에 있는 전자레인지가 눈에 띄었지. 만득이는 귀신을 전자레인지에 넣었어. 그리고 스위치를 눌러버렸지. 그랬더니 귀신이 뭐라고 말했는지 알아? '만득앗 뜨거! 만득앗 뜨거!'

한스 요아힘 마르세유는 '추억의' 만득이 유우머 시리즈부터 덩달이 유우머 시리즈와 사오정 유우머 시리즈 등등을 소개했다. '무릎 탁치고 갈 유우머', '배꼽 빠지고 갈 유우머', '사교를 위한 유우머', '세계의 유우머', '오늘의 유우머', '재미있는 유우머' 등등 소개 문구도 다양했다. '익살', '인간미', '재치', '페이소스', '풍자', '해학' 등등 소개 키워드도 여러 가지였다. 그래도 90년대 풍이었지만 어디선가 본 것 같은 익숙한 유머들이어서 박장대소까지는 아니어도 실소 정도는 할 수 있었다.

물론 초반에는 웃기지 않았다. 웃기지 않은 정도가 아니라 웃기지 '도' 않은 정도였다. 그런데 어느 순간 패턴을 알게 됐다. 처음 만득이 유우머 시리즈의 패턴을 깨닫게 된 날 코웃음이 터졌다. 만득이 유우머 시리즈를 보고 웃다니, 내 유머감각이 그 정도밖에 안 됐나. 그러나 웃기긴 웃겼다.


만득이가 소변이 마려워 소변기 앞에 섰다. 그러자 귀신이 '만득아, 만득아' 했다. 만득이는 화가 나 물을 내려버렸다. 그러자 귀신이 하는 말이, '만득아, 만득아르르르르르'


만득이가 대변이 마려워 변기통에 앉았다. 그러자 귀신이 '만득아, 만득아' 했다. 만득이는 화가 나 대변을 떨어뜨려버렸다. 그러자 귀신이 하는 말이, '만득아, 만득악!'

만득이 유우머 시리즈는 옆을 졸졸 따라다니는 귀신을 떨어뜨리기 위해서 고군분투하는 만득이의 투쟁기, 정도로 요약할 수 있다. 아, 투쟁기 앞에 '멍청한', '바보 같은', '어리석은' 등등의 형용사를 붙이는 게 어울린다. 물론 웃기지 않지만 많이 웃기려고 하기 때문에 웃게 된다. 십벌지목(十伐之木)이라고, 열 번 벤 나무라는 말이 있다. '열 번 찍어 안 넘어가는 나무 없다'는 뜻으로 끈기를 설명하기 위해 주로 쓰인다. '물론 지금 내 힘은 미약하지만 열 번 정도 반복해 모인 내 힘은 창대하리라' 같은 말인데, 다르게 말하면 뭐랄까 자본주의 형식으로 말하면, '내 역량이 부족해서 노오력이 필요해' 같은 말이다. 그러니까 만득이 유우머 시리즈는 패턴을 만들어서 조금 웃긴 이야기를 반복함으로써 웃을 수 있는 여지를 쌓아간다는 것이다. 우리는 만득이 옆에서 까불대는 귀신이 그렇게 깐족대다 만득이에게 당할 거라는 사실을 안다. 그러나 귀신은 당하고도 또 깐족댈 것이고, 깐족대다 또 당할 것이다.

예컨대 길거리 전봇대에서 한쪽 다리 들고 오줌 싸는 개들을 보는 일은 흔하다. 그런 개들을 봐도 대수롭지 않게 지나칠 정도다. 그런데 언젠가부터 어떤 개가 같은 시간 같은 장소에서 오줌을 싸고 있다는 사실을 알게 됐다. 저녁 일곱시쯤, 하교 후 집으로 걸어가다 보면 집 근처 전봇대에서 같은 개가 어김없이 오줌을 싸고 있다. 늘 자세도 똑같다. 오른쪽 다리를 들고 왼쪽 다리로 지탱하면서 오 초간 길게 싼다. 패턴을 알게 됐다. 그러자 재밌어졌다. 같은 개가 같은 시간 같은 장소에서 오줌을 쌀 거라는 사실을 알기 때문에, 한결같이 쌀 거라는 사실을 알기 때문에 재미있어지는 것이나.

우연히 본 개가 오줌 싸는 모습은 심상하다. 그러나 같은 개가 늘 그랬듯이 오줌 싸는 모습은 재미있다. 만득이 유우머 시리즈를 보고 만득이와 귀신의 행동을 미리부터 읽어낼 수 있어서 나는 웃을 수 있었다. 나는 한스 요아힘 마르세유가 이야기하고자 차곡차곡 쌓아가는 다른 이야기들을 주의 깊게 살펴보게 되었다.

그러는 사이 한스 요아힘 마르세유는 내게 다가오고 있었다. 어느 날 밤, 컴퓨터를 켠 나는 존나 카와이한 그룹에 그와 나 둘만 접속해 있다는 사실을 깨달았다. 마주 보고 있는 것도 아닌데 얼굴이 뜨거워지는 기분이었다. 로그아웃을 해서 또 도망치고 싶은 심정이었다. 그때 새 게시물이 올라왔다는 것을 알리는 음이 들렸다. 그가 올린 것이었는데, 무심코 그것을 읽던 나는 가슴이 철렁 내려앉는 것을 느꼈다. 낚시꾼 유머 시리즈 중 하나인 낚시왕 똥꼬뽀뽀 이야기였다.

그가 검색엔진 검색어 1위에 올라 있던 낚시왕 똥꼬뽀뽀 키워드를 언급했던 일이 떠올랐다. 나는 알 수 없는 이끌림 때문에 검색엔진에 들어가서 검색어 순위를 확인해보았다. 1위에 낚시꾼 유머 시리즈가 있었다. 어쩌면 우연인데 내가 확대해석하는 것일 수도 있었지만 나는 '낚시꾼 유머 시리즈'를 검색해보았다. 검색창은 표현의 창구 같은 것이고 키워드는 일종의 표현 같은 것이어서 그것들로 말할 수 있는 것과 들을 수 있는 것이 있다는 그의 이야기가 떠올랐다.

낚시터에서 낚시를 하고 있던 낚시꾼 A 씨는 갑자기 밖으로 뛰어나갔다. 그리고 헐레벌떡 되돌아와서 커다랗게 소리 질렀다.

"큰일 났어요, 큰일! 이 낚시터가 불법 영업장으로 걸려서 지금 경찰들이 오고 있거든요. 한두 번이 아니라나 봐요, 글쎄. 곤봉이랑 쇠파이프로 무장을 했다니까요. 우리도 위험해질지 모르겠어요. 도망가야 해요!"

그러자 낚시꾼들은 급히 짐을 챙겼다. 잡은 물고기들은 도로 놓아줬고 저렴한 미끼나 낚시도구들은 미련 없이 버려버렸다. 그리고 서둘러 출구를 비롯해 화재 시 탈출용으로 만들어진 비상구로까지 몰려들었다. 그때 그 광경을 지켜보고 있던 낚시꾼 A 씨가 웃음을 터뜨렸다.

"이 낚시꾼들 내가 다 낚았네! 이게 바로 낚시지!"

낚시꾼 B 씨는 옆에 있던 낚시꾼 C 씨에게 별안간 말했다.
"퀴즈 하나 내죠. 제가 지금까지 잡은 물고기 수를 맞히시면, 제가 지금까지 잡은 물고기 다섯 마리를 다 드릴게요."
그러자 낚시꾼 C 씨가 말했다.
"음…… 세 마리?"

낚시꾼 D 씨는 낚시꾼 E 씨와 나란히 낚시하고 있었다. 그때 낚시꾼 E 씨가 커다란 물고기 한 마리를 낚았다. 낚시꾼 E 씨가 말했다.
"이거 봐요, 이거! 이렇게 큰 거 본 적 있어요? 없죠? 없죠?"
그러자 낚시꾼 D 씨가 말했다.
"두고 보라고."
곧 낚시꾼 D 씨는 너 거나란 물고기 누 마리를 낚았다. 낚시꾼 E 씨는 놀란 나머지 아무 말도 하지 못했다. 낚시꾼 D 씨는 낚시꾼 E 씨를 보고 피식 웃으며 물고기들을 도로 던져 넣었다. 낚시꾼 E 씨는 더 놀라 말했다.

"아니, 대체 뭘 하는 거예요?"

낚시꾼 D 씨는 여유로운 미소를 지었다.

"미끼."

낚시꾼 유머 시리즈는 큰 재미가 없었다. 그러나 수십 개, 수백 개나 됐으므로 나는 아주 작은 재미들을 모아가는 느낌으로 읽어나갔다. 정말로 우스워질 때까지. 개수가 많다는 것은 개수가 많아져야만 의미가 있어진다는 뜻일 테니까, 그 의도를 이해하기 위해서는 열심히 읽어야만 했다. 꾸준히 읽는 행위로 노력해야만 했다.

무언가를 이해하기 위해서는 그만큼의 시간을 들여 노력해야만 한다는 뜻이었을까. 그 후로 나는 한스 요아힘 마르세유와 이야기하기 위해서 많은 시간을 쏟아 유머 시리즈를 찾는 행위, 유머 시리즈를 게시물로 올리는 행위, 유머 시리즈의 의미에 대해 고민하는 행위 등등을 해나갔다. 그것은 그가 의도한 대화였고 간접적인 대화였다.

그와 내가 직접적인 대화를 하게 된 날 밤, 그는 말했다.

[오랜 옛날, 전 세계인이 모두 같은 표현을 사용하고 있던 때가 있었어. 그런데 하늘 끝까지 닿는 바벨탑을 세우려 했던 오만함 때문에 신의 노여움을 사게 돼서 여러 갈래의 표현으로 나뉘어버렸지. 구약 성서 창세기에 나와 있는 내용이야. 뭐, 그 뒤로 우리는 다른 표현을

사용하게 되었다는 거지. 그런데 그 다른 표현의 기준이 꼭 한국어나 일본어, 중국어 같은 단위는 아니란 말이야. 그저 익숙해져 있을 뿐이지. 익숙하지 않으면 커다란 혼란이 찾아오니까 우리는 최선을 다해 익숙해져 있을 뿐이야. 그런 적 있지 않아? 분명 같은 표현을 사용하고 있는데 못 알아듣고 있다는 느낌이 든 적?]

[있죠.]

[그건 한쪽이 이해력이 부족하다거나 한쪽이 표현력이 부족하다거나 해서가 아니야. 서로 다른 표현을 사용하고 있다는 것을 모르기 때문이야. 각자에겐 자기 자신의 표현이 있는데 그걸 모르는 거지.]

[무슨 말이에요?]

[예컨대 어느 회사에 5백 명 정도 수용 가능한 구내식당이 있어. 점심시간은 오후 열두시에서 한시 사이고, 전 직원이 같지. 그래서 그 시간대만 되면 식당이 붐비고 시끄러워져. 그런데 한 여직원이 식사하는 소리가 더 시끄러운 거야. 밥 한 숟가락 입에 넣고 쩝쩝, 국 한 숟가락 후루룩 떠먹고, 반찬 한 젓가락 집어 먹고 쩝쩝쩝. 그 소리가 도드라져 들릴 정도로 시끄러운 거지. 그래서 참다 참다 못 참은 몇몇 직원이 가서 표현해. '먹을 때 주의 좀 해주시겠어요?' 그랬더니 그 여직원이 표현해. '왜요?' '먹는 소리가 커서 다 들리거든요.' '그래서요?' '신경 쓰이고 불편해요.' '어째서요?' 분명 같은 표현을 사용하고 있는데 서로 알아듣지 못하고 있는 거지. 각자의 입장 같은 것, 각자가 하고 싶은 표현을 하는 방법은 서로 다르기 때문에 그걸 찾아야만 하는데, 그저 익숙해져 있는 표현으로만 대화를 하려고 하니까 대화가 되지 않는 거야. 그래서 '먹을 때 쩝쩝 소리 내는 여직원, 같이 식사하기

싫습니다' 같은 게 검색어 순위로 떠오르고 하는 거지.]

그는 어쨌거나 바벨탑 이후로 우리는 다른 표현을 사용하고 있으며 그 사실을 알아차리지 못하면 제대로 된 대화를 할 수 없을 거라고 이야기했다.

[어쩌면 신의 저주는 지구상 60억 인구가 적어도 60억 표현을 사용하도록 한 것이었을지도 몰라. 그걸 받은 사람들이 피해를 최소화하기 위해서 각 나라별 표현을 정해놓았을지도 모르지. 그러나 그건 어디까지나 임시방편이었을 뿐이니까 끊임없이 대화가 안 되는 식의 문제가 발생하는 거고 말이야.]

[결국 해결할 수 없다는 말 아니에요?]

[적어도 각자가 자기 자신의 표현을 사용하고 있다는 것을 알 수는 있다는 거지.]

우리가 서로 다른 표현을 사용하고 있는 한 결국 서로를 이해할 수는 없다. 그러나 이해할 수 없다는 것을 이해할 수는 있다. 그게 그의 말이었다.


거기에 대해서는 중요한 이야기가 더 있다. 말을 주고받는 행위에 대한 것이다.

[서로 다른 표현을 사용하고 있는 사람들이 대화하기 위해서는 잘 살펴보는 게 중요해. 그게 꼭 서로일 필요는 없어. 서로여도 상관없지만 특정한 형태나 형상 같은 것을 살펴서 그게 어떤 의미인가, 어떤 이야기를 담고 있는가 등등을 생각해볼 수도 있단 말이야. 그리고 하고자 하는 표현을 스스로 알아듣는 거지.]

[예를 들면요?]

[예컨대 어느 회사 한 여직원의 이야기로 돌아가보면, 그 여직원의 쩝쩝 소리에 불만을 품은 직원이 한둘이 아닐 거란 말이야. 식당의 시끄러움보다 더 시끄러우니까. 그래서 하루는 몇몇 직원의 주도하에 직원 전체가 쩝쩝 소리를 내며 식사를 하기로 하는 거지. 단체로 쩝쩝 쩝쩝. 전 직원이 5백 명이라 하면 그 여직원을 제외한 499명이 쩝쩝 쩝쩝. 그러면 그 여직원의 소리가 묻히고, 그 여직원은 그 소리를 들으며 스스로 알아듣는 거지. 아, 미쳐버리겠어. 내가 모두를 미쳐버리게 하고 있었구나!]

[알아듣지 못할 경우도 있지 않을까요? 적반하장식으로, '직원들이 다 식사예절을 밥 말아 먹었나 봐요' 같은 고민 상담을 신청할 수도 있잖아요.]

[그럴 경우도 있겠지. 그래서 연습이 필요해. 어느 회사 몇몇 직원은 한 여직원이 일부러 쩝쩝 소리를 내는 것은 아니기 때문에, 그 소리를 내지 말아달라고 말한다고 해서 알아들을 수 있는 것 또한 아니라는 사실을 알고 있었지. 그 여직원은 자기 자신이 내는 소리를 의식하지 못하고 있을 가능성이 크니까. 그래서 역할만 바꾼 똑같은 상황을 만들어줌으로써 그 여직원 스스로 깨닫게 했던 거야. 그것은 그 여직원을 잘 살펴본 결과인 셈이지. 일종의 감각 같은 거라고 할 수 있어. 그걸 얻도록 해야 한다는 거야.]

나는 그가 메신저 비행기 전투 게임에서 물었던 '터키219번 군, 영어 잘하지?'라는 말을 떠올렸다. 그는 나와 터키219번 군을 잘 살펴보고 있었기 때문에, 터키219번 군이 날개를 잃은 다음 일주일간 접속하지 않는 동안 내가 얼마나 고민했는지 알고 있었다. 그래서 내게 도움을 주었던 것이다. 그리고 얼마 가지 않아 돌아온 터키219번 군과 내가 평소와 다름없이 지내는 모습을 보고 무슨 일이 있었는지 스스로 알아들었던 것이다.

어쨌거나 그와 나는 대화를 하고 있고 서로를 이해할 수 없기 때문에 잘 살펴야만 한다는 말이었다.


더 이후에 나는 그에게 물었다.

[결국 이런 말 아니에요? '어차피 상대방을 이해 못 해. 하지만 노력해봐. 혹시 알아?']

그는 대답했다.

[그렇다면 그건 되게 얄미운 말인데? 하지만 간단한 문제야. 예컨대 한 직장인이 있어. 그는 3주일째 초록색 똥이 나오고 있지. 그러나 병원이나 약국에 가봐도 이상이 없다고만 해. 인터넷을 찾아보고 주변 사람들에게 자문을 구해봐도 마찬가지야. 그는 걱정이 돼 죽겠는데 다들 대수롭지 않다는 듯이 이야기하는 거야. '초록색 똥이라니, 거 신선하군요' 정도로 말이야. 그런 그가 자기 자신을 어떻게 이해시킬 수 있을까? '여러분의 똥은 안녕하십니까?' 같은 대자보를 써 붙여서 호소해야 할까? '초록색_똥을_누는_자.avi' 같은 동영상이라도 풀어야 할까? 그런 짓을 한다면 미친놈 소리 듣고 직장조차 잃게 될지도 몰라. 아무리 노력한다고 해도 말이야. 노력하면 노력할수록 정신 나간 놈이 되는 거지.]

그는 말했다.

[그는 자기 자신에게 절실한 노력을 해야만 해. 자기 자신에게는 대자보나 동영상 같은 건 절실하지 않아. '오늘은 백 그램 정도의 묽은 진초록색 똥이 나왔다' 같은 초록색 똥 탐구일지를 작성한다든지, '아침으로 먹던 녹즙 끊기'같이 초록색 똥이 나오는 동안 유지해오던 일상을 변화시켜본다든지 하는 방식들이 절실하지. 그런 것들이 뒷받침되었을 때만 병원이나 약국, 인터넷과 주변 사람들도 이해시킬 수 있게 되는 거야. '그렇다면 그건 정말 큰 문제군요' 정도로 말이야.]

[자기 자신을 이해시키는 것과 상대방을 이해하는 것은 같은 거예요?]

[비슷한 거지. 상대방을 이해하기 위해서 노력할 수는 있어. 만득이 유우머 시리즈의 귀신처럼 옆에 붙어서 '만득아, 만득아' 부를 수 있어. 만득이가 밥을 먹든 똥을 누든 딱 달라붙어서 '만득아, 만득아' 불러댈 수 있단 말이야. 그러나 그런 것들이 절실하지 않으면 소용없는 짓이지. 어느 날 갑자기 귀신이 사라져버리면 만득이는 허전함이 아니라 홀가분함을 느낄 거야. 만약 겉으로 보이는 것과는 다르게 귀신과 만득이가 각별한 사이였다면, 귀신이 '만득아, 만득아' 부르는 게 아주 절실한 음성이었다면 어땠을까? 그럴 수도 있잖아. 이야기 속에서 귀신은 하필 만득이만 부르고, 만득이는 귀신을 진절머리 난다는 듯이 확 떼어내버리지도 않으니까. 그럴 때는 그 절실함으로 서로를 이해할 수 있게 되겠지. 귀신이 사라질 때 만득이는 가슴이 텅 빈 것 같은 허전함을 느끼게 되겠고.]

그는 노력하는 것과 절실하게 노력하는 것은 다르다고 말했다. 그가 유머 시리즈 게시물들을 올리는 것은, 내가 그 게시물들을 읽으며 패턴을 깨닫고 나 또한 다른 게시물들을 올리게 된 것은 그와 내가 서로 절실하게 노력했기 때문이었을까. 그와 나만 존나 카와이한 그룹에 접속해 있던 날 밤, 그는 낚시꾼 유머 시리즈 중 낚시왕 똥꼬뽀뽀 게시물을 올렸고, 나는 검색엔진에 들어가 검색어 순위를 보고 검색어 1위인 낚시꾼 유머 시리즈를 읽었다. 연관성이 없어 보이지만 분명 무언가가 연결되어 있었다. 그와 나는 그렇게 절실하게 노력하면서 서로 무엇을 이야기하고 싶어 했을까.

한 사람으로 하여금 특정한 행위를 하도록 이끈 것이 어떤 것이었는지를 아는 일은 불가능하다. 신문의 스트레이트 기사처럼 사실관계가 체계적으로 정리된 역삼각형 형태 같은 것이 아닌 것이다. 그것은 차라리 다큐멘터리에 가까운 것이다. 구구절절하고 감성을 자극한다. 예컨대 같은 시간 같은 장소에서 오줌 싸는 같은 개를 지켜보는 나를, 내가 지켜보게 되는 상황과 같다.

언제부턴가 나는 집으로 가는 길에 전봇대를 처다보곤 한다. 전봇대 아래에는 쓰레기 봉지들만 쌓여 있다. 저녁 일곱시 즈음은 여름에는 밝지만 겨울에는 어둡다. 나는 네 계절이 지나가는 동안 전봇대 보는 버릇을 버리지 못했다. 지난해 봄, 그 전봇대에는 오줌 싸는 개가 있었다. 그 시간에는 그 전봇대에서만 오줌을 쌌다. 그 자세도 기억한다. 오른쪽 다리를 들고 왼쪽 다리로 지탱하면서 오 초간 길게. 나는 하교할 때마다 그 개를 봤고 그 개는 어김없이 오줌을 쌌다.

어느 날 부터인가 귀가 시간이 바뀌면서 나는 그 개를 보지 못했다. 귀가 시간이 다시 바뀌니까 그 개는 사라져 있었다. 이제 그 시간 그 전봇대에 그 개는 없다. 그러나 나는 그 시간 그 전봇대를 본다. 그제야 깨닫는다. 나는 그 개를 지켜보고 있었구나. 보고 있었던 게 아니라 지켜보고 있었던 거구나. 마치 헤어진 첫사랑을 되새기며 받았던 편지와 선물을 끄집어내놓고 '내가 그 애를 많이 좋아했었구나' 깨닫는 것처럼 나는 그렇게 깨달았다. 그 개를 스치며 봤던 것이 아니라 기다리며 지켜봤던 것이라고. 나는 지금 그 개를 떠올리며 그 전봇대를 쳐다보고 있는 거라고.

한스 요아힘 마르세유와 나도 그랬다.

[존나 카와이한 그룹과 메신저 비행기 전투 게임 채팅방에 유머 시리즈 게시물들을 올릴 때, 나는 내가 왜 그러는지 몰랐어. 멤버들도 내가 왜 그러는지 몰랐을 거야. 그렇지만 그게 '추억의 만득이 유우머 시리즈 1' 같은 우스운 짓이었기 때문에 별로 신경 쓰지 않았지. 검색엔진 실시간 검색어 순위 1위에 낚시꾼 유머 시리즈가 올랐을 때, 나는 네가 존나 카와이한 그룹에 접속한 것을 보고 낚시꾼 유머 시리즈 중 낚시왕 똥꼬뿌뿌 게시물을 올렸어. 내가 왜 그러는지 몰랐지만 말이야. 너도 내가 왜 그러는지 몰랐을 테지. 그런데 그다음부터 네가 답이라도 하듯 유머 시리즈 게시물들을 올리기 시작한 거야. 그때 깨달았어. 나는 뭔가를 이야기하고 싶어 하고 있고, 너도 마찬가지라는 것을.]

[아저씨가 답에 대한 답이라도 하듯 유머 시리즈 게시물들을 같이 올리기 시작하자 나도 깨달았어요. '무릎 탁 치고 갈 덩달이 유우머 시리즈 1' 혹은 '배꼽 빠지고 갈 사오정 유우머 시리즈 1' 같은 것들이 어떤 의미가 있을 수도 있겠다는 것을요. 아직 찾지는 못했지만 아저

씨도 나도 뭔가를 위해 노력하고 있다는 것을요.]

아무에게도 이해받을 수 없을 것만 같은 정서가 다른 사람들에게 의식될 때만 이해될 수 없다는 사실이 확인되듯이, 무언가를 이야기하고 싶어 한다는 것이 다른 것들에 의해 의식될 때만 무언가를 이야기하고 싶어 하고 있었다는 것을 깨달을 수 있게 된다. 그와 나는 그것을 서로에게 의식시키고 있었던 것이다.


그와 나는 유머 시리즈 게시물들을 경쟁적으로 올리게 되었다. 그보다 더 새로운 이야기를 찾기 위해 나는 밤새 '웃긴 학교', '내일의 유머', '주간 베스트', '유머 지옥', '유머 중심가', '웃기는 사람들' 등등의 사이트들을 돌아다녔다. 그는 질세라 '★성인 유머★', '♡무료 성인 유머♡', '◆미국식 성인 유머◆', '♤미국식 B급 성인 유머♤', '♣19금 유머♣', '☎☎출장 유머☎☎' 등등의 사이트들을 들락거렸다. 내가 찾을 수 있는 영역과 그가 찾을 수 있는 영역이 만나갈수록 유머 시리즈 종류가 늘어갔다. 그러나 지날수록 재미가 없어졌다. 예컨대 '롱(Long) 유머 시리즈'는 '오랫동안 추우면? 춥지롱', '오랫동안 더우면? 덥지롱', '아주 오랫동안 배고프면? 배고프지롱롱', '아주 오랫동안 배부르면? 배부르지롱롱' 같은 내용들이었다. 그렇다면 아주 엄청 매우 오랫동안 배부르면? 두말할 것 없이 배부르지롱롱롱롱. 차라리 남중애 유머감각이 낫지롱롱롱롱.

유머 시리즈가 한없이 재미없게 느껴지는 날이면, 그와 나는 '유머 시리즈로 어떤 표현을 할 수 있을까'라는 물음을 던져놓고 대답을 찾아보기도 했다. 그와 나는 '경계심을 없애', '괜찮아', '긴장을 풀어', '마음을 가라앉혀', '안심해', '편하게 다가와' 같은 것들을 생각했다. 더 생각하고 싶었지만 그게 생각할 수 있는 것의 다였다.

그가 말했다.

[유머는 무해한 웃음이야. 해가 되지 않아. 그저 웃기 위해 웃는 웃음이지. 반면 냉소나 조소는 달라. 비웃거나 깔보기 위해 웃지. 그렇다고 풍자 같은 웃음도 아니야. 하고 싶은 말을 꼬거나 돌리지도 않거든. 유머에는 경멸도 없고 적의도 없어. 차라리 관용이 있지. 그냥 받아들이면 돼. 그냥 웃지 않으면 그것은 유머가 아니야.]

그때 나는 뜬금없이 「원숭이 꽃신」이라는 동화를 떠올렸다.

잘 먹고 잘 살던 원숭이가 있었는데, 어느 날 오소리가 찾아와서 꽃신을 선물한다. 원숭이는 처음 꽃신을 신고 어색함을 느끼지만 곧 적응을 하고 아주 편해진다. 돌부리를 차도 발이 아프지 않았고, 자갈밭에서 뛰어도 괜찮았던 것이다. 굳은살이 박여 있던 원숭이의 발은 부드러워지고 말랑말랑해진다. 원숭이는 결국 꽃신 없이 살 수 없게 된다. 그러나 문제는 그다음부터다. 오소리는 더 이상 꽃신을 주지 않는다. 그리고 꽃신값으로 먹이를 요구하기 시작한다. 갈수록 많은 먹이를 요구하던 오소리는 나중에는 노동력도 내놓으라고 한다. 오소리의 굴 청소해주기, 오소리가 개울 건널 때 업어주기 같은 굴욕적인 조건들이다. 원숭이는 결국 꽃신을 사기 위해서 오소리의 반노예로 전락해버리고 만다.

나는 말했다.

[왜 우리는 이유도 모르는데 웃어야 해요? 그냥 웃지 않으면 왜 유머가 아닌 거예요? 왜 아무 목적 없이 웃어요? '웃기 위해서 웃는다'

는 낭만적인 핑계일 뿐이에요. 사실 다른 목적이 있을 거예요. 그런데 다들 유머가 '무해'하다고 믿기 때문에 아무도 의식하려고 하지 않죠. 그건 무책임한 거고, 아주 위험한 생각일 수 있어요. 마치 자기 삶을 그냥 내버려두는 일처럼요. 밥 먹으라면 밥 먹고, 잠자라면 잠자고, 공부하라면 공부하고. 평생 아무 일도 안 일어날 것같이 평화로운 삶이죠. 그런데 한 20년쯤 지나면 알게 될 거예요. 그게 거저 주어진 삶이 아니었다는 것을. 그리고 자기 삶이 얼마나 끔찍해졌는지 말이에요. 그건 정말 끔찍한 일이에요.]

한참 뒤에 그가 말했다.

[우리는 유머 시리즈들을 찾는 일을 오랫동안 했으니까 무해하다고 믿는 유머의 유해함에 대해서 찾는 일도 오랫동안 해야 해. 그동안 의식하지 않았던 것이 무엇인지 우리는 알아야만 해.]

그와 나는 유머 시리즈를 연구했다. 그가 먼저 연구 결과를 내놓았다.

[유머 시리즈는 세계적으로 발견돼. 유머 시리즈의 등장인물은 재미있는 언행을 보이지. 다른 사람들에게 호감을 주고 관심을 받을 만큼. 다른 사람들이 이야기를 전해 듣는 것만으로도 재미있어질 만큼. 그런데 문제는 그다음부터야. 이 보고서를 봐봐.]

그는 말했다.

[최불암 아저씨와 테멜 아저씨는 마치 시트콤처럼 살았어. 테트리스 게임에서 작대기 모양이 안 나온다고 기계를 부수기도 하고, 새로 산 팬티를 자랑하겠다면서 바지를 내리려다가 팬티까지 내려버리기

| 제목 | 최불암 아저씨와 테멜 아저씨에 관한 짧은 보고서 |
|---|---|
| 작성 날짜 | 2013. 7. 9 ~ |

| 인물 소개 | 최불암<br>: 한국에서 1940년 6월 15일에 태어난 탤런트다. 드라마 〈전원일기〉에 출연해서 특유의 연기를 선보였으며, 극중 '파~' 하는 독특한 웃음소리로 인기를 끌었다. 인기몰이를 하면서 사람들 입에서 입으로 오르내리던 그의 이야기는 인터넷으로도 빠르게 퍼져나갔다. 결국 그는 '가장 서민적인 사람'이라는 타이틀을 달았다. 그 타이틀은 일명 '최불암 시리즈'라고 불리는 유머 시리즈가 만들어지는 데 결정적인 역할을 했다. | 테멜<br>: 터키에서 손에 꼽히는 흔한 이름이다. 터키에서는 '아저씨'보다 '삼촌'이라는 호칭이 더 친근하게 사용되기 때문에 '테멜 삼촌'으로 주로 불린다. 한국에서 '철수'와 '영희'가 흔하게 사용되었듯이, 터키에서 주인공 이름을 '테멜'로 붙여 만든 이야기가 많아지자 그것들은 일명 '테멜 시리즈'라는 유머 시리즈로 묶이게 됐다. 한국에서는 2000년에 특파된 터키 기자 알파고 시나씨가 '어이없는 테멜 아저씨' 유머 시리즈로 번역해서 옮긴 것이 첫 배포다. |
|---|---|---|

| 인물 분석 | 유머 시리즈의 최불암과 테멜은 다른 사람들에게 이해되기 어려운 모습이다. 바보 같은 실수, 상식 이하의 언행, 멍청한 발언, 예의 없는 행동 등등을 한다. 그러나 사회에서 매장당하거나 가정에서 쫓겨나거나 하다못해 상대방에게 발로 걷어차이거나 뺨 한 대 맞거나 하는 일도 거의 없다. 하루 종일 웃고 있는 것만으로, 대중적인 웃음거리로서 하나의 '위치'를 차지할 뿐이다. |
|---|---|

| | |
|---|---|
| 사례 | 「무조건 싸게 해주세요.」<br>최불암이 장터 구경을 가기로 했다. 최불암의 아내는 최불암이 바가지를 쓸까 봐 걱정돼서, 무언가를 살 때는 '무조건 싸게 해주세요'라고 말해야 한다고 일러두었다.<br>최불암이 장터에서 어슬렁거리는데 한 좌판에 사람들이 와글와글 모여 있었다. 좌판 주인은 '무조건 싸게 해준다'고 떠들고 있었다. 그날 최불암은 변비약을 한 아름 사 들고 돌아왔다. | 「저 똑똑하죠?」<br>어느 날 테멜의 아들이 집으로 뛰어들어왔다. 테멜이 물었다.<br>"왜 뛰어들어오는 거냐?"<br>아들은 성공한 장군 같은 표정으로 대답했다.<br>"아버지, 저 1리라 벌었어요. 버스를 놓쳐서 버스 뒤에서 뛰어오느라고 요금을 안 내도 됐거든요. 저 똑똑하죠?"<br>그러자 테멜이 아들을 툭 치며 야단쳤다.<br>"뭐가 똑똑하다는 거야? 택시 뒤에서 뛰어왔다면 더 많은 돈을 벌 수 있었잖아!" |
| 사례 분석 | 1. 최불암과 테멜은 현실적으로 웃기고 있다. 인물, 사건, 배경을 실생활, 실제 상황에 가깝게 해서 '작위적인 웃음'이 유발되지 않게 한다.<br>2. 최불암과 테멜은 솔직하게 웃기고 있다. 그들은 논리적이거나 체계적인 성격이 아니기 때문에 하고 싶은 말을 '깎거나 다듬지' 않고 내보냄으로써 웃음을 자아낸다.<br>3. 최불암과 테멜은 배려하며 웃기고 있다. 다른 사람들이 먼저 말하고 그들이 뒤이어 엉뚱한 말을 해서 웃기는 경우가 많은데, 그런 경우 그들은 무슨 일이 있어도 다른 사람들의 말을 무시하거나 끊지 않고 차분하게 듣고 맞받아친다.<br>4. 최불암과 테멜은 착하게 웃기고 있다. 애초에 악한 사람이 아니라서 나쁜 마음을 먹고 나쁜 일을 하지는 않는다. 잘 모르기 때문에 나쁜 일을 해버릴 뿐이다.<br>5. 최불암과 테멜은 일관되게 웃기고 있다. 다른 사람들이 조언이나 충고를 해줘도 그뿐, 자기 자신들의 방식대로 꾸준히 웃겨나간다. |

| | |
|---|---|
| **결론** | 최불암과 테멜의 유머 시리즈에서 일종의 표현을 읽어낼 수 있다. 그들은 모자라고 부족한 말과 행동으로 인해 다른 사람들에게 이해되기 어려운 모습이었다. 그러나 결핍된 언행으로, 자기 자신을 웃음거리로 만드는 방법을 선택함으로써 다른 사람들에게 이해될 수 있었다. 다른 사람들은 '그 사람이니까', '그런 사람이니까'라고 말하면서 그들을 예외적으로 받아들일 수 있었고, 그들이 실수나 잘못을 해도 웃을 수 있었던 것이다. 그것은 자기 자신의 처지에 좌절하는 대신 스스로 대응하는 방법을 찾아내 다른 사람들과 말을 주고받을 수 있게 된 성공사례로 볼 수도 있다. |
| **더 알고 싶은 점** | 유머 시리즈의 대중들의 태도는 현실의 대중들의 태도와 어떻게 다른가? |

도 했지. 종교인이 천국에 가고 싶지 않으냐고 묻자 '엄마가 학교 끝나면 바로 집으로 오랬다'고 답하기도 하고, 깡패가 돈이 있느냐고 묻자 '양말에 10만 원 있는 거 안 알려줄 거다'고 답하기도 했어. 그런데 문제는 그다음부터야. 다른 사람들의 태도는 보여주지 않는단 말이야.]

그는 유머 시리즈에서 '앞에 있던 사람들이 배를 움켜쥐고 웃다가 사레들려 캑캑댔다'라든지 '뒤에 있던 사람들이 황당한 나머지 입을 벌리고 있다가 파리가 들어가 뱉어냈다'라든지 하는 내용들을 본 적이 없다고 했다.

[너무 당연해서 굳이 적지 않은 걸까? 그 부분은 항상 나를 화나게 해. 들어봐, 그건 최불암 아저씨와 테멜 아저씨의 말과 행동이 호되게 얻어맞거나 입에 담지 못할 욕을 먹거나 하다못해 비웃음당해야 하는 배가 낳고, 또 그렇게 되는 경우가 잦은데도 그런 내용들을 적어놓

으면 다른 사람들에게 불리하기 때문에 일부러 빼놓고 마음씨 좋은 사람들인 것처럼 굴고 있다는 뜻이잖아.]

[다른 사람들이라니요?]

[최불암 아저씨와 테멜 아저씨를 제외한 전부. 유머 시리즈를 쓰는 사람들이나 읽는 사람들 다 말이야. 결국 자기 자신을 정당화시키기 위해서 만든 장치인 거야. 현실에서는 자비심이 자린고비 수준이야. 개미 발톱의 때만큼도 없지. 그런데 가상현실에서는 자비심이 수도꼭지 수준인 거야. 3년 6개월 사귄 애인과 헤어진 직후 흘리는 눈물처럼 철철 흘러서 주체할 수가 없을 정도인 거지. 그래서 걸음걸이 사건이자 사고인 사람들을 만들어낸 다음 '그것 참, 허허' 하고 웃어주면서 대리만족을 하고 싶은 거야. 그게 자기 자신의 태도를 보여줘야 할 부분을 생략해야 하는 이유인 거지.]

예컨대, 같은 시간 같은 장소에서 오줌 싸는 같은 개를 지켜보는 나를, 내가 지켜보게 되는 상황을 다른 사람들에게 이해시키거나 이해받을 수 없다는 사실을 내가 깨닫고 있는 것처럼, 그래서 다른 사람들이 '왜 전봇대를 보느냐'고 묻는다면 '쓰레기가 쌓여 있어서요'라고 대답해겠다고 생각하고 있는 것처럼, 다른 사람들도 또 다른 사람들의 질문에 대답하기 위해 준비해놓은 이야기일지도 몰랐다.

[역겨워! 유머 시리즈라는 표현을 왜곡되게 사용하고 있는 거야! 유쾌해 보이는 거짓말을 하고 있는 거야. 그렇지만 거짓말은 거짓말이야. 차라리 '나는 자비심이 내가 애인 생길 확률 수준이다. 미토콘드리아 핵막만큼도 없다'고 말하는 것이 나아. 솔직한 거니까. 그러니까 그냥 웃으면 안 돼. 유머 시리즈를 쓰거나 읽는 사람이 되어서는 안

돼. 그럴 바에야 유머 시리즈의 최불암 아저씨와 테멜 아저씨가 돼버려. 스스로 웃음거리가 돼도, 자기 자신을 이야기하는 사람들이니까. 물론 봉변은 좀 입겠지만, 기회비용이라고 쳐. 어쩌면 그게 다른 사람들과 다른 표현을 사용하고 있다는 반증이 될 수도 있으니까.]

그가 했던 말이 생각났다. 그는 각자가 자기 자신의 표현을 사용하고 있다고 말했었다. 그때 나는 그 표현이 상징적인 표현이라고 생각했는데, 실제적인 표현이었던 것이다. 최불암 아저씨와 테멜 아저씨는 우스운 언행으로, 다른 사람들은 보여야 할 태도 생략으로, 자기 자신을 표현하고 있었다. 그리고 그것을 의식하지 않고 있던 나는 이제껏 그 표현을 알아듣지 못하고 익숙하게 웃고만 있었던 것이다.

[사실 최불암 아저씨와 테멜 아저씨가 되어서도 안 돼. 실수투성이 언행들은 표현으로 사용하기에 한계가 있게 마련이거든. 너무 단순하고 간단하잖아. 다른 표현들도 마찬가지야. 자음과 모음, 알파벳으로 이루어진 표현들은 너무 쉽게 배워져. 그런데도 다른 사람들은 아는 표현이 전부라고 믿고 모르는 표현을 찾아내려고 하지 않거든. 그래서 표현될 수 없는 정서를 이해될 수 없는 정서라고 믿으면서 한 대 툭 치면 훅 떨어져 나갈 것 같은 허약한 표현에 몸과 마음을 맡기고 있는 거야.]

그는 말했다.

[물론 다른 표현들을 사용하지 말라는 것은 아니야. 열 명 중 아홉 명이 다른 표현을 사용하고 있으면 나도 사용해야지, 그래야 대화를 할 수 있잖아. 예컨대 회사 상사가 '기획서가 왜 이따위야!'라고 말했을 때 우리가 아는 표현은 '죄송합니다', '잘못했습니다', '곧 수정하겠

습니다' 정도거든. 그게 맞아. '디스 이즈 마이 스타일. 유 노?' 같은 건 몰라도 되는 표현이지. 하지만 자기 자신의 표현도 사용해야 해. '기획서가 왜 이따위냐고 하셨는데 설명 좀 부탁드려도 되겠습니까?' 정도는 말씀드려도 되잖아. 자기 자신이 다른 사람들에게 이해받을 수 없는 정서를 품게 되더라도 억누르지 않고, 참지 않고 이야기할 수 있는 그런 표현을 찾아야 한다고 난 생각해.]

결국 이야기는 낚시가게 아저씨 엉덩이와 터키219번 군으로 되돌아왔다. 처음 내 비밀을 가졌을 때, 나는 나중에 후회했을지언정 나름대로 비밀을 누설했었다. '아저씨들에게 매력이 있기 때문에 낚시가게 아저씨에게 끌렸으며, 흔히 '형제의 나라'라고 하는 터키 국적이어서 터키219번 군과 동맹을 맺게 되었다' 같은 내용들이었다. 그러나 그것은 조금이라도 덜 이상해 보이기 위한 거짓말이었다. 나는 솔직하지 않았던 것이다. 차라리 이상해 보이더라도 솔직한 게 나았을 것이다. 이해시키지 못하더라도 솔직했어야 했다.

물론 아직 내 표현을 찾지 못했다. 낚시가게 아저씨 엉덩이와 터키219번 군 이외에 존나 카와이한 그룹과 친구들과 남중 애 이야기도 있었다. 솔직하게 내키지 않는 무리와 입에 발린 말을 일삼는 관계와 도저히 어찌해야 할지 모르겠는 족쇄 같은 사이라고 말할 수도 있지만 그것들은 내 표현이 아니었다. 더 솔직해지기 위해서 나는 내 표현을 찾아야 했다.

나는 그에게 내 걱정을 털어놓았다. 그가 말했다.

[문제는 해결되지 않을 거야. 복잡해지고 심각해지겠지. 너는 친구들과의 관계와 남중 애와의 사이가 답답하고 불편해. 그런데 아무 말

이나 행동을 못 하고 있어. 겁이 너무 많거나, 미련이 너무 많아서. 그렇게 두려워하고 무서워하는 한 절대 해결할 수 없어.]

나는 말했다.

[어쩔 수 없다고요. 친구들에게 '존나 카와이한 그룹이라니, 웃기지도 않아'라고 말하면 다음 날부터 혼자 밥을 먹게 될 수도 있고요, 남중 애에게 '집에 가서 손 씻고 여드름이나 짜는 게 어때'라고 말하면 또 다음 날부터 혼자 밥을 먹게 될 수도 있어요. 남중 애와 멀어지면 친구들과도 멀어질 수 있거든요. 남중 애로 인해 친구들과 많이 가까워져서요.]

그는 혼자 밥을 먹게 되는 게 왜 문제인지 생각하는 것 같았다.

[결국 혼자 밥을 먹게 되는 것이 문제란 말인데, 그건 그냥 조그만 문제라고 말하고 싶어. 그냥 친구들과 남중 애를 억지로 좋아하는 척하고 있을 뿐인 거지. 누굴 좋아하거나 싫어하는 것은 잘못된 게 아닌데, 잘못됐다고 믿고 있을 뿐인 거야. 그러니까 간단해. 혼자 밥을 먹으면 되는 거야. 가슴 깊숙이 답답함이 쌓여 있으면, 혼자 밥을 먹지 않아도 밥이 안 넘어갈 것 같은데. 차라리 마음 편하게 숟가락을 놀리는 게 낫지 않겠어?]

나는 '그게 그렇게 쉬운 문제가 아니란 말이에요!'를 외치려다 그만두었다. 그는 내 걱정을 해결해주지 못했다. 그는 나를 이해할 수 없고, 나도 그를 이해할 수 없다는 사실만 깨닫게 해주었을 뿐이었다. 그와 나는 다른 표현을 사용하고 있었다. 결국 내 표현은 내가 찾아야만 하는 것이었다.

며칠 뒤 _L_는 존나 카와이한 그룹에서 나가버렸다. 그가 그랬듯 나도 그에 대해 이해하지 못했지만, 그가 남긴 마지막 게시물을 읽고 나니 어렴풋이 이해할 수 있을 것도 같았다.

[누군가 테멜에게 물었다. '멋진 사람이 되고 싶어, 바보 같은 사람이 되고 싶어?' 테멜은 대답했다. '바보 같은 사람이 되고 싶어. 멋진 모습은 나이가 들면 점점 사라지게 되거든.']


내가 '결국 혼자 밥을 먹게 되는 것이 문제'였던 이유는 친구들과의 눈치게임 때문이었다. 게임이라기엔 재미없었지만 조마조마함은 있었다. 예컨대 점심시간이면 몇몇 친구들 무리가 한데 모인다. 내가 속해 있는 무리도 마찬가지다. 그리고 급식소로 가는데, 문제는 여기서부터 시작된다. 내가 속해 있는 무리는 나를 포함해 다섯 명으로 홀수이기 때문이다. 두 명씩 짝지어 앉는 식탁에서는 짝수가 아닌 이상 한 명은 앞자리를 비워놓고 밥을 먹어야 한다. 그 자리에 앉으면 동떨어져 있지 않아도 동떨어져 있다는 느낌이 들고 어딘지 모르게 소외되는 기분에 사로잡힌다. 그 자리에 앉지 않기 위해 마치 의자놀이를 하듯 다섯 명이 눈치게임을 벌이는 것이었다.

그건 사람 수보다 적은 의자를 놓고 하는 의자놀이라기보다는 식판을 나란히 놓을 수 있는 자리를 놓고 하는 식판놀이에 가까웠다. 물론 '돌아가며 앉자'라거나 '가위바위보 하자' 같은 해결책을 도모할 수도 있지만, 식판놀이는 눈치로 하는 게임이기 때문에 눈치를 본다는 사실조차 모른 척해야 했다. 그 자리를 눈치껏 꿰차고 앉아 점잖은 척하는 것이 중요했다. 다들 말하지 않아서 그렇지, 급식소가 아니더라도 그런 식판놀이는 얼마든지 있었다. 나는 그런 식판놀이의 술래가 될까 봐 두려웠던 것이다.

실제로 나는 식판놀이의 술래를 본 적이 있었다.

"맛있어 보인다."

친구들 중 하나가 내 식판의 반찬을 집어 먹었다. 샛노란 빛깔에 포슬포슬한 식감의 계란말이였다. 나는 발끈해서 대꾸했다.

"너도 있잖아."

배고팠던 참이고 먹고 싶었던 참이기도 했지만, 전교생이 같은 식판에 같은 음식을 받아먹기 때문에 각자에게 배정된 식판 위의 음식은 각자의 몫이라고 여기고 있던 참이었다. 나는 내 몫을 빼앗긴 것 같았다.

"네 것이 맛있어 보여. 어, 그것도 맛있어 보인다."

친구들 중 하나는 다른 친구 식판의 소시지를 집어 먹었다.

"어, 저것도, 저것도."

다른 친구 식판의 맛살볶음도 집어 먹었다. 몇몇 반찬을 집어 먹은 뒤에야 자기 식판에 코를 박고 자신의 음식들을 잽싸게 먹어치웠다. 나처럼 다른 친구들도 발끈한 것 같았다. 화가 난 표정이었다. 그러나 식판놀이 같은 것은 본래 눈치로 하는 게임이었으므로 속 좁은 사람처럼 보일까 봐 드러내지 못했다. 대신 또 다른 식판놀이를 시작했다. 친구들 중 하나를 술래로 만들어놓은 게임이었다.

집단에서는 도덕성이 순식간에 결여되는 순간이 있다. 이성이 사라지고 죄책감이 없어지는 획일화되는 순간, 그때 집단은 너무나도 위험해진다.

다음 날 점심시간이 됐을 때 친구들 중 하나가 앞자리를 비워놓고 밥을 먹도록 하려는 다른 친구들의 눈치를 알아챌 수 있었다. 아무 말 하지 않았지만 나는 눈치껏 다른 친구들과 같이 말하고 움직였다. 결국 친구들 중 하나는 앞자리를 비워놓고 밥을 먹게 되었다. 그러나 친구들 중 하나는 개의치 않는 것처럼 보였다. 다른 친구들 식판의 반찬들을 더 많이 집어 먹기만 했다. 나는 먹고 싶었던 너비아니를 한 쪽밖에 먹을 수 없었다. 화가 났다. 그렇지만 눈치를 준다고 해서 받을 수 있을 것 같지도 않았다. 나는 식판놀이를 계속하기로 했다.

그다음 날, 그 다음다음 날 점심시간이 됐을 때도 식판놀이를 이어갔다. 나와 다른 친구들은 표현을 주고받았다. 친구들 중 하나가 앞자리를 비워놓고 밥을 먹도록 하기, 먹고 싶었던 반찬이 있으면 제일 먼저 먹어 없애버리기, 등등의 표현이었다. 물론 표현이라기에 어중간했다. 그러나 알아들을 수 있는 한 일종의 표현이 될 수 있을 것 같았다.

그 표현은 상대적이었기 때문에 친구들 중 하나와는 소통할 수 없었다. 친구들 중 하나와 소통하기 위한 표현을 찾아내야 했다. '그만 좀 처먹어'라고 말할까? '그만 좀 처먹지'라고 말할까? 두 말은 뭐가 다를까? 그런 말을 하면 친구들 중 하나와 다시는 예전과 같은 관계로 돌아갈 수 없을 것만 같았다. 관계를 유지하면서 술래를 그만두게 하는 방법은 없는 것일까? 그러나 한편으로는 내가 식판놀이의 술래가 되는 대신 친구들 중 하나가 술래가 되었기 때문에 안심이 되기도 했다.

그러는 사이 존나 카와이한 그룹에서 한스 요아힘 마르세유가 나갔고, 방학식이 다가왔다. 방학에는 친구들과 떨어져 있을 수 있었다. 방학이 아니어도 나는 숨어버리거나 혹은 도망가버리고 싶은 심정이었기 때문에 방학식이 다가오는 것이 반가웠다. 나는 눈치를 보느라 진이 다 빠져버릴 지경이었기 때문에 눈치를 보지 않아도 되는 방학 속으로 침잠해버리고 싶은 심정이었다.

존나 카와이한 그룹 표현이며 메신저 비행기 전투 게임 표현, 검색어 표현, 유머 시리즈 표현, 보고서 표현, 그리고 친구들과의 식판놀이 표현 등등의 표현들이 흐릿해졌다. 방학을 한다고 표현들이 잊히거나 사라지는 것은 아니었다. 그저 개학까지 덮어두는 것이었다. 나는 방학식이 다가올수록 표현들을 하나씩 덮어두었다. 한스 요아힘 마르세유와의 연결고리가 떨어지고 방학식 날이 됐을 때, 나는 조금 외로워진 것 같았다.

나는 내 이야기를 채 한마디도 해내지 못했는데 방학은 덜컥 찾아와 있었다. 나뿐만 아니라 어느 누구도 입을 떼지 못하던 날들이었다.

2부

# 한 잔의 커피에는 40년의 추억이 있다


생각해보면 내 첫 비밀은 낚시가게 아저씨 엉덩이가 아니었던 것같다. 노숙자 아저씨 오줌도 있었을 것이다. 한 층에 두 집씩, 5층짜리작은 아파트에 살 때였다. 우리 집은 5층이었는데 옥상으로 올라가는계단과 연결돼 있었다. 그러나 옥상에는 주인이 불분명한 텔레비전,소파, 수납장, 깨진 화병 등등이 발 디딜 틈 없이 쌓여 있기 일쑤여서발을 들여놓은 적이 없었다. 그런데 언젠가부터 옥상에서 의아한 소리가 들려왔다.

기침 소리, 코 훌쩍이는 소리, 쌕쌕거리는 숨소리 같은 소리들이었다. 사람의 소리들이었기 때문에 아파트 주민들은 귀를 곤두세웠다.특히 부모들은 자식들의 안전과 관련 있을지도 모르기 때문에 긴급히 반상회를 소집하려고 애썼다. 반상회라고 해야 한집 한집 벨을 눌러 몇몇을 불러 모은 정도가 다였지만 급한 대로 다섯 명이 모였다.우리 아버지도 그중 하나였다.

갖은 추측이 난무했다. 도둑이나 강도, 혹은 괴한일 것이라는 추측은 그나마 평범한 축이었다. 얼마 전 근처 원룸 처녀를 칼로 위협하다가 달아난 그녀의 전 남자친구일 것이라는 둥, 리어카 끌고 다니며 폐지를 주워 팔던 할아버지일 것이라는 둥, 부부싸움을 하던 302호 남편일 것이라는 둥, 세간 부서지는 소리가 들리던데 그럼 옥상에 있는 세간들이 그 집 것이냐는 둥, 스탠드는 좀 멀쩡해 보이던데 가져가도 되느냐는 둥, 미쳤냐는 둥, 아니라고 파쳤다는 둥, 아 지금 장난할 때냐는 둥, 아 지금 장난할 때가 아니라는 둥, 어서 결론을 내자는 둥, 별말이 다 오고 갔다. 한밤중이 되었을 때 주민들은 비로소 결론을 낼 수 있었다. 어쨌거나 제정신 아닌 사람이 살 것이니 제정신 아닌 언행을 할 수 있으니 쫓아냅시다.

주민들은 골프채, 당구채, 하키채, 잠자리채 등등을 들고 옥상에 올라갔다. 옥상에 올라간 순간, 주민들은 마치 '우리 집이 바뀌었어요'쯤 되는 제목의 TV 프로그램이라도 보는 것 같은 느낌을 받았다. '따라라라란' 하는 음악과 함께 '오랫동안 사람 손이 닿지 않았던 옥상. 먼지가 내려앉아 발만 내딛어도 발자국 모양이 깊게 찍히던 바닥과 곳곳에 녹슨 못이 박혀 있고 거미줄이 둘러쳐져 있던 벽이 지금은 반들반들하게 닦여 윤이 나고 있습니다' 같은 소개문구라도 읽혀야 할 것 같았다.

온 동네 이불이란 이불은 다 모아 왔는지 푹신하다 못해 포근해 보이기까지 하는 잠자리가 주 인테리어였다. 잠자리는 초록색 소주병들로 둘러싸여 있었는데 마치 울타리 같아서 보호막처럼 보이기도 했다. 그 안에는 얼굴, 손, 발 할 것 없이 꼬질꼬질 때 탄 노숙자 한 사람이 누워 새근새근 잠자고 있었다. 주민들은 넋 놓고 바라보았다. 주민들 중 하나가 정신 차리고 112에 신고할 때까지 십이 초간의 공백이 있었다.

노숙자가 사라지자 거대한 이불 더미와 소주병 산이 남았다. 새벽이 밝아오고 있었기 때문에 주민들은 집으로 돌아갔다. 그리고 혹시 노숙자가 해코지하러 돌아올지도 모른다며 자식들에게 주의를 주곤 잠을 잤다. 아버지의 주의를 받고 나는 해코지에 대한 두려움 혹은 무서움보다는 해코지에 대한 궁금증이 먼저 들었다. 그 사람은 누구고, 언제부터, 옥상 어디에서, 어떤 생활을, 어떻게, 왜 했을까. 나는 내가 보지 못한 그 사람의 잠자리부터 궁금했다. 호기심이라고 해도 좋았다.

나는 내가 본 것들에 대해 남모를 비밀들이 있어왔다. 유치원에 다닐 때, 화장실 끝 칸에서 볼일을 보다가 느닷없이 가슴이 철렁 내려앉은 적이 있다. 화장실 끝 칸에는 창문이 달려 있었다. 높았기 때문에 손은 닿지 않았지만 늘 열려 있었으므로 밖을 내다볼 수 있었다. 그래봤자 전깃줄이 걸린 하늘 정도만 보일 뿐이었다. 나는 간혹 하늘을 올려다보곤 했다. 무심하거나 혹은 무신경했을 것이다. 그런데 그 순간, 나는 갑자기 구름이 움직이고 있다는 사실을 깨달았다.

일기예보나 혹은 과학 교과서 같은 매체들을 통해 구름이 움직이고 있다는 사실은 알았다. 그러나 내가 보고 깨달은 것은 아주 다른 것이었다. 구름이 움직이고 있다는 사실을 아는 대로 나는 구름이 움직이고 있다는 사실을 보고 깨달았지만, 그것은 내가 아는 세계와 보는 세계의 간극 같았다. 예컨대 말 안 듣는 자식에게 부모가 '너 같은 자식 낳아봐라', 말 안 듣는 후배에게 선배가 '너 같은 후배 만나봐라',

말 안 듣는 신입사원에게 부장이 '너 같은 신입사원 둬봐라' 하듯, 보고 깨닫지 않으면 결코 알 수 없는 것이 있었다.

그것은 개개인의 차원에서만 이해될 수 있는 것이었다. 구름이 움직이고 있다는 사실을 보고 깨달은 사람은 많을 것이지만, 그날, 그 시간, 그 하늘, 그 전깃줄 사이로 보이는 그 모양의 구름이 그 방향, 그 속도로 움직이고 있다는 사실을 보고 깨달은 사람은 나 하나뿐일 것이었다. 그 찰나의 느낌 또한 나만 이해할 수 있는 것이었다. 그것은 내게만 보이느냐 아니면 다른 사람들에게도 보이느냐, 내가 본 것이 흔하냐 아니면 흔하지 않으냐, 같은 것들로 이해될 수 없는 것이었다.

그 개인적이고 주관적인 것을 나는 이야기하고 싶었지만 '구름이 움직이고 있어요'라고 말하면 '구름은 원래 움직이고 있어'라는 대수롭지 않은 말이 되돌아올 것이었다. 내가 이야기하려 한 것은 대수롭지 않은 것이 아니었다. 나는 나만이 보고 깨달은 것, 그러니까 내 비밀은 내 표현으로서만 누설될 수 있다는 것을 어렴풋이 깨달았다. 희미하지만 내 비밀 같은 비밀이었을 것이다.


여섯 살이나 일곱 살 무렵이었을 텐데, 그 무렵 관립 유치원 화장실 안에서 아는 세계와 보는 세계의 간극을 깨닫게 됐다고 말한다면 그건 어설픈 허세 정도로 들릴 수 있겠지만, 나는 전문적인 지식이나 확신 없이도 그냥 내 눈이, 다른 사람들의 눈이 바라보는 세계가 서로 다를 수 있다는 사실을 깨달았다. 물론 그런 비밀들은 누구나 있을 수 있다. 그러나 대개 자기 자신 선에서 합리화시키고 지나가기 때문에 '어? 뭐야? 구름이 움직이고 있잖아?', '아, 그래, 구름은 원래 움직이고 있지. 이제야 봤네' 하면서 가슴이 철렁 내려앉는 경우는 거의 없다. 하지만 몇몇 경우는 다르다. 도무지 합리화되지 않는 경우가 있는 것이다. 잘 기억나지 않지만, 어릴 때 기억을 되새겨보면 그런 경우들이 떠오르곤 했다.

유치원에는 장난감 상자가 많았다. 상자들에는 인형, 자동차, 공룡 모형, 레고블록 등등이 쌓여 있었다. 원생들은 하루 서너 시간 정도 장난감을 갖고 놀았다. 그러나 나는 장난감을 왜 갖고 놀아야 하는지 이해할 수 없었다. 재미있지 않았다. 금세 질려버렸다. 그러나 장난감을 왜 갖고 놀아야 하느냐고 물으면 '재미있으니까'라는 대답이 돌아올 것이고 질려버렸다고 말하면 '다른 장난감을 갖고 놀아'라는 말이 되돌아올 것이었다. 아니면 '책을 읽어' 혹은 '선생님 좀 도와주겠니?' 같은 말이라도. 그러나 나는 책 읽기도 선생님 도와주기도 왜 해야 하는지 이해할 수 없었다. 내가 하고 싶은 것은 가만히 앉아 있는 것이었다. 하지만 나는 다른 사람들에게 이해되기 위해 장난감을 갖고 놀았다.

유치원에서 돌아온 뒤에는 놀이터로 가서 놀았다. 또래 남자아이들과 학종이 판치기도 하고, 또래 여자아이들과 미미인형 옷 입히기나 똘똘이인형 목욕시키기 같은 것도 했다. 또래 아이들처럼 퀵보드나 세발자전거 타기도 했다. 아버지를 졸라 만화영화 주인공들이 그려진 필통이며 가방도 들고 다녔다. 마음에 들지 않았지만, 다른 사람들에게 이해되기 위해 아주 마음에 든 척했다.

그런 경우는 초등학교에 입학하고 친구들의 유머가 도무지 웃기지 않을 때, '백 곱하기 백 곱하기 백 곱하기 백 곱하기 백은 뭐게?' '뭔데?' '피 난다.' '왜?' '내가 한 말 빨리 해봐. 배꼽파기 배꼽파기 배꼽파

기…… 배꼽을 자꾸 파니까 피 나지!' '아.' '왜, 안 웃겨?' '아니, 웃겨.',
자다가 깼는데 창문 틈으로 새벽빛이 비스듬히 새어 들어오는 것을
봤을 때, 텔레비전을 보다가 문득 고개를 들었는데 해가 산 중턱에 걸
려 있는 것을 발견했을 때 등등 종종 있었다. 다른 사람들 속에 있는
자기 자신을 스스로 발견했을 때, 내가 다른 사람들 속에 어설프게 스
며들어 있다는 것을 알아차렸을 때였다.

초등학교에 익숙해졌을 때 나는 친구들과 같이 인터넷 마법학교
게임을 했다. 마법사 캐릭터를 키우는 게임이었는데, 마법 수업을 듣
고 마법 실습을 나가는 식이었다. 내 컴퓨터는 느렸기 때문에 가끔 멈
추곤 했다. 마우스 커서가 움직이지 않으면 나는 다시 움직이기를 기
다렸다. 그런데 어느 날은, 도무지 기다릴 수 없을 것 같았다. 주체할
수 없이 속상해졌다. 받아들여지지 않은, 거부당한 느낌이었다. 나는
주저앉아 울어버렸다. 울면서도 그게 울 일인가 싶었지만 눈물이 쏟
아졌다. 다른 사람들이 '왜 우냐?'고 물으면 '마우스 커서가 움직이지
않아서요'라고 대답할 수밖에 없고 나는 이해되지 않을 것이다. 나조
차도 나를 이해할 수 없었다.

곧 아버지가 돌아올 시간이었기 때문에 나는 끈적끈적해진 뺨을
만지작대다가 세수를 했다. 그리고 TV를 켜고 개그 프로그램을 틀어
놓았다. 개그우먼들이 우스운 짓을 했다. 나는 깔깔거리며 웃었다. 아
버지가 돌아와 나를 평소와 다름없이 대하는 것을 확인한 다음에야
나는 자러 갔다. 베개를 베고 누워 '어린아이도 아니고 마우스 커서가
움직이지 않는다고 울다니' 하고 생각했다. 그러나 그 심정이었으면
마우스 커서가 아니라 길거리를 지나다니는 버스나 자동차나 오토바

이가 신호에 걸려 서 있는 모습을 보고도 울었을 거라는 생각이 들었다. 나뭇가지에 앉은 새를 보고도 '너 왜 안 날아가, 흐어엉' 했을 수도 있다는 말이다.

옥상에 올라갔을 때, 노숙자의 잠자리는 남아 있었다. 거대한 이불 더미와 소주병 산이 있었다. 가까이 가자 페트병 하나도 볼 수 있었다. 1.5리터의 음료수병이었는데, 샛노란 오줌이 4분의 3가량 담겨 있었다. 나머지 4분의 1가량에 습기 때문인지 모를 물방울들이 맺혀 있었다. 오줌에서는 희미하게 지린내가 났다. 코를 갖다 대자, 더 진한 냄새가 났다. 나는 가슴이 철렁 내려앉는 기분이었다.

내 오줌에서도 냄새가 날 것이다. 오줌에서 냄새가 난다는 사실은 알았지만, 맡고 깨달은 것은 아주 다른 것이었다. 나는 내 오줌 냄새를 맡아본 적이 없었다. 나는 변기통에 오줌을 눴고, 냄새가 나기 전에 변기 물을 내렸다. 노숙자 아저씨는 페트병에 오줌을 눴고, 냄새가 나기 전에 변기 물을 내릴 수 없었다. 그러니까 오줌에서 냄새가 난다는 이유로 노숙자 아저씨를 역겹다고 말해서는 안 되는 것이다. 나는 오줌 냄새를 맡았다. 오줌에서 냄새가 난다는 사실을 맡고 깨달은 찰나는 역겹지 않고 오히려 비밀스러웠다. 그 찰나는 다른 사람들이 '뭐 해?' 라고 물었을 때 '노숙자 아저씨 오줌 냄새를 맡고 있어요'라고 대답할 수밖에 없는, 내 표현으로서만 누설될 수 있는 내 비밀이었다.

얼마 후 노숙자 아저씨 오줌은 하수구 구멍에 버려졌다. 주민들과 아버지는 개운해했다. 그러나 그것도 잠깐이었다. 하수구 구멍은 아파트를 관통하고 있었기 때문에 집집마다 지린내가 가시지 않게 되었던 것이다. 주민들과 아버지는 코를 틀어줘었다. 그러나 나는 가끔 코를 쿵쿵대면서 오줌 냄새를 맡곤 했다. 그건 수많은 비밀들 중 하나였다.

　내가 남중 애 비밀을 들은 뒤 남중 애는 비밀을 들켰다. 들켰다기보다는 자기 자신이 누설하기 전에 다른 사람들에게 먼저 누설되었다는 것이 맞을 것이다. 남중 애는 휴대폰을 압수당했다고 연락해왔다. 그럼 어떻게 연락한 거냐고 묻자 교무실의 원어민 선생님 알베르토 책상 위에 있던 휴대폰을 슬쩍해서 연락한 거라고 대답했다. '알베르토는 알베르토라고 부르면 안 돼. 알붸르토. 알붸에르토오.'절도죄로 처벌받는 마당에 또 절도를 저질렀다는 말에, 거기다 웃기지도 않는 유머를 유머라고 하는 행동에, 나는 당황했다.
　더 당황스러운 것은 남중 애의 이야기였다.
　"가정실습실에서 토마토케첩을 훔치다가 걸린 거거든. 가정실습실에 숨어 들어가서 양념수납장에서 토마토케첩을 찾았어. 그런데 케첩이 튜브 밑바닥에 0.3센티미터 정도만 남아 있는 거야. 튜브를 쥐어짰지. 안 나와서 더 비틀었어. 한 방울, 두 방울씩 떨어졌지. 나는 '쪼오옥, 쪼오옥' 하면서 그것들을 빨아 먹었어. 그런데 하필 그 시간이 가정실습 시간이었던 거야. 언제 들어왔는지 가정 선생이 소리쳤어. '누구야, 나와! 누가 겁도 없이 쪽쪽 빨고 핥아!' 누가 뽀뽀라도 하는 줄 알았나 봐. 내가 튜브에 입을 대고 나가자 가정 선생이 질겁했어. '너 미쳤니?' 하기에 내가 '아뇨, 파쳤는데요' 하니까 더 질겁하며 나를 교무실로 끌고 갔어."

질겁할 만한 유머감각이었다.

"원래 싹싹 빌고 넘어가려고 했거든. 그런데 도저히 넘어갈 수 없겠더라고."

"대체 왜?"

"교무실에서 가정 선생이 묻더라. '그 많은 케첩을 다 처먹었어?' 내가 대답했지. '조금 먹었어요.' 가정 선생이 말했어. '많이 처먹었잖아.' 그리고 이어 말했어. '금방 케첩요리대전 있는 거, 알아, 몰라? 케첩오 므라이스, 소시지케첩볶음, 두부케첩조림, 케첩파스타, 새우케첩볶음! 그거 만들려고 사놓은 걸 다 처먹었단 말이야?' 내가 말했지. 케첩요리대전이고 마요네즈요리대전이고 나는 잘 모르겠다고 말이야. 나는 튜브 밑바닥에 남아 있는 0.3센티미터 정도만 먹었을 뿐이라고. 그랬더니 가정 선생이 더욱 질겁하데. 그리고 아버지께 전화를 걸었지. 케첩 좀 사셔야겠다고."

"그래서 죄송하단 말은 안 했단 말이야?"

"억울하잖아. 내가 케첩 몇 튜브 먹은 것처럼 이야기하니까. 그 얘기에 아버지는 토마토케첩 한 박스를 주문해줬다고. 죄송하다고, 죄송하다고 말하면서."

결국 아버지가 대신 죄송하다고 말한 것이었다. 집에 돌아가서 아버지는 남중 애에게 왜 케첩을 훔쳤느냐고 물었다. 남중 애는 그냥 먹고 싶었다고 대답했다. 그냥 먹고 싶었다. 슈퍼 진열대 케첩이나 집 냉장고 케첩이 아닌 가정실습실 양념수납장 케첩이 먹고 싶었다. 아버지는 고개를 끄덕였다.

"아버지가 그러더라. '널 이해하지만 훔치는 것은 나쁜 거다.' 아버지는 늘 그런 식이었지. 날 이해한대. 다 이해하는데, 나쁜 것은 나쁜 거래."


그 뒤로도 남중 애는 절도죄에 대한 처벌의 일환으로 휴대폰을 압수당했다고 연락해오곤 했다. 다른 사람들이 자기 자신을 신경 쓰지 않고 있는 것 같을 때, 자기 자신이 아무것도 아닌 것 같을 때, 마음이 텅텅 비어버린 것 같을 때 남중 애는 계속해서 훔쳤다. 절도죄로 자주 처벌받자 선생님들은 물론 아버지, 친구들과 관계유지가 어려워졌다. 한번은 학교 화단에서 잘 자라던 앵두나무에서 앵두 서리를 하다가 교장선생님께 들켰다. 그 전에도 화단 구석에서 썩어가던 화분을 가져가다가 들켰기 때문에 남중 애는 다시 교무실로 끌려갔다.

학급회비 횡령, 학생 금품 갈취, 전교 1등 문제집 은닉, 성적표 위조 같은 중범죄가 아닌 경범죄였기 때문에 처벌하기도 뭐한 문제였다. 선생님들은 말했다.

"앵두 서리를 하지 말고 그냥 앵두나무를 뽑았어야지. 나무라도 뽑아야 훼손죄라든지 파손죄라든지 뭐 그런 죄명을 갖다 붙이잖아."

앵두나무를 뽑는 일은 힘이 많이 든다. 앵두나무를 베는 일도 마찬가지다. 남중 애는 앵두를 따고 싶었을 뿐이지, 땀 흘려가며 앵두나무를 뽑거나 베고 싶지는 않았다. 그러나 남중 애 말은 무시당했고 남중 애는 또 훔치게 되었다. 한번은 학년부장 선생님 책상 위에 있던 날짜 지난 사탕을 주머니에 넣다가 들켰다. 학년부장 선생님은 남중 애를 교무실로 끌고 갔다. 그리고 반성문을 쓸 것을 지시했다.

남중 애는 교무실 바닥에 엎드려서 반성문을 썼다. 교무실 바닥은

차가웠다. 무릎 꿇은 다리는 저려왔고 눈에서는 눈물이 쉴 새 없이 떨어져 내렸다. 처음으로 수치스러웠다. 다른 사람들이 손가락질할 것이라는, 침을 뱉고 지나갈 것이라는 생각이 들었다. 남중 애는 자기 자신이 보이지 않을 만큼 작아진 것 같은 느낌에 한없이 속상해졌다. 남중 애는 의기소침해졌고 그 뒤로는 조금 변하게 됐다. 또다시 훔치는 대신 다른 사람들과 어울리지 않고 혼자 있게 되었다.

교실에서는 책상에 엎드려 있기 일쑤였고 점심시간이면 밥을 먹으러 가지 않았다. 발표라도 하게 되면 모기만 한 목소리로 말하거나 염소 소리를 가느다랗게 냈다. 선생님들이나 친구들이 말을 걸면 눈물부터 글썽거렸다. 그래도 남중 애는 나를 만나러 왔다. '이 배가 베이징 가는 배이징?' '시드니 가면 꽃이 시드니?' 웃기지도 않는 유머감각만은 그대로였다.


나는 남중 애의 좌절을 이해할 수 있을 것 같았다.

어렸을 때, 대개의 어린아이들이 그렇듯이 난 먹고 싶은 것, 갖고 싶은 것이 많았다. 도넛, 사이다, 곰돌이 젤리, 초코알 과자……. 마리오 풍선, 띠부띠부씰, 피카츄 인형, 붕붕카……. 그러나 그것들은 너무 많아서, 대부분의 것을 먹거나 갖지 못했다. 내 부모는 마음 넓은 부처도 손 큰 재벌도 아니었다. 나는 내가 요구하는 것은 거의 이루어질 수 없는 것이라는 사실을 자라면서 조금씩 알아갔다.

조금 자랐을 때, 나는 동네 놀이터에서 같이 놀던 동갑 남자애를 좋아하게 됐다. 그 남자애는 자전거 타기를 좋아했다. 그 남자애와 가까워지기 위해 나는 내 낡은 자전거를 타고 그 애 가까이에서 얼쩡거리곤 했다. 그 애와 자전거 시합을 하게 된 날, 나는 그 애와 같이 자전거를 탈 만한 수준이 된다는 것을 그 애에게 보여주기 위해서 열심히 페달을 밟았다. 앞으로도 같이 자전거를 타자는 말을 듣고 싶었다. 그러나 애써 우승한 나에게 돌아온 것은, 그 애의 오른발이었다. '왜 네가 이겨!' 그때 비로소 알았던 것 같다. 좋게 말하면 내가 원하는 것과 다른 사람이 원하는 것은 서로 같기 어렵다는 것, 나쁘게 말하면 내가 원하는 것은 거의가 원해봤자 하등 소용없는 것이라는 것.

그 좌절을 맛보면 남중 애처럼 내가 말하고 싶은 것을 말하지 않고 다른 사람들 속에서 묻혀 지내게 된다. 다른 사람들처럼 말이다.

물론 더 자라면서 나는 희망을 보기도 했다.

나는 도덕 교과서의 '우유 던진 아이' 이야기를 특히 좋아했다. 도덕 시간마다 그 이야기가 나오는 페이지를 몰래 펴볼 정도였다. 어느 여자아이가 빈 우유팩을 무심코 창밖에 던졌다는 이야기다. 우유팩이 떨어지는 것을 보려고 창밖에 고개를 내민 여자아이는 창 아래에 있던 교장선생님과 눈이 딱 마주치고 만다. 삽화는 당연히 불안한 눈빛의 여자아이와 선한 눈빛의 교장선생님이 서로를 응시하는 모습이 그려져 있다. 그 모습은 비밀을 들킨 자와 비밀을 아는 자의 눈빛이 교차하는 아주 매력적인 장면이었다. 물론 내게 일어나지 않았으면 하는 일이었지만, 그 일을 간접적으로 체험하는 희열은 아주 짜릿한 것이었다.

여자아이는 결국 교장선생님의 눈빛을 저버릴 수 없어서 쉬는 시간에 우유팩을 주우러 간다. 그것은 '우유팩을 창밖에 버렸다'는 비밀을 다른 사람들로부터 지키기 위해서 여자아이가 지불해야 할 대가였던 것이다. 그것은 일종의 비밀 거래행위였다. 물론 도덕 교과서 어디에나 나오는 착한 아이 이야기라 거래 자체에는 딱히 매력이 없지만, 비밀 거래라는 측면에서 그 이야기는 재미있었다.

나도 비슷한 거래를 한 적이 있었다.

초등학교 때 철봉 게임에서였다. 당시 담임선생님은 커다란 과자통을 갖고 있었다. 선생님은 아이들을 경쟁시켜서 과자를 나눠주곤했다. 평소 안 하던 숙제검사를 갑자기 해서 그날 숙제를 해 온 아이들은 과자 하나씩, 어려운 수학문제를 일정한 시간 안에 푼 아이들은 과자 하나씩, 그런 식이었다. 아무리 잘하고 열심히 해도 과자를 받고 안 받고는 그냥 운인 셈이었다. 그 운을 더 확실하게 말해주는 것이 방과 후에 했던 철봉 게임이었다.

당시에는 종례를 마치면 담임선생님이 반 아이들을 줄 세워서 교문까지 바래다주는 게 교칙이었다. 선생님은 다른 선생님들처럼 반에서 교문까지 곧장 가지 않고 꼭 운동장 끝에서 멈춰 섰다. 운동장 끝에는 철봉들이 일렬로 늘어서 있었다. 선생님은 아이들을 네 조로 나눠서 어느 조가 가장 빨리 그 철봉을 지그재그로 달려서 통과하는가, 같은 것들을 내기하게 하곤 했다. 이긴 조는 다음 날 과자 몇 조각씩을 포상으로 받게 되어 있었다. 그러나 나는 커다란 통 안의 눅눅한 과자들이 탐이 나지 않았을 뿐만 아니라, 과자 몇 조각을 먹기 위해 악착같이 달려야만 한다는 그런 의미 없는 일로 내 하교시간이 늦춰지는 것이 너무나 아까웠다. 집에 가서 특별한 일을 하는 것은 아니지만 내 시간을 빨리 갖고 싶은데, 정규교육 시간도 아니면서 내 시간을 뺏는다는 것이 도저히 용납되지 않았다. 그러나 내가 열심히 하지 않으면 같은 조 아이들이 화를 낼 것이므로 어쩔 수 없었다.

그때 나는 한 가지 묘안을 떠올렸다. 나는 조 아이들에게 내가 열심히 하지 않는 대신 만약 우리 조가 이겨서 과자를 받게 될 경우에는 내 몫의 과자를 조 아이들이 모두 먹어도 좋다는 것을 거래 조건으로 내세웠다. 나는 겉으로 보기에 이상하지 않을 정도로만 하되, 조 아이들이 조금 더 열심히 해서 과자를 받으면 내 몫의 과자는 조 아이들이 나눠 먹어도 좋다는 일종의 거래였다. 그 거래는 성공적으로 이루어져 실제로 우리 조는 자주 이겼으며, 다음 날 내 몫의 과자 몇 조각은 조 아이들의 손에 나눠 들려졌다. 불만을 품은 사람은 아무도 없었고, 조 아이들을 납득시키기 위해 나는 과자를 좋아하지 않는다는 논리까지 내세움으로써 거래를 확실시했다.

과자를 좋아하지 않는 척하는 것. 나는 과자를 좋아했고 다만 선생님이 주는 커다란 통 속의 눅눅한 과자가 싫은 것뿐이었지만, 그것은 내 비밀을 지키기 위해 반드시 지불해야 할 대가 같은 것이었다. 그것은 다른 아이와 쉬는 시간에 나눠 먹곤 하는 번외의 과자마저 포기해야 한다는 것을 의미했지만, 내 비밀을 나름대로 누설하기 위해 내가 선택한 일종의 방식이었다.

물론 그런 거래가 실패한 적도 있었다.

초등학교 때 나는 감기에 자주 걸렸는데, 그때 드나들던 소아과 병원 진찰실에서 성적 쾌감을 느껴가곤 했다. 그 병원 의사는 진찰할 때마다 옷을 젖꼭지 위까지 바짝 올리고 청진기를 댔다. 청진기를 뗀 다음에는 오른손으로 배를 감싸 쥐고 몇 번 눌러봤다. 나는 타인이 내

맨몸을 본다는 것, 또 타인이 내 맨몸에 손을 댄다는 것에서 쾌감을 느꼈다. 주사는 늙었어도 이성인 의사가 아닌 동성인 간호사가 놓았기 때문에 쾌감이 덜했지만, 더 은밀한 곳을 보이므로 나름대로의 쾌감이 있었다. 그래서 나는 주사실 앞에서 떼쓰는 아이들과 달리 의연하게 주사실 안으로 들어가곤 했다. 그것을 본 다른 사람들은 내가 또래보다 성숙하거나 의젓하다고 말했지만, 그것은 어디까지나 내가 거기서 일종의 흥분을 느꼈기 때문이었다. 그러나 어린 마음에도 성적 쾌감이 은밀한 것이라는 사실을 알고 있었기 때문에 그것을 입 밖에 내지는 않았다.

어느 날 나는 자주 같이 놀던 남자 사촌동생에게 한 가지 제안을 했다. 병원놀이를 하되, 내가 환자가 되겠다고 했다. 사촌동생은 놀 거리가 생겼고, 또 역할극에서 가장 좋은 역할(병원놀이에서는 의사가 좋고, 엄마놀이에서는 엄마가 좋다)을 맡게 됐으니 일석이조인 셈이었다. 나는 아플 때만 느끼던 '병원의 쾌감'을 놀이로나마 재현해보고자 하는 욕망이 있었다. 나는 사촌동생에게 팽이를 내밀었다. 윗부분은 평평하니까 청진기로 쓰고, 아랫부분은 뾰족하니까 주사기로 쓰라고 했다. 이건 우리 둘만의 비밀이라는 말도 덧붙였다. 내 은밀한 모습을 보이는 사람은 한 사람이면 족했다.

그러나 사촌동생은 내 파격적인 제안에 만족하지 못하고 내가 병원놀이를 하자고 했다는 것을 다른 형제들에게 퍼뜨렸다. 내 계획은 수포로 돌아갔다. 어쩌면 나름대로의 비밀 누설에 대한 성공 여부는 우연에 기대야만 하는, 운을 바라야만 하는 인간이 통제할 수 없는 초지언적인 영역인 걸까. 나는 내 비밀 누설이 내가 하고자 한다고 되지 않으며 내가 최선의 방법이라고 생각했던 것들이 실제로 우습기 짝이 없는 방식이 될 수도 있다는 것을 그때 어렴풋이 알았다.

비밀 누설의 방법이 마치 수학문제처럼 저마다의 해답을 갖고 있어서 '이렇게 말하면 필연적으로 받아들여진다'는 안내서 겸 설명서 겸 지침서 같은 것이 있었으면 좋겠다는 생각을 한 적이 있다. 그러나 그것은 나와 나를 둘러싼 세계가 어떤 법칙에 따라 설계된 존재들이라는 말과도 같았기 때문에 나는 포기하고 나를 이야기하기 위한 최선을 찾곤 했다. 가장 극단적인 방식은 나는 '가나인이니까 가나어를 쓰겠어!' 같은 '그대로 말해버리는 것'이었는데, 그것은 성공한 적이 없었다. 방학이 되고 나는 끊임없이 걸으며 내 최선들을 생각했다.

뙤약볕이 내리쬐는 여름 한복판에서 마포대교를 건너 신촌까지 갔다. 도로변을 따라가는 동안 나는 내 비밀에 대해 생각했다. 예컨대 유치원 때 만들기 수업 하던 순간을 떠올렸다. 만들기 할 때면 선생님이 돌아다니며 원생들 작품을 봤다. 그리고 '색종이 예쁘게 붙이네' 혹은 '반짝이풀이 참 잘 어울리네' 같은 말들을 했다. 그러나 나는 싫었다. 내 작품을 보고 '지붕이 멋있는걸' 같은 말을 하는 게 싫었다. 내가 어떤 생각과 어떤 마음으로 만들었는지 모르면서 멋대로 말하는 것 같아서였다. 그래서 나는 내 작품을 두 팔 사이에 두고 고개를 숙여 가리곤 했다. 그러나 선생님은 그게 내 낮은 자존감 혹은 자신감 어쩌면 소극적 성격 탓이라고 생각했는지 '아주 훌륭해' 같은 말을 하곤 했다. 나는 일부러라도 모른 척 고개를 획 돌렸다. 그 순간은 내 비밀들 중 하나였다.

초등학교 때 잠자던 순간도 떠올렸다. 잠잘 때면 아버지 발소리며 아버지가 보는 텔레비전 연속극의 대사 소리 같은 것들이 거슬렸다. 예고 없이 들렸기 때문에 언제든 나를 깨울 수 있을 것 같아서 걱정도 됐다. 나는 방문 앞에 '자는 중이니 들어오지 마시오' 같은 경고 문구를 붙여두었다. 그러나 곧 떼어버렸다. 다른 사람들이 이상하게 보지 않을까, 생각했던 것이다. 그 순간 또한 내 비밀들 중 하나였다.

신촌에 다다르면 엄청 지쳐 있었다. 나는 밤이 되면 불이 켜지는 마포대교 죽음예방 문구 '밥은 먹었어?' 같은 것을 보고 근처 김밥 체인점 '김밥지옥' 같은 곳에 들어가곤 했다. 1500원짜리 기본 김밥을 시켜놓고 앉아 입맛이 없어 먹는 둥 마는 둥 하곤 했다. 나는 내 비밀을 표현하는 방법을 찾지 못했다. 아무것도 아니라면 아닐 수 있는 비밀을 어떻게 표현해야 할까? 나는 아무 표현도 하지 않을 때 가장 많은 표현을 할 수 있게 된다는 말을 믿으려고 했다. 그리고 집으로 돌아갔는데 다음 날이면 또 나오곤 했다. 또 걷곤 했다. 그런 날들이 지나갔다.

그러던 어느 날 무슨 생각이었는지 신촌에서 강남까지 지하철을 타고 가게 됐다. 강남역에서 역삼역까지 걸었고, 역삼역 근처 가정집을 보고 걸음을 멈췄다. 다 저녁때였다. 주황색 불빛이 새어 나오고 있었는데 따뜻하게 보였다. 커다란 창문에 그림자들이 어른거렸다. 무슨 모임이라도 있는지 사람들이 모여 이야기를 나눴다. 순간 나도 안에 들어가 내 이야기를 나누고 싶다는 생각이 들었다.

그것은 얼토당토않은 이유로 얼토당토않은 장소에서 마주친 사람들이 서로를 이해하고 각자 이해받는 것과 같은 것이었다. 예컨대 시에서 조성한 녹지공원에서 흡연하다가 단속에 걸린 사람들이 시에서 운영하는 흡연자 교육 프로그램에 반강제로 떠밀려 나가 패랭이꽃에 물 주다가 눈이 딱 마주친 상황과 같다. '날씨 참 덥네요', '그러게요' 같은 대화를 하다가 '어쩌다 나왔어요?' 같은 질문을 하는 상황인 것이다.

"집에서 담배를 피우다가 쫓겨나서 공원에서 피웠는데 또 쫓겨났어요."

"집에서 담배를 못 피우게 하나 봐요?"

"아내에게 '내 집에서 내 담배를 못 펴?' 하고 소리쳤는데 아내가 '바람이랑 담배는 피다가 아니라 피우다가 맞아, 이 등신아!' 하고 소리쳤어요. 그 '피다'와 '피우다'라는 게 자동사와 타동사의 개념이거든요. 자동사와 타동사라는 게 결국 목적어를 필요로 하느냐, 안 하느냐, 그거거든요. 꽃이 지 스스로 피면 '꽃이 피다'고 내가 꽃에 성적 매력을 느끼는 꽃 성애자라서 꽃에 물 주고 햇볕 쬐게 해주면 '꽃을 피우다'인 거죠. 그러니까 아내 말은 바람이랑 담배는 주어인 내가 목적어인 바람이랑 담배를 필요로 하기 때문에 '피우다'가 맞는다는 건데, 그게 어디 맞아요? 바람이랑 담배는, 본능이에요, 본능. 의지가 아니라 조절이 안 돼요. 그냥 지 스스로 그렇게 되는 거예요. 그러니까 나는 자동사적인 삶을 살고 있는 건데, 거 사람들이 자꾸 타동사적인 삶을 산다고 하니까 나는 이해가 안 되는 거죠. 이해하겠어요?"

"이해하죠. 우리는 왜 이 좋은 날에 꽃에 물이나 주고 있어야 하는지, 참."

다른 사람들에게 하지 못할 대화를 했지만 상대의 이름, 나이, 사는 곳 다 모른다. 그러나 대화하는 데는 그런 것들이 필요하지 않다. 그런 것들을 필요로 하지 않을 때만 결코 할 수 없을 것 같던 대화를 하게 된다. 나는 터키 국기가 꽂히고 '터키문화원'이라고 적힌 간판이 달린 장소를 마주쳤다. 나는 내가 터키어를 모른다는 것은 물론 문화원 안의 터키인은 물론 한국인조차도 모른다는 것을 알았다. 그러나 나는 걸음을 떼지 않았다. 선뜻 들어갈 수 없었지만 견딜 수 없이 들어가고 싶어졌기 때문이었다.

터키문화원에서는 금요일 저녁마다 강연회를 열고 수시로 전통 행사를 열었다. 내가 갔던 날에는 홍차와 브라우니를 먹으며 이야기를 나누는 친목행사가 열렸다. 외부인에게 열린 장소였지만 결국 나는 들어가지 않았다. 이미 견고하게 짜인 무리에 쉽사리 안착할 수 없으니까, 체계적으로 돌아가는 사람들 사이에 낯선 이가 불쑥 끼어드는 것은 반가운 일이 아닐 수 있으니까 말이다. 나는 그것을 확인하게 될까 봐 무서웠던 걸까, 아니면 내가 기대하고 바라는 것에 대해 꿈꿀 수 있는 시간이 필요했던 걸까.

표현도 채 못 해본 첫사랑은 아직 끝난 게 아니다. 열다섯 직전의 첫사랑에 대한 기억이 터키문화원을 찾아갈 확률에 미치는 영향은 얼마나 될까. 전쟁 같은 사랑 이야기를 다시 하려고 한다. 나는 내가 여자라는 조건만 제외하면, 남자를 이길 수 있을 것 같았다. 그런데 몇 주 정도 흐르자 그게 얼마나 헛된 생각이었는지 알게 됐다. 그를 향한 남자의 마음은 정말, 만만찮았기 때문이다. 그의 이름을 아는 것은 기본 중의 기본, 터키어 인사 표현도 알았다. 간단한 표현들을 알아 와서 짧은 대화를 이어가는 것을 보고 '아, 이대로 뺏기는 건가' 하고 여러 번 생각했다. 나는 여전히 한국어를 사용하고 있었고 그가 주는 케밥과 아이스크림을 받아먹으며 혼자 설레고 혼자 두근거리는 것이 전부였으니까.

그제야 열등감이 들었다. 자괴감과 모멸감이 고개를 쳐들었다. 내가 여자여서가 아니라 내가 남자만큼 노력하지 못했기 때문에 그를 뺏겨도 할 말이 없었던 것이다. 남자만큼 노력해야겠다고 결심할 수도 있었겠지만 나는 그를 볼 자신이 없어졌다. 그래서 딱 한 번만 보고, 다시는 이태원에 발도 들여놓지 말아야겠다고 결심했다. 그런데 웬일인지, 나름대로 굳은 결심을 한 그날 그가 나에게 종이가방을 내밀었다. 터키어 교재가 들어 있었다.

"역삼역에 터키문화원이 있거든요. 다음 주 토요일부터 터키어 강의가 열려요. 내가 선생님이에요. 꼭 들으러 와줬으면 좋겠어요."

케밥보다 배부르고 아이스크림보다 달콤한 감정이 순식간에 가슴속으로 파고들었다. 그에게서 눈을 뗄 수 없었다. 그는 나를 보고 싱긋 웃고 나서 다시 케밥 장사에 열중했다. 내 옆의 남자는 나를 한참이나 노려봤다. 따가울 법도 했지만 따갑지 않았다. 나는 이태원에서 제일 행복했으니까. 남자는 노려보고 노려보고 또 노려보다가 메고 있던 가방 지퍼를 열고 라이더 재킷을 꺼내 입었다. 그리고 근처에 주차돼 있던 스쿠터에 올라탔다.

"너, 다시는 이태원에 오지 않는 게 좋을 거다."

그게 남자의 마지막 모습이었다. 케밥 부스 앞에서 서로를 곁눈질하던 이상한 관계의 막이 내리는 순간이었다. 이름도, 나이도, 사는 곳도 모르는, 얼굴밖에 아는 게 없는 관계들이었다. 웃기지도 않는 이야기지만, 난 정말 다시는 이태원에 발도 들여놓지 않았다. 남자의 살벌한 눈빛이 무서워서도, 남자의 뒤를 따르는 여러 대의 스쿠터와 거기 탄 우락부락한 다른 남자들이 무서워서도 아니었다. 다시 이야기하지만 텅텅 빈 지갑과 끊긴 용돈과 그걸 지켜보는 아버지가 진짜 문제였다. 그건 아마도 전쟁 같은 사랑이었다.

다른 표현을 사용한다는 것은 마치 영어를 쓰는 것과 같다. 정확히 말하자면 내 영어 실력으로 내가 영어를 쓰는 것과 같다는 말이다. 나는 기본적인 의사전달을 할 줄 안다. '의자에 앉는다', '침대에 눕는다' 같은 것들을 말할 줄 안다. 그러나 '불그스름한 저녁놀을 보고 있자니 가슴이 아리고 저릿하다' 같은 것은 말할 줄 모른다. 말할 수 없기 때문에 내가 쓰는 영어는 그 순간 죽은 것과 다름없다. 내가 아는 것과 모르는 것을 넘어 내 정서와 어울리지 않는 것 같은 느낌도 든다. 나는 지금까지 존나 카와이한 그룹 표현 같은 다른 표현들을 사용해왔고 새로운 표현을 맞닥뜨렸다. 새로운 표현이 무엇인지는 아직 몰랐지만, 새로운 표현이라면 터키어라도 배울 준비가 되어 있었다.

새로운 것을 배운다는 것은 아는 것이 많아진다는 것과는 다르다. 그러니까 색다른 표현을 알아낸다고 해서 당장 내가 말할 수 있는 것이 늘어나지는 않는다는 것이다.

영어를 처음 배웠던 때가 떠오른다. 그때는 그런 '언어'만이 표현이 될 수 있다고 믿었기 때문에 한국어가 아닌 표현을 처음 접한 나는 흥분에 휩싸였다. 처음 배운 단어는 사과였다. 사과는 애플. 나는 애플의 철자를 따라 쓰면서 사과라는 존재를 지칭할 수 있는 표현이 하나 더 생겼다는 사실이 너무나 기뻤다. 사과는 '빨간 과일'이나 '둥근 과일'로 설명될 수 없고 반드시 '사과'라는 알맞은 표현으로서만 설명될 수 있었다. 그 표현을 하나 더 알게 된 것이다. 비록 표현일 뿐이었지만 나는 흡사 하나의 세계를 얻은 것만 같았다. 마치 내가 거울 속에 들어갈 수 있게 돼서 똑같이 생겼지만 두 개인, 서로 다른 두 세계를 갖게 된 기분이었다.

그때 나는 많이 알면 많이 말할 수 있게 된다고 생각했다. 그래서 영어를 배워서 기뻤다. 그러나 세상 모든 것을 전부 말할 수 있는 표현을 결코 다 알 수 없으며, 내게 주어진 표현들은 그것들을 규정지어 놓고 '이만하면 됐어' 식으로 그것들을 거세하고 있을 뿐이라는 사실을 나는 뒤늦게 깨달았다. 그때 나는 그걸 몰랐고, 표현을 기억하는 것에 집착했다.

다이어리에 가족의 이름을 적은 적이 있었다. 아빠 이름, 엄마 이름, 언니 이름, 동생 이름……. 다른 사람들이 읽으면 이상하게 여기겠지만, 나는 가족의 이름을 잊어버릴까 봐 불안했다. 드라마에서 나오듯이 기억상실증에 걸리거나 정신적인 충격에 따른 일시적인 기억 혼동을 빚으면 가족의 이름을 기억하지 못하는 것만으로도 가족을 영영 잃게 되고 생활을, 삶을 영원히 잃어버리게 될 것 같았다. 이름을 모른다고 사람이 없어지는 것은 아닌데, 존재가 사라지지는 않는데, 오히려 한 사람을 그 사람이게 하는 것은, 존재를 지탱하는 무엇은 그가 된장찌개와 제육볶음을 잘 먹고 요거트 맛 음료수를 즐겨 마시며 자동차를 좋아해서 모든 차 종류를 외우고 있으며 차에 관해서 무엇을 물어도 답할 줄 알고 파란색 가로무늬와 진파란색 세로무늬, 분홍 민무늬와 형광노랑 민무늬 팬티를 갖고 있다는 등등의 사소한 이야기들인데 말이다. 이름은 처음 만난 사이에도 주고받을 수 있는 표현이지만 소통까지는 이르지 못한다. 나는 점점 이름 같은 것에 신경 쓰지 않게 되었다.

나는 일기를 썼다. 온갖 고발과 비난과 흠모의 역사를 적었다. 그 중에 이런 고민이 있었다. 한 친구가 음악 교과서를 잃어버렸다. 그리고 내 것을 가져가서 이름을 바꾸고 '내 이름이 적혔으니까 내 것이 맞아'라고 말했다. 나는 아무 말도 못 했다. 그 음악 교과서는 내 것이 맞았다. 내 글씨, 내 그림, 내 낙서가 있었다. 그런데 내 이름이 없었다. 나는 이름, 학년, 성적으로만 내가 누군지 말할 수 있는 세계에 살았고, 그 세계가 깨지기 쉽다는 것을 알고 있었지만 아무도 그것을 같이 알아주지 않았다. 나는 말하고 싶었다. 이름이 아닌 다른 무엇을, 내가 초콜릿과 초콜릿드링크와 초코바와 초코칩쿠키를 좋아한다는 것을 기억해서 그것들을 건네주는 일이 얼마나 값진 일인가를. 이름보다 값진 것이, 값진 일이 얼마든지 있다는 사실을. 그리고 터키어라는 표현은 내게 그런 것과 가까웠다.

다른 사람들에게도 두려움이 있다. 화가 나면 집안 살림을 때려 부수는 아버지와 사이비 종교에 빠져 집안 재산을 줄줄 빼돌리는 어머니와 빵점짜리 시험지를 집 밖 소화전 속에 감추는 아들과, 깐깐한 상견례 자리와 조루 증상과, 고속도로 한가운데서 기름 다 떨어진 자동차와 박박 긁어도 한 끼 식사가 되지 않는 쌀과 하루아침에 알게 된

암 덩어리와, 아픈 자식과 죽은 부모와 버려진 노부부와, 빚더미와 파산 같은 진짜 두려움 말이다. 다른 사람들에 비해 나는 두려울 게 하나도 없었다. 그러나 나는 터키문화원에 가기 전 두려움에 떨었다. 나는 내가 왜 터키문화원에 찾아가려 하는지 몰랐기 때문에 나를 이해할 수 없었기 때문에 두려웠다.

그것은 큰 두려움이었다. 마치 어머니가 찬장에 올려 숨겨둔 과자 한 조각을 몰래 꺼내 먹고 뭐라 말해야 할지 몰라 두려움에 떠는 네 살짜리 어린아이의 심정이었다. 아버지 점퍼 주머니 속에 있던 담배 한 개비를 슬쩍해서 피우고 뭐라 말해야 할지 몰라 두려움에 떠는 갓 사춘기에 접어든 중학생의 심정이었다. 어쩌면 소통욕구에 대한 두려움이라고 해도 좋았다. 어느 날 나는 결심이라도 한 듯 깔끔한 옷을 입고 깨끗한 운동화를 신었다. 머리를 빗고 거울을 보며 옷매무새를 다듬은 뒤에 터키문화원으로 갔다. 물론 결심은 되어 있지 않았다. 이끌리듯이 간 문화원의 새하얀 문이 나를 매혹시켰다. 문 위에 낯선 언어로 문장 하나가 적혀 있었다. 처음 보는 알파벳이었는데 처음 보는 표현은 그런 터키어뿐만이 아니었다. 문을 열고 들어가자 맞이해준 터키인들과 대접받은 커피 한 잔도 있었다. 터키인들은 커피 한 잔을 대접해주며 커피 취향을 물었던 것이다.

"커피 열 잔에는 열 가지 맛이 있거든요."

그것은 '사람 열 명에게는 열 가지 두려움이 있거든요'라는 말로 들렸다. 과자 한 조각 꺼내 먹은 것을 말해야 하는 것도 두려움이고, 담배 한 개비 슬쩍해서 피운 것을 말해야 하는 것도 두려움이라고. 큰 두려움 작은 두려움 같은 건 없다고. 터키문화원에 왜 찾아왔는지 말할 수 없는 내 두려움도 두려움이라고 말이다. 터키인들은 내 취향대로 설탕을 쏟아부어 혀가 아릴 정도로 단 커피 한 잔을 만들어주었다. 나는 커피 한 잔을 마셨다. 터키인들 중 하나가 말했다.

"한 잔의 커피에는 40년의 추억이 있거든요."

나는 비어가는 커피 잔을 들여다보았다. 그 커피에는 뭐가 자꾸 있었다.

"뭐가 있다고요?"

"추억이요, 40년의."

터키인들 중 하나가 이어 말했다.

"오래된 속담인데, 그건 이런 뜻이에요. 예컨대 혼자 사는 남자가 있다고 쳐요. 외로워요. 어느 날은 너무 외로운 나머지 시장에라도 가기로 해요. 시장에 가니 카펫 상인이 있어요. 카펫 상인이 커피 한잔 하고 가라고 해요. 커피 한잔 하며 카펫 한 장 살 것을 권할 것을 알지만 그래도 커피 한잔 하기로 해요. 너무 쓸쓸하니까요. 그래서 커피 한잔 하는데, 카펫 상인이 카펫 이야기는 안 하고 자기 자신 이야기를 하는 거예요. '저 좌판에서 파는 자두는 사 먹지 마요. 좌판 주인 성격이 안 좋아요.' '왜요?' '제가 카펫 옮기다가 자두 바구니를 쏟은 적이 있어요. 그래봤자 한 바구니였고 바로 죄송하다고 했거든요. 자두가 깨졌으면 사겠다는 말도 했고요. 그랬더니 다짜고짜 화를 내는 거예요. '이 새끼, 저 새끼' 하기에 제가 '저 새끼 아니거든요. 다 큰 어른이거든요' 했더니 '미친 새끼' 하면서 쏟아진 자두를 던졌어요. 봐봐요, 자두 맞아서 난 상처!' 그리고 상처를 보여줘요. 상처를 본 남자는 '참 나쁜 사람이네요'라고 맞장구를 쳐줘요."

터키인들 중 하나는 터키어 강사로 한국어에 능숙했다.

"카펫 상인도 이야기할 상대를 찾고 있었던 거예요. 남자도 이야기해요. '시장 끝 이불가게는 가지 말아요. 가게 주인이 전 여자친구거든요.' '어쩌다 헤어졌어요?' '어느 날 가게에 갔는데 이불 사이로 발가락 스무 개가 삐져나와 있는 거예요. 마치 고려시대 가요 〈처용가〉처럼 말이에요. 그래서 옆에 있던 거위털 베개를 집어 들고 엄청 쳐댔어요. 한참 치다가 숨을 돌리는데 가게 문이 열리면서 여자친구가 들어오데요. '부모님께서 잠깐 놀러 오셨는데, 인사했어? 아직 주무셔?' 저 옥돌 베개로 맞고 헤어졌어요."

한국어에 능숙해도 과도하게 능숙했다. 나는 국어 교과서에 실린 〈처용가〉를 떠올리며 터키어 강사가 〈처용가〉를 읽었을까 같은 생각을 했다.

"커피 한잔 하며 이야기를 나눈 뒤 남자는 카펫 상인과 인사를 나누게 돼요. 시장에 갈 때마다 '안녕하세요', '안녕하세요' 하게 되는 거죠. 안부도 나누게 돼요. '잘 지내죠?', '잘 지내죠.' 근황도 묻고 '별일 없어요?' 경조사도 묻고 '기분이 좋아 보이는데요? 좋은 일 있나요?' 일과도 묻게 돼요. '오늘 옷차림이 멋있네요. 오늘 어디 가요?' 한 사람 한 사람이 만나서 인연을 맺는다는 것은 '커피 황금 레시피'처럼 정해져 있는 것이 아니라는 말이에요."

수다스러운 사람이었다.

"그러니까 예컨대 버스 옆자리에 예쁜 여자가 앉았다고 쳐요. 그 여자에게 '옷깃만 스쳐도 인연이라는데 같은 버스 같은 좌석에 앉았으니까 보통 인연이 아닌가 봐요. 40년간 인연 한번 맺어볼래요?' 하면 뺨 맞고 넘어져서 40년이 지나도 지워지지 않을 흉터를 얻게 되기 십 상이죠. 차라리 '어디 가서 커피 한잔 할래요?'라고 하는 게 좀 90년대 풍이긴 하지만 나왔을지도 몰라요. 커피 한잔 하며 이야기를 나누다 가 잘되면 40년 정도 인연 맺을 수 있는 관계로 발전할지도 모르잖아 요. 인연을 맺는다는 것은 정해져 있는 것이 아니라는 말이에요. 그냥 커피 한잔 마시면서 이야기하는 데에 있죠."

목이 탔는지 커피 한 모금을 마신 터키어 강사가 계속해서 말했다.

"한 잔의 커피에는 40년의 추억이 있거든요. 사람과 사람이 커피 한잔 마시고 이야기를 나누는 것에 반평생이 있는 거죠. 사실 정해져 있는 것이 아닌 게 많잖아요. 이야기란 그래야 하는 거고요. 미취학아 동들이 한글 뗀다고 회초리로 맞아가며 자음, 모음 순서 외우고 있는 걸 보면 이해가 잘 안 돼요. 취학 이후에 알파벳 순서 외우고, 단어 외 우고, 좀 더 극성스러우면 혀 수술해서 발음 교정하고. 그래야 겨우겨 우 이야기를 나눌 수 있게 된다고 믿잖아요. 그건 이야기들이 아니에 요. 진짜 이야기들은 아주 황당해요. 그래서 차라리 단순하죠. 커피 한 잔처럼 말이에요. 학생은 터키문화원에 왜 왔어요? 오고 싶어서요. 아 주 황당해요. 그래서 차라리 단순하죠."

터키어 강사가 진지하게 말했다.

"그 속담은 항상 나를 위로해줘요. 내가 다른 사람들과 만나는, 만 나 이야기를 나누는 평범한 순간이 있다면, 그 순간을 지나 다른 순간 들에 있게 된다고 해도 그 순간 나와 이야기를 나눴던 사람은 반평생 을 잊지 않고 나를 기억해줄 수도 있을 거라고요."

그 속담은 나도 위로해줬다. 내게 나만 이해할 수 있는, 도무지 합리화되지 못하는 비밀이 생긴 순간이 있다면, 그 순간을 채 표현하지 못한 나는 끝내 포기하지 않고 그것을 누설하려고 할 것이라는 말처럼 들렸기 때문이었다.

터키어 수강신청서에는 수강 목적을 적는 자리가 있었다. '우리는 민족중흥의 역사적 사명을 띠고' 이 땅에 태어났다든지, '조상의 빛나는 얼을 되살려 안으로 자주독립의 자세를 확립하고 밖으로 인류공영에 이바지'해야 한다든지 하는 그럴듯한 목적을 적어야 할 것 같은 자리였다. 나는 '이 수강신청은 낚시가게 아저씨 엉덩이에서 최초로 시작되어 1년간 동네 한 바퀴 정도 돌면서 마주치는 사람마다 이상한 생각을 하게 하였고'라고 쓸까 고민하다가 '터키어 이야기를 하고 싶어요'라고 썼다. 터키어로 된 이야기가 아니라 터키어에 대한 이야기, 터키어에 관련된 이야기 말이다. 터키어로 인해 내가 어떤 말을 하게 되기를 바랐다.

그 진심은 터키어 강의실에 들어갔을 때, 희미하게나마 이해받았다. 터키어 강의 날, 나는 강의실에 가서 터키 전통 도자기며 그릇, 그림, 카펫, 물담배 등등을 구경했다. 기하학적인 무늬들을 지닌 장식품들에 '이천 도자기', '일산 그릇백화점', '여주 도예공방' 같은 금테를 둘러 찍은 상표들이 붙어 있었다. 심지어 '메이드 인 차이나'라는 반쯤 칠이 벗겨진 상표도 붙어 있었다. 대형 할인마트 문화체험 교실도 아니고 터키에서 온 터키인들이 운영하는 문화원에 경기도산 도자기와 중국 하청업체 카펫이 말이 되나. 터키어 강사는 말이 된다고 했다.

"돈이 없거든요."

그리고 이어 말했다.

"자본금이 거의 없었어요. 지원금도 가까스로 나왔고요. 한국에서 고려청자나 이중섭의 그림 〈소〉 뭐 그런 걸 구입한다고 생각해봐요. 비싸고 또 어렵죠. 같은 이치예요. 그래도 대충 터키처럼 엇비슷하게 꾸며놓지 않았나요."

너무 진심이어서 당혹스러울 정도였다. 물론 당혹스러움은 도자기도 도자기지만 '엇비슷하게'라는 표현을 사용할 줄 아는 터키어 강사 때문이기도 했다. 어쨌든 터키어 강사에게 '그러고도 문화원이라고요? 문화에 진실성이 없는걸요' 따위의 발언을 해서는 안 되는 것이었다. 그러니까 예컨대 여름방학을 맞아서 '박물관 갔다 와서 감상문 쓰기' 같은 숙제를 해야 하는 상황과 엇비슷하다. 보조가방에 메모장과 볼펜 한두 개를 챙겨 넣고 부모님께 '방학숙제 하러 가요' 한 다음 친구들이랑 만난다. 친구들과 버스 타고 '새로 나온 아이스크림 먹어봤어?' 같은 대화를 하다가 박물관 앞 정류장에서 내린다. 그리고 박물관 앞에서 검지와 중지를 쭉 펴고 어색하게 웃으며 사진 두세 장을 찍는다.

박물관에 들어가 메모장과 볼펜을 꺼내 든다. 그리고 박물관 연혁이나 조선시대 공예 역사, '청자철화국화문매병은 황갈색 계통의 철화청자로 어깨부분이 팽창하고 광구형(鑛口形) 구연을 가진 매병이다. 철사안료(鐵砂顏料)로 견부에 국판문대를 돌리고, 동체 전면에는 모란절지문을 시문했다' 같은 내용들을 베껴 적는다. 안내 센터 팸플릿에 나와 있더라도 상관없다. 삼십 분 뒤 박물관 매점에서 새로 나온 아이스크림을 사 먹는다. 해가 쨍쨍한 나머지 옥외전시실 고려시대 3층 석탑 갈라진 구멍까지 들여다보인다. 그 구멍에 들어앉은 날벌레를 보면서 알찬 하루를 보낸 것만 같은 느낌에 사로잡힌다.

집에 와서 사진 인쇄를 한다. 메모장에 깨알같이 베껴 적은 글씨들을 옮겨 적는다. 짧게나마 감상도 한두 문장 덧붙인다. '더운 날씨였지만 교과서에서 보던 선조들의 유물을 직접 봤던 뿌듯한 하루였다. 다음에도 시간이 되면 박물관에 갔다 와야겠다고 다짐했다.' 두말할 것 없이 흠 잡을 것 없는 학생의 모습이지만, 진실성이 없다. 진실로 열심히 숙제를 하긴 했는데 진실성이 없다. 그러나 누구도 '그러고도 숙제를 한 거라고? 숙제에 진실성이 없는걸' 따위의 발언을 하지는 않는다.

만약 학생이 '여름방학을 맞아서 '박물관 갔다 와서 감상문 쓰기' 숙제를 해야 하기 때문에 박물관에 갔다 왔다. 더운 날씨여서 친구들과 새로 나온 아이스크림을 사 먹었다. 맛있었다. 선조들의 유물을 잘 몰라서 설명 내용을 베껴 옮겨 적어본다. 다음에 선조들의 유물을 알거나 혹 궁금해지는 날이 온다면 따로 박물관에 갔다 올지도 모르겠다고 생각했다'라고 했다면 질겁하며 '너 미쳤니?' 따위의 발언을 할 수도 있다. 학생이 '아뇨, 파쳤는데요' 하면 더 질겁하며 교무실로 끌고 갈 수도 있다. 그것은 아마 지나친 정직함에 대한 충격이나 과도한 진심에 대한 부담감 정도로 풀이될 수도 있을 것이다. 그러나 그 터키어 강의실에서 나는 내 진심을 조금이나마 긍정할 수 있었다.


터키어 강의를 듣는 동안 나는 이런 생각을 하고 있었다. 언젠가 내가 내 이야기를 해내고 싶은 상대를 찾아낸다면 나는 가슴에서 이끌어 올린 표현을 사용할 것이라고. 한마디 한마디 온몸으로 반응하면서 한 문장 한 문장 길어 올릴 것이라고. 진심을 말한다는 것은 응당

시간이 많이 드는 일이고 또 서투를 수밖에 없는 일이니까. 터키어 강사는 알파벳을 가르쳤고 인사 표현을 가르쳤다. 나는 낯선 발음을 더듬더듬 따라 하면서 다른 수강생들을 둘러봤다. 그때 수강생 중 하나에게 시선이 꽂혔다. 그 사람밖에 안 보였다.

아이돌 가수들이나 맬 법한 별무늬 넥타이에 왕별 넥타이핀을 꽂고, 별무늬 와이셔츠에 빳빳하게 다려 깃을 세운 양복 상의를 걸쳤다. 반들반들 닦아 윤이 나는 구두를 신고 덕지덕지 바른 왁스로 마무리해 잔머리 하나 없는 나름대로 완벽한 코디였다. 티 한 장 입은 다른 수강생들과 대조적이었다. 거기다 연필 세 자루와 지우개 한 개가 든 필통을 옆에 두고 달력종이를 오려 만든 메모지를 펼쳐두었다. 한국어는 궁서체, 터키어는 영어 필기체로 표기하고 있는 메모지였다. 70년대 학생들이 들고 다녔을 법한 네모난 학교 가방은 열려 있었는데 심지어 빛바랜 양철 도시락 통도 들어 있었다. 마치 계란프라이와 분홍 소시지, 볶음김치가 들어 있을 것 같았다. 정리하자면 패션 테러리스트에 옛날 모범생 스타일이었는데, 지나치게 차려입고 지나치게 열심히 공부해서 한마디로 진실성이 없어 보였다.

처음 봤지만 나는 이미 그 사람을 알고 있는 것 같았다. 수없이 상상했던 꿈의 모습이었다. 나는 평범한 사람인 척했지만 실은 남모를 비밀이 하나 더 있었다. 조금 멍청하고 만만해 보이기 위해 애쓰고 있었던 것이다. 남들의 눈에 잘 띄지 않으면서 남들과 스스럼없이 어울리기 위해서였다. 나는 다른 친구들처럼 높은 사람이 되거나 대단한 사람이 되거나 존경받는 사람이 되고 싶지 않았다. 나는 나름대로 무언가를 이루어가는 사람이고 싶었다. 그러기 위해서는, 기대나 선망이나 촉망이 아닌, 무관심이 필요했다. 내가 그냥 나로 있을 수 있게, 내가 누군지 모르는 '나'가 되기 위해서 얼마나 이상한 일을 하든 괜찮도록 말이다. 그 사람은 내 꿈의 모습을 극단적으로 가지고 있는 사람이었던 것이다.

그뿐이 아니었다. 그 사람을 정말 알 것 같았다. 10년 만에 길거리에서 마주친 첫사랑을 한눈에 알아보듯, 아무리 변하고 변해도 결코 변하지 않는 기운 같은 게 누구에게나 서려 있기 마련이니까. 한 번도 본 적이 없다고 해도 어디선가 들었던 파편적인 이야기들이 모자이크처럼 접착돼 커다란 그림으로 다시 표현된다. 어느 순간 나는 그 사람이 누구인지 완전히 알았다. 터키어 강사가 배운 표현을 사용해서 다른 사람과 대화하라고 했다. 나는 말했다.

"안녕하세요. 당신의 이름은 무엇입니까?"

"내 이름은 한스 요아힘 마르세유입니다. 당신의 이름은 무엇입니까?"

나는 가슴이 철렁 내려앉았다. 온라인에서만 존재하던 사람이 오프라인에서도 존재한다는 사실을 깨달은 순간 나는 그 사람이 누구인지 알았지만 한편으로는 누구인지 모르고 있는 셈이었다. 실감이 나지 않았다. 표현들이 도드라져 들리고 말해지고 있었다. 터키어로 들은 말은 내 안에서 번역돼서 다시 들린 것이고 터키어로 한 말은 내 안에서 번역돼서 다시 말해진 것이기 때문이었다. 어느 말이나 마찬가지지만 터키어는 낯선 표현이어서 도드라짐을 피부로 느낄 수 있었다. 나는 갓 배운 표현들을 조심스럽게 사용해서 대화했다. 곧 터키어 강사가 숫자 세는 법을 가르쳤다. 그리고 새로 배운 표현들을 사용해서 다른 사람과 대화하라고 말했다.

1. 당신은 몇 살입니까?

— 쉰다섯 살입니다.

2. 당신의 형제는 몇 명입니까?

— 두 명입니다.

3. 당신은 몇 층에 삽니까?

— 3층에 삽니다.

4. 당신의 휴대폰 번호를 알고 싶습니다.

— 011-123-4567입니다.

5. 369게임 한 판 할래요?

— 좋습니다.

6. 48게임은 어때요?

— 좋습니다.

7. 369, 369…… 48, 48……

— 1.

그것은 어쩌면 진실성이 있는 대화였다. 진실이라는 것은 말들을 그냥 내뱉지 않고 의식하면서 늘어놓는 데에 있는 것일지도 몰랐다. 한국어여도 되고 터키어여도 되는데, 표현 같은 것은 아무래도 상관 없는데, 단어의 개수나 문장의 연결성 같은 것도 아니고 발음의 능숙함이나 대답의 재치 같은 것도 아닌 상대에 대한 신경 같은 것일지도 몰랐다. 그런 의미에서 말을 잘하는 것과 이야기를 잘하는 것은 아무

관련이 없다. 이야기를 잘하는 것은 남중 애 유머감각을 잠깐 빌리자면 더듬더듬 더듬어도 되니까 더듬이를 세워 말하는 것이다.

혼자일 때는 스스로를 이상하다고 여기지 않는다. 그러나 다른 사람들과 같이 있을 때는 비교대상이 있기 때문에 저울질하지 않고는 못 배길 지경이 되어버린다. 예컨대 왼손잡이가 밥을 먹는데 오른손잡이가 옆에 앉는다. 왼손잡이와 오른손잡이의 손이 자꾸 부딪친다. 왼손잡이는 주변을 둘러보고 왼손잡이가 거의 없다는 것과, 옆에 앉은 오른손잡이가 불편할 수 있다는 것을 알아차린다. 왼손잡이는 오른손으로 국을 떠먹으려고 한다. 그러나 숟가락질이 서툴러서 국을 무릎에 쏟고 만다. 오른손잡이가 쳐다본다. 왼손잡이가 고개를 숙인다. 잘못이 없는데 죄인이 된 것 같다. 나는 터키어 이야기를 하고 싶어서 터키어 강의를 듣고 있었는데, 다른 사람들의 수강 목적을 듣자 내가 왜 이렇게 열심히 공부하고 있는가에 대해 다시 생각하게 됐다. 더 명확한 목적이 있어야 할 것만 같았다.

그즈음 터키어 강의가 끝난 다음 한스 요아힘 마르세유가 따라와 말했다.

"아프리카 북소리 표현 이야기, 기억해?"

"기억해요."

"아버지와 다투고 집 나온 젊은이가 '아들이 가출했어요. 발견하시는 대로 알려주세요. 다리몽둥이를 분질러버리게요'라는 표현을 알아듣고 '집으로 돌아가면 죽겠구나'라고 생각하겠다는 것은 일차원적인 이야기였어. '집에서 많이 걱정하고 있겠구나'라고 생각할 수 있으니까. 예컨대 부부싸움을 하던 아내가 남편에게 '당신, 꼴 보기 싫으니까 나가버려!'라고 소리쳤다고 쳐봐. 그런다고 남편이 '나가야겠구나'라고 생각하지는 않을걸. 아내는 속이 상한 것을 돌려서 표현한 거니까 말이야. 그러니까 표현은 알아듣는 사람이나 시선 같은 것에 따라서 얼마든지 달라질 수 있어. 요즘 그걸 생각하고 있었어."

나는 문득 반발심이 들었다.

"아버지가 다혈질인데 화가 났다고 쳐봐요. 그래서 북이 부서져라 북을 쳐서 아들을 수소문했어요. 그런데 아들은 '아버지가 많이 걱정하고 있겠구나'라고 생각해서 집으로 돌아갔어요. 그랬더니 아버지가 도끼눈을 뜨고 진짜 도끼를 들고 기다리고 있는 거예요. 표현을 잘못 알아들었기 때문에 죽을 위기에 처한 거죠. 함부로 알아들었다가는 죽을 수도 있는 게 표현인데, '얼마든지 다르게 알아들을 수 있어' 정도로 가볍게 말하지 말아요."

그는 당황한 것 같았다. 그러나 곧 웃었다.

"그래, 그럴 수도 있겠지. 그걸 판단하는 일은 젊은이 몫이고 말이야. 나는 사람들이 말할 때, 예컨대 '밥 먹기 바쁘다'라고 말했을 때 사람들은 그게 명확하게 전달될 거라고 생각하지만 특별히 맛있는 '밥' 이야기를 하고 싶은 건지, 너무 배고파서 '먹는' 행위 자체를 이야기하고 싶은 건지, 그냥 정신없이 '바쁘다'는 이야기를 하고 싶은 건지 다른 사람들은 오해하게 될 수도 있다는 것을 이야기하고 싶었어."

나는 왠지 언짢아졌다.

"그러니까 쉽게 말하지 말라고요. 어쨌든 아프리카 북소리 표현 이야기는 그다지 재미없어요."

"네가 불쾌했다면 미안해. 그렇지만 네게 하고 싶은 이야기가 있었어. 너는 터키어 강의를 듣기 때문에, 다른 표현을 알아듣는 방법을 배워가기 때문에 이제 예전처럼 지내지 못할 거야. 성이 차지 않을 테니까. 앞으로 더 다른 표현들을 찾아내게 될 거야. 터키어 강의를 듣는 것보다 더한 것들을. 그건 나쁘지 않은 거라는 이야기를 해주고 싶었어. 그뿐이야."

그는 말했다.

"아, 그러기 위해서 상상력이 필요하다는 것도."

"난 뭘 상상해야 하는데요?"

"상상의 문제가 아니야. 가장 간단한 문제부터 풀어야만 자연스럽게 상상할 수 있게 되거든. 사소한 편견부터 없애야 해. 자기 자신과 가장 가까운 자리에서부터."

나는 내가 나를 이해시키고 이해받는 순간이 필요하다는 사실을 알았다.


스타크래프트1 스타리그 마지막 경기 날, 나는 월드컵경기장 티켓 부스에서 티켓을 셌다. 티켓을 세면서 '육천이백세 장을 셀 차례인가, 육천이백네 장을 셀 차례인가. 적은 것보다 많은 것이 낫겠지' 하고 생각했다. 그러는 동안 다른 사람들이 소리를 지르고 악을 썼다. 게임이 13년간의 역사를 세우고 사라진다며, 게임 역사의 한복판에 서 있는 것이라며 눈물을 쏟았다. 내가 아는 것은 스타크래프트1이 게임 이름이라는 것, 스타리그라는 경기가 있다는 것, 그 경기가 마지막이라는 것뿐이었지만, 그래서 그들의 격렬함을 이해할 수 없었지만 나는 그들이 부러웠다.

어느 가을날 갈대축제를 보러 갔다가, 갈대가 솟은 길을 서너 시간 정도 걷고 다리가 아파 축제장 메인 무대 객석에 잠깐 앉아 쉬었던 적이 있다. 거기에서는 어린이 동요제가 열리고 있었는데 어린이보다 어른이 더 많았다. '우리 아들 믿는다', '세계 최고 우리 딸' 같은 플래카드를 든 부모들이었다. 동요제가 진행될수록 정도가 심해지는 열정적인 응원에 나는 '창피할 정도로 열성적인 응원', '부끄러울 만큼 심한 응원'이라는 생각이 들었는데, 한편으로는 '나도 한 번 정도는 누군가에게 창피할 정도로 열성적인 응원을 받아보고 싶다'는 생각이 들었다. 내게는, 내 주변에는 그토록 격렬한 무언가가 결여되어 있었던 것이다.

티켓 배부가 끝난 다음 티켓을 받지 못한 사람들이 울었다. 꼬꼬마 어린이가 지구 반 바퀴까지는 아니더라도 집 반 바퀴 정도는 빙 두르는 도미노를 세웠는데 옆에서 발톱 깎던 아빠의 발톱이 날려 삼 초 만에 7분의 6가량을 쓰러뜨려버린 상황처럼, 그렇게 울었다. 서럽고 분하지만 불가해한 상황임을 아는 상황같이, 그렇게 울었다. 나는 경기장 안으로 들어갔다. 경기장 역시 열기로 가득했고, 사람들 또한 간혹 울었다. 나는 스크린과 관객석이 둘 다 잘 보이는 자리에 앉았다. 격렬하게 표현하고 싶은 것을 표현해내는 사람들 사이에서, 아직 두려움을 떨치지 못하고 있는 나는 이방인이 된 것 같았다.

어느 일요일 오전, 아버지와 식사한 일이 생각났다. 아버지와의 식사에는 규칙이 있었는데 '생선 뒤집어 먹지 마라', '젓가락으로 탁탁

소리 내지 마라' 정도가 아니라 '배추김치 결 맞춰 찢어 먹어라', '두부 으깨지 마라', '콩나물 머리 떼고 먹어라', '짜장이나 카레는 한꺼번에 비비지 말고 먹을 만큼씩만 비비면서 먹어라' 정도였다. 평소 까다롭고 깐깐한 성격인 아버지는 유난스러운 규칙들이 넘쳐났다. 규칙들을 지키지 않으면 역정을 냈기 때문에 나는 대체로 따랐다. 그러나 가끔 따르지 못했다. 그때도 따르지 못했다.

"밥에 국을 말아 먹어?"

아버지가 소리쳤다.

"네?"

내가 되물었다. 밥에 국을 말아 먹으면 안 되나? 밥과 국은 따로 먹어야 하나? 나는 생각했다. 아버지는 '밥에 국을 말아 먹는 것이 아니라 국에 밥을 말아 먹는 것'이라고 말했다. 밥에 국을 말아 먹는 것과 국에 밥을 말아 먹는 것은 다른 것인가. 어쨌거나 아버지는 내가 국에 밥을 말아 먹는 것을 볼 때까지 숟가락을 움직이지 않을 기세였다. 아버지는 눈으로 다시 말했다. '당장 국에 밥을 말아 먹어!'

"밥그릇보다 국그릇이 더 넓잖아. 게다가 국그릇의 3분의 2가량 국이 채워져 있어. 그러니까 밥그릇에 부을 경우 밥그릇이 넘칠 수 있단 말이야. 다 붓지 않고 조금씩 부어 먹을 거라는 말은 하지 말고. 붓다가 흘릴 가능성도 높고 또 시간낭비도 만만찮잖아. 즉 국에 밥을 말아 먹는 게 효율적이란 말이지."

"저는 밥에 국을 말아 먹는 게 더 익숙한데요."

"익숙해져 있어서 익숙한 것뿐이지. 익숙해져 있더라도 나은 게 있다면 바꾸는 게 맞는 거야. 내 말이 틀려?"

나는 밥에 국을 말아 먹든지 국에 밥을 말아 먹든지 하지 않고 밥과 국을 따로 먹기로 했다. 아버지는 못마땅한 구석이 있는 듯 나를 노려보다가 내 밥그릇을 집어 들고 국그릇에 쏟아부었다. 순간 가슴이 턱 막혔다. 마음이 답답해져 자꾸만 목이 멨다. 물을 마셨지만 소용없었다.

아버지는 숟가락은 왼손이 아니라 오른손에 쥐어야 한다고 말했다. 나는 왼손잡이였지만 숟가락을 오른손으로 고쳐 쥐었다. 숟가락이 떨려 된장국물 묻은 밥풀이 무릎 위에 떨어졌다. 눈물이 한 방울 떨어졌다. 아버지는 숟가락에 흔적이 남지 않아야 한다며 숟가락에 묻은 고춧가루를 가리켰다. 눈물이 한 방울 더 떨어졌다. 아버지는 식탁에 다가 앉고 가슴을 펴라고 말했다. 나는 고개를 숙였다.

더 식사할 수 없을 것 같았다. 아버지는 엄한 얼굴로 숟가락을 움직였다. 아버지의 규칙들은 나를 위한 규칙들이었다. 내게 식사예절을 가르치기 위함이었다. 토씨 하나 틀리지 않고 맞는 말들인 것 같기도 했고 전혀 맞지 않는 말들인 것 같기도 했지만 어쨌거나 내가 지켜야 하는 말들이었다. 아버지는 식탁을 치우라는 말을 마지막으로 일어섰다. 나는 그다음을 기억한다. 식탁에는 밥풀이 말라붙어갔고 나는 쉴 새 없이 울었다. 울었기 때문에 후련해졌지만 한편으로는 고통스러워졌다. 고통스러움을 넘어 가슴을 쥐어뜯을 정도의 괴로움이었다.

결국 아버지는 나를 이해하지 못할 것이고 나는 아버지를 이해시키지 못할 것이다. 한참 울다 설거지까지 마친 뒤 방으로 돌아왔을 때 형언할 수 없는 슬픔 같은 것이 가만히 차오르고 있었다. 다른 사람들에게 이해받지 못할 때와 달리 아버지에게 이해받지 못할 때는 내가 배은망덕한 패륜아, 이해받지 못할 정서를 품은 정신이상자가 된 것만 같았다. 십년지기 친구가 칼침 놓은 것보다 더, 10년 만에 나타난 엄마가 다단계 계약서를 들이미는 것보다 더, 10년 연애하고 결혼한 남편 발목에 전자발찌가 채워져 있는 것보다 더 망연했다. 나는 멍하니 의자에 앉아 애꿎은 의자만 빙빙 돌리고 있었다.

나와 한스 요아힘 마르세유는 터키어 강의를 듣는다. 그러나 터키어로 대화할 수 없다. 다만 발음이 부정확하고 단어가 불분명하며 문법에 어긋나 문장 순서가 꼬인 터키어 대화는 대강 할 수 있다. 일종의 이해심인 것이다. 스크린은 전쟁 중이었고 캐릭터는 죽거나 다른 캐릭터를 죽였고 관객은 환호하거나 야유했다. 룰은 이해할 수 없었지만 어쩌면 재미 정도는 이해할 수 있을 것도 같았다. 무릎 위에 올려둔 가방이 흘러내렸다. 나는 가방을 잡아 올리며 반쯤 열린 지퍼 안의 터키어 교재와 노트를 봤다. 노트에는 쓰다 만 문법정리가 있었다.

터키어 강의를 막 듣기 시작했기 때문에 터키어에서만 쓰이는 문법을 정리하는 방법을 아직 알 수 없었다. 겨우 알파벳과 간단한 인사 표현을 배웠을 따름이었던 것이다. 그러나 나는 기억을 토대로 복원해갔다. 기억에 남아 있던 의미를 한국어로 옮기고 내가 알아들을 수 있도록 내 표현으로 바꿨다.

### 우리가 아는 어디와 우리가 모르는 어디

음성은 발음하는 소리, 음소는 인식하는 소리를 의미한다. 예컨대 '고기'를 발음할 때 앞의 'ㄱ'과 뒤의 'ㄱ'은 소리가 다르다. 앞의 'ㄱ'과 달리 뒤의 'ㄱ'에서는 목청을 떠는 울림소리가 난다. 그러나 같은 'ㄱ'으로 인식한다. 음성이 달라도 음소가 같다면 하나의 문자로 표기한다. 그러나 음성이 다르고 하나의 문자로 표기하더라도 음소가 다른 경우가 있다.

예) 1. (이번 여름에) 어디( ↗ ) 갔다 왔어요( ↗ )?
    2. (이번 여름에) 어디( ↘ ) 갔다 왔어요( ↗ )?

전자는 '어디' 갔다 왔는지, 갔다 오지 않았는지 자체를 모른다. 반면 후자는 '어디' 갔다 왔는지 알지만, 구체적으로 '어디' 갔다 왔는지 모른다. 다시 말하면 그 '어디'가 우리가 아는 '어디'인지 우리가 모르는 '어디'인지에 따라 구분해 표기한다는 것이다.
한국어에서는 하나의 문자로 표기하기는 하지만 음성을 다르게(음 높낮이 조절) 해서 음소를 다르게 인식한다. 터키어에서는 두 개의 문자로 표기해서 음소를 다르게 인식한다.


나는 내가 이해받지 못할까 봐 두려웠다. 경기장의 열기 안에서 나만 뜨겁지 않았기 때문에 내가 이해받지 못할 정서를 품은 것 같았다. 나는 사소하면서도 특별한 표현 하나를 찾아냈다. 쉽게 볼 수 있어도 쉽게 알아챌 수 없는 표현. 예컨대 내가 내 마음대로 해낸 엉터리 터키어 문법정리 같은 것 말이다. 나만이 그 표현의 의미와 쓰임을 안다. 그 표현을 사용할 때 나는 내 이야기를 해낼 수 있게 된다. 어쩌면 내 비밀 같은 것들도.

나는 우리가 아는 이해와 우리가 모르는 이해로 나를 설명하려 했다. 이해할 수 있는지 할 수 없는지 자체를 모르는 것과 이해할 수 있는지 알지만 구체적으로 무엇을 이해할 수 있는지 모르는 것은 다르다. 나와 내 주변 사람들이 하는 대부분의 이해는 아마 우리가 아는 이해일 것이다. 그래서 우리는 곧 우리를 이해할 수 있게 될 것이다. 나는 희망을 갖고 싶었다. 나는 경기장의 열기를, 다른 사람들은 뜨겁지 않은 나를, 나는 아버지의 규칙들을, 아버지는 내 눈물들을 이해할 수 있다는 희망 말이다.

마지막 경기가 끝났을 때 사회자가 말했다.

"제 직업도 끝났습니다. 게임도 스포츠가 될 수 있다는 사실을 보여줄 수 있어서 후회 없는 직업이었습니다. 사실 마흔 살이고 아내랑 자식들도 있고 살길이 막막하고 앞길이 팍팍하긴 합니다만."

관객들이 환호했다. 열에 들뜬 다른 사람들을 뒤로한 나는 경기장을 나왔다. 다른 사람들과 나는 다른 표현을 사용하고 있었기 때문에 대화할 수 없었다. 그렇지만 경기장을 나왔기 때문에 다른 사람들은 게임을 하면 됐고 나는 게임을 하지 않아도 됐다. 나는 터키어 강의를 들으면 됐다. 자기 자신만의 표현을 찾아내면서 언젠가는 스스로의 이야기를 해내기만 하면 됐다. 내가 모르는 이야기 말고 내가 아는 이야기를 말이다.

## 55 그리고 15

터키어 강사가 터키에서 온 터키인들이 운영하는 문화원에 경기도산 도자기와 중국 하청업체 카펫이 말이 된다고 말한 데는 이유가 있다. 어느 날 터키문화원에 갔는데 터키어 강사가 우스꽝스러운 춤 연습을 하고 있었다. 고개를 치켜들고 엉덩이를 쭉 빼고 엉거주춤한 자세로 서 있었던 것이다. 터키어 강사가 양팔을 벌리고 위아래로 휘적휘적 움직이며 말했다. '같이 출래요? 되게 의미 있는 춤인데.' 나는 고개를 살래살래 저었다. 곧 터키어 강사가 춤을 다 추고 땀을 닦은 다음 커피 한 잔을 갖다 주었다. 그리고 이야기해주었다.

"할아버지는 아흐멧, 아버지는 알리, 나는 아이한. 이 안에 인생이 있거든요. 셋 다 흔한 이름들이에요. 얼마나 자주 접할 수 있느냐면, 예컨대 터키에는 술탄 '아흐멧' 광장이 있어요. 거기서 '알리'니 '아이한' 같은 이름들을 소리쳐 불러보면 세 명 이상이 돌아볼 거예요. 그러니까 금요일 저녁 일곱시, 홍대입구역 9번 출구 혹은 강남역 6, 7번 출구에서 '지혜'니 '유진', 혹은 '지훈'이니 '동현' 같은 이름들을 소리쳐 불러보는 것과 같아요. 많은 사람이 사용한다는 거죠."

터키어 강사, 자기 자신의 이야기였다.

"그러나 의미가 없어요. 오래전부터 사용해왔고 대대로 이어받으며 내려온 것뿐이거든요. 굳이 훑어 올라가면 유명인 혹은 선조 이름들에서 따온 거예요. 그 사람 정신이 깃들어 있으니 낯선 이름들보다 나을 거고 익숙하니까 부르기도 편하죠. 세월이 흐르면서 이름들에 아랍어, 이란어 등등이 뒤섞였기 때문에 이제 그 뜻을 알기 어려워요. 그러니까 길게 살라고 길영(永) 자를 넣어 '영구', '영수', '영식', '영호', '영훈' 같은 이름들을 지어줬는데 시간이 지나면서 이름의 뜻을 망각하는 것과 같아요. 그러니까 길영 자에 함께 구(倶) 자를 넣어 '영원히 함께하라'라는 뜻의 '영구' 뭐 그런 망측한 이름을 지어줬는데 시간이 지나면서 '영구 없다' 같은 유머감각으로 망측하게 지내는 것과 같다고 할까요. 이제 그러려니 하고 지내는 거예요. '내 이름 뜻을 묻지 마세요. 나도 잘 모르니까요' 하면서요. '내 이름 한자로 쓰라고 말하지 마세요. 나도 잘 모르니까요' 하면서요. 과거 숨기기도 신비주의 표방도 아닌데 본의 아니게 이름들을 가리고 살게 되는 거죠."

터키어 강사의 이름은 고조할아버지의 이름이라고 했다.

"그건 기억 혹은 관심 어쩌면 관성의 문제일 수 있거든요. 우선 할아버지의 이야기를 하면요. 내가 사는 고장에는 대리석이 많이 났어요. 그러나 채취되는 암석에 비해 광물산업이 발달돼 있지는 않았거든요. 먹고 사느라 바쁘니까 돌 같은 것에 투자할 여유가 없었기 때문이었어요. 그런데 할아버지가 대리석 산업에 주목한 거예요. 대리석

가공 공장을 세우고 대리석 운반 전용 터널은 물론 도로를 건설할 계획을 세웠어요. 뛰어난 사업수완 덕에 무서운 속도로 자리 잡은 사업은 입지를 넓혀갔어요. 거점 국가들에 공장 몇 개를 세우면서요. 터키어로 대리석이 메르메르(Mermer)거든요. 간장공장 공장장은 강공장장이고 된장공장 공장장은 공공장장이라고 하잖아요. 메르메르공장 공장장은 아흐메-르공장장이었던 거예요."

남중 애와 다를 바 없는 유머감각이었다. 터키어 강사는 만족스러운 미소를 지은 다음 이야기를 이어갔다.

"아버지와 나는 초, 중, 고등학교를 다니는 동안 학교 계단들을 대리석으로 바꿔버릴 수 있었고, 의자에 앉은 소년 혹은 책 읽는 소녀 동상들을 대리석으로 갈아버릴 수 있었어요. 할아버지는 아버지와 내가 대리석 산업을 물려받는 것이 당연하다고 생각했어요. 아버지는 유럽 공장들을 이어받고 나는 아시아 공장들을 이어받아 운영하게 됐지요. 그런데 나는 대리석 보기를 돌같이 하게 되는 거예요. 돌 보기를 돌같이 하는데 뭐 문제될 게 있나요. 아버지가 화를 냈어요. '이 돌대가리 같은 놈아! 다 쌓은 탑에 돌 하나만 얹으라는데, 그것도 제대로 못 해?' 나는 못 하겠더라고요. 어느 날 공장 한구석에 쭈그려 앉아 있는데 중국 상하이 공장에서 반품돼 온 대리석들이 새까맣게 때가 낀 채로 썩어가고 있는 게 보였어요. 왠지 나도 썩어가고 있는 것같이 보여서 울다가 비행기에 올라버렸죠. 한국행 비행기였어요."

터키어 강사에게는 하고 싶은 것이 있었다고 했다.

"한국에 와서 다른 터키인들을 만났어요. 마음이 맞는 터키인들을 따로 만나기노 했지요. 터키문화원을 세워서 터키 문화 사업을 하고 싫었거든요. 다행히 수중에 있던 돈들을 십시일반으로 모아 터키문화원 건물을 살 수 있었죠. 건물만 살 수 있었어요. 자본금이고 지원금이고 뭐고 없었으니까 도자기며 그릇, 그림, 카펫, 물담배 등등을 사기 위해 경기도 백화점, 공방, 골동품상 등등에 가곤 했죠. 터키 전통 장식품들을 터키에서 사면 인증이 되잖아요. 그런데 한국에서 사니까 인증이 안 되는 거예요. 그래서 내가 '터키 시청 복도 자리를 차지한 도자기와 거의 닮았네', '터키 동사무소 시민상담실 벽에 붙은 그림과 꽤 흡사하군' 하고 인증하곤 했어요. 그리고 반들반들하게 닦아서 진열해두곤 했어요."

터키어 강사가 도자기 하나를 가리켰다.

"돈이 생길 때마다 강의실을 꾸미곤 해요. 예컨대 다른 사람들이 터키문화원에 오면요. 터키 커피 한 잔 대접하거든요. 터키 커피라고 말하는데 사실 한국 대형마트에서 파는 원두, 프림, 설탕을 섞은 거예요. 터키 커피 타듯 취향 맞춰 탄 거니까 틀린 말은 아니겠죠. 그리고 이야기를 나눠요. 가까워지면 터키어 강의를 권유하죠. 터키어 강사 외모, 터키어 비전, 수강료 할인 등등으로 끌어들여요. 그러면 대개 등록하게 돼요. 받은 수강료로는 도자기 하나 더 사는 거고요."

가히 반강제로 돈을 뜯어내는, 여름 휴가철 파라솔 장사꾼 같은 날라리식 비즈니스에 공사기간 10개월 단축한, 신축 아파트 분양 안내 영상 같은 겉치레식 보여주기였다. 그러나 필사적인 몸부림 같은 것이었다. 사기꾼이라고 쏘아붙이면 어쩔 수 없지만 양심에 털이 나지는 않았기 때문에 터키어 강사는 적어도 부끄럽지는 않았다.

"터키 장식품들을 충분히 산 다음에 문화를 좀 살릴 생각이거든요.

예컨대 터키 전통춤 중 독수리춤이 있어요. 전쟁 승리를 기념하기 위해 췄지만 이제 용맹함을 형상화시키기 위해 추죠. 터키에 가서 배워야 하지만 비행기표 값이 없어서 내가 흉내 내기로 했어요. 전통 복장살 돈도 없어서 왁스로 머리 넘기고 쫄바지로 다리 드러내고 하기로 했죠. 거울 보고 열심히 연습하고 있어요. 알아듣게만 하면 되잖아요. 꼭 올바른 말을 할 필요는 없는 것과 마찬가지 이치죠. 단어하고 문법을 잘 몰라서 뒤섞어 말해도 다 알아듣잖아요. 보디랭귀지처럼 수단과 방법을 가리지 않고 말하기만 하면 되죠. 어떻게든 알아듣게만 말이에요."

터키어 강사가 하던 춤 연습이 독수리춤 연습이었던 것이다.

"아흐멧, 알리, 아이한 안에 인생이 있다고 말했었지요? 그 이름들은 많은 사람이 부르지만 한 사람도 알아듣지 못하죠. 누군가 '아이한!' 하고 소리칠 때 '고조할아버지 이름이었어. 바닷가에서 배를 탔는데, 84일 동안 고기 한 마리 못 잡았다고, 그런데 85일째 되는 날 청새치 한 마리를 잡았다고 들었어. 집으로 돌아오는 길에 상어들이 다 먹어버렸지만 말이야. 멋있는 모험담이었어' 하고 떠올리지는 않잖아요. 다른 사람들도 마찬가지죠. 망각 혹은 관심의 부재일 수 있지만 어쩌면 관성의 문제일 수 있어요. 할아버지가, 아버지와 내가 대리석 산업을 물려받는 것이 당연하다고 생각한 것같이 버릇 혹은 습관처럼 알아듣는 거예요. 실상은 알아듣지 못하는 거지요. '아흐멧, 알리, 아이한'이면 내 삶이 다 설명된다는 거예요. 그렇지만 이제 그렇게 살아가지는 않을 거예요. 차라리 '임페리오'나 '크루시오', 혹은 '아바다케다브라' 같은 이름들을 사용할 거거든요. 익숙하지 않아 편하지 않은 이름들을요."

실제로 터키어 강사는 독수리춤을 연습하다가 팔이 골절돼서 정형외과에 갔지만 치료비 수납을 못 해 쩔쩔매는 한편 터키어 강의를 그만두고 떠난 수강생들이 늘어가서 녹록지 않은 상태였다. 다짐 때문이 아니더라도 결코 편안하지 않은 삶을 살아가고 있었던 것이다.

터키어 강사가 팔을 주물렀다. 그리고 내게 말했다.

"터키어 강의 들을 거죠, 계속?"

나는 단 한 번도 대리석 산업 같은 것을 물려받은 일이 없고 또 앞으로도 물려받을 일이 없을 게 분명한 내 삶이 하도 재미없어서 그 물음에 고개를 끄덕거렸다. 내가 부러운 것은 그런 것이었다. 온라인 게임 세계에서 보면 내 캐릭터 앞에 내가 싸워야 할 적이 서 있곤 했다. 힘이 세든 약하든 나는 내 캐릭터가 참 부러웠다. 바라보고 부딪치고 부서질 상대가 있어서, 이유가 있어서 부러웠다.

싸울 상대가 있다는 것은 이런 것이다. 밤새워 만든 카네이션이 부엌 쓰레기통 안에 처박힌 모습을 본 열 살 아이의 심정, 울면서 적은 눈물 자국 난 일기장이 엄마를 비롯한 반상회 아줌마들 사이에서 돌려 읽히는 모습을 본 사춘기 여자애의 심정. 내가 이해받지 못할 때, 아니 이해까지는 바라지도 않았는데 기어이 무시받을 때 느끼는 상대에 대한 반감 같은 것이다. 비유하자면, 예컨대 거인국에 간 걸리버 같다. 나는 나라에서 가장 작은 사람이다. 내 일거수일투족은 거인들을 위한 서커스, 눈요기, 재롱 정도일 뿐이다. 나는 거인들과 같이 살지만 결코 거인들과 같아질 수 없다. 나는 작기 때문에, 무슨 짓을 하더라도 그저 귀엽기 때문에.

　나는 거인들에게 '내가 작으니까 이해해줘'라고 말한 적이 없다. 그
러나 거인들 중 하나가 나를 잡아서 밥을 먹였다. 그리고 손바닥 위에
올린 다음 물었다. '넌 왜 작니?' 나는 대답했다. '니들이 큰 거거든.' 들
리지는 않았다. 거인들 중 하나가 잠도 재우려고 했다. 나는 싫다고 말
했다. 거인들 중 하나가 말했다. '무서워하지 마. 불 켜줄 테니까.' '어
두운 게 무서운 게 아니고 니가 무서운 거야.' '밖에 나가면 위험하잖
아. 지켜줄게.' '지금 밥 먹여줬다고 유세 떠는 거야?' 역시 들리지는
않았다. 거인이 나를 인형의 집 침대에 눕혔다.

　다음 날 거인들 중 하나가 다른 거인들을 데려왔다. 다른 거인들이
나를 신기하다는 듯이 바라봤다. 나는 수치스러웠다. 그 순간, 반감이
생겼다. '거인들 중 하나로부터 도망치기'라는 싸울 명분이 생긴 것이
다. 물론 거인들 중 하나가 '내가 뭘 잘못했냐'고 따질지도 모른다. 다
른 거인들도 내가 못돼 처먹은 거라고 거들지도 모른다. 그러나 거인
들 중 하나는 잘못한 것이다. 설사 거인들 발에 밟혀 죽을 뻔한 나를
살렸다고 해도 거인들 발에 밟혀 죽을 수 있는 나를 무시한 것이 잘못
인 것이다. 그러니까 살려준 것이 잘못이 아니고 살려줄 것을 바라지
도 않았는데 살려주고는 오히려 '나한테 고마워해라'라고 말한 것이
잘못인 것이다.


　남중 애와 나는 모과 서리를 하러 왔다. 남중 건물 뒤편 모과나무
아래에 앉았다. 나는 노랗게 익은 모과들을 올려다보았고 남중 애는
손을 길게 뻗어 모과 하나를 따냈다. 그리고 웃옷에 슥슥 문질러 닦은

다음 나에게 내밀었다.

"부모님은 나를 낳아줬어. 밥 먹여주고 옷 입혀주고 학교도 보내줬지. 성적표 나오면 '공부 안 하냐?' 같은 소리도 해줬고 말이야. 그런데 나는 답답한 거야. 밥 먹기 싫은데 밥 먹어야 한다는 게 싫고 마음에 들지 않는 옷을 입어야 한다는 게 싫고 학교 가고 싶지 않은데 가야 한다는 게 싫었어. 공부 어련히 할까 봐. 왜 물어보지? 어쩌면 내가 이상한 애일지도 모르지. '부모를 공경해라'라고 말하는데 '왜요?'라고 되물으면 철 덜 든 애처럼 여길 거고, '부모잖아. 너를 낳아줬잖아'라고 말하는데 '나를 낳아줬는데, 그게 왜요?'라고 되물으면 버릇없는 애라고 여기겠지."

모과는 먹을 수 있는 열매가 아니기 때문에 나는 냄새만 맡았다.

"그러니까 '개똥밭에 굴러도 이승이 좋다'라는 말이 있잖아? 그런데 나는 이 세상이 좋은지 아직 모르거든. 고작 15년을 살았을 뿐인걸. 그러나 나는 이 세상이 좋은지 앞으로 알지도 몰라. 그걸 깨닫는건 온전히 내 몫이고, 누구도 사는 건 좋은 거다 말해줄 자격이 없어. 내 권리거든. 그런데 내 권리를 자꾸 빼앗으려고 해. '부모를 공경하지 않는다고? 배은망덕한 놈!' 하면서. 나한텐 시간이 필요해. 내가 누군지, 무엇을 좋아하는지, 누구를 미워하는지, 어떤 것에 재미를 느끼는지, 알아야 할 것들이 수두룩한데 '부모를 공경해야 하는 이유'를 조금 늦게 깨닫는다고 해서 왜 천하의 나쁜 놈이 되어야 하는지 모르겠어. 그냥 조금 더 기다려주면 될 걸. 나는 내가 부모를 공경해야 하는지 알고 싶어. 정말 부모를 공경해야 한다면 내가 깨달을 수 있으니까. 나는 나를 낳아줬다는 게 어떤 의미인지 내가 사는 게 어떤 의미

166

인지 나 스스로 깨닫고 싶은 거야. 왜 내 권리를 빼앗으려 해? 너무 어려워서 내가 못 깨달을까 봐 걱정하나?"

모과를 따기 위해 올라간 담에서 먼저 뛰어내린 남중 애가 내게 손을 잡아줄까, 라고 물었다. 나는 잡아달라고 대답했다.

"좋은 부모님과 좋은 집안이 있었지만 나는 답답했단 말이야. 토씨 하나 안 틀리고 대사 줄줄 외는 연극배우가 된 것 같은 생활이었거든. 그래서 소소한 물건들을 훔치기 시작했어. 나쁜 짓이라는 것을, 남에게 피해를 입힌다는 것을, 나조차도 위험해질 수 있다는 것을 알았어. 그런데도 훔쳤어. 답답해 죽을 것만 같았거든. 그런데 들키게 되고 무시당하게 되니까 내가 작아지더라. 마치 죽을죄를 지은 대역 죄인이라도 된 것처럼, 고개조차 들 수 없을 정도로 씻을 수 없는 죄를 지어버린 것 같더라고."

남중 애와 나는 운동장 벤치로 걸어갔다. 햇볕이 따가워서 운동장에 남아 있는 애들이 하나도 없었다. 잡은 손에 금방 땀이 찼다.

"물론 난 치졸했던 게 맞거든. 다른 방법을 못 찾았으면 아마 계속해서 치졸했을 거야. 다른 애들처럼 나도 모과 같은 것을 훔치지 않고도 잘 살아갈 수 있게 될지도 모르지만 왜 억지로 잘 살아가는 척해야 하는지 이해할 수 없었거든. 나는 나만의 무언가를 가지고 싶었을 뿐이야. 왜 그게 그렇게도 치졸했을까? 어쨌거나 이 모과 서리가 마지막이야. 더 이상 훔치지 않을 거야."

남중 애는 내 손에 들린 모과를 집어 들었다. 그리고 날카로운 돌을 주워 무언가를 새기기 시작했다.

"다른 애들과 다른 행동을 한다고 해서 내가 충족되는 건 아니라는

걸 알았어. 내가 하고 싶은 행동을 해야 비로소 내가 충족된다는 것을
깨달았어."

"뭐 하는 건데?"

"모과에 내가 갖고 싶은 것을 적고 있어. 못 먹는 열매니까 뭐라고
적어도 어차피 못 먹는 건 마찬가지잖아. 정말로 갖고 싶은 것을 한
번 더 되뇌고 있는 거야."

남중 애는 다 쓴 돌을 튕겼다. 남중 애 뒤로 날아갔어야 할 돌은 남
중 애의 이마를 쳤다.

"앗, 따가!"

남중 애는 이마를 문지르며 부끄러운 듯이 말했다.

"나 지금, 네 이름을 썼어."


무엇인가에 관심을 가지면 그 무엇과 관련 있는 것들로 주변이 채
워지게 된다. 예컨대 터키어 강의를 듣는 나는 외국인이 말을 걸면
'Yes' 대신 터키어로 '예'인 'Evet'을 먼저 말했고, '터널', '터미널', '터
부', '터울', '터전' 같은 '터'로 시작하는 단어를 사용할 때면 '터' 다음
'ㅋ' 자음이나 발음이 자연스럽게 튀어나왔다. 외국어가 들리면 터키
어인지 아닌지 귀 기울였고, '터키 아이스크림'이나 '터키 지진' 같은
키워드들에 반응했다. 나는 터키어 강사와 남중 애의 이야기에서 나
와 한스 요아힘 마르세유가 고민하고 있는 일종의 표현을 읽어낼 수
있었다.

내가 좋아했던 리처드 바크의 소설 『갈매기의 꿈』에서 갈매기 조나
단은 '가장 높이 나는 새가 가장 멀리 본다'고 말한다. 그리고 먹이를

찾는 것에 혈안이 된 다른 갈매기들과 달리 더 높이 나는 것에 열중한다. 자기 자신만의 목표와 노력, 거기서 나는 감동을 받고, 조나단을 좋아했었다. 그러나 다시 보니 조나단은 '정말로 높이 날아야만 하는 이유'가 무엇인지 말해주지 않았다. 높이 날아야만 한다는 나름대로의 각성의 순간이 있었을지도 모르지만 소설 안에서 이야기해준 적은 없었다. 그러나 그게 없어도 독자들은 조나단을 좋아하고 존경했다.

동기가 부족해도 행위가 반복되면 이해될 수 있는 것일까. 최불암 아저씨와 테멜 아저씨처럼 꾸준하기만 하면 언젠가는 이해되고 받아들여질 수 있는 것일까. 그러나 나는 말하는 것보다 내가 무엇을 말하고 싶은가가 더 중요했고, '가장 높이 나는 새가 가장 멀리 본다'는 말보다 '가장 멀리 본다는 것이 무슨 의미인가'라는 물음이 더 중요했다. 보편적으로 주어진 해답이 아닌 내가 겪어 깨달은 대답으로 다시 말하고 싶었다.

터키어 강사와 남중 애는 나름대로 자기 자신의 표현을 찾아냈다. 그리고 그 표현을 위해서 노력하고 있었다. 그러나 나는 내 표현이 될 수 있을지도 모르는 몇몇의 표현을 찾아냈음에도 노력하지는 못하고 있었다. 하고 싶은 말은 많았지만 정작 무엇을 말하고 싶은지 알 수 없었던 것이다. 나는 터키어 강사와 남중 애를 부러워했는데, 어느 날 터키어 강의를 듣다가 터키어 강사의 이야기에서 또 표현과 관련된 것을 찾아낼 수 있었다.

터키어 강사는 지난 시간에 냈던 숙제를 검사하고 있었다. 그날 수강생 중 반 이상이 숙제를 해 오지 않았기 때문에 강의실 분위기가 가라앉아 있었다. 부끄러운지 고개를 수그리고 있는 사람, 민망한지 볼펜을 돌리며 딴짓을 하고 있는 사람, 어색한지 도자기며 그릇 같은 장식품들을 구경하고 있는 척하는 사람 등등. 그때 터키어 강사가 말했다.

"뭐 잘못한 거 있어요? 뭐든 열심히 하는 사람은 부지런하고 부지런하지 않으면 나쁘다는데, 왜 열심히 하는 게 무조건 옳은지 모르겠어요. 이유가 있겠죠. 결혼식이나 장례식 같은 이유 말고, '터키어 숙제는 터키어를 억지로 배우는 기분이 들게 한다', '터키어에 거부감을 느끼게 한다', '노동 같고 시간낭비 같다' 같은 이유들 말이에요. 그게 그 사람 나름대로 열심히 사는 방식일 수도 있겠죠. '숙제를 안 해 왔으니 넌 나빠!' 하고 아무도 함부로 말할 수 없어요."

터키어 강사는 칠판 앞에 섰다.

"나는 '터키어 강의를 얼마나 잘 듣고 있나', '터키어를 얼마나 잘 배우고 있나'보다 차라리 '터키어 강의를 왜 듣나'를 알고 싶어요. 누군가 내 앞을 척 가로막은 뒤 '터키어 강의를 듣는다는 것은 어떤 것입니까?'라고 물어본다면 '당신은 어떤 과일을 좋아합니까?', '당신은 어떤 종류의 음악을 즐겨 듣습니까?'라고 되물어볼 거예요. 예컨대 한 여자가 남자친구와 데이트를 하다가 '오빠는 어떤 채소를 좋아해?', '오빠는 어떤 종류의 영화를 즐겨 봐?'라고 물어본다면 남자친구가 '당근을 좋아해', '공포영화를 즐겨 봐'라고 대답하면서 '내가 재미없는 놈인가. 얼마나 재미없었으면 저런 것들을 물어볼까'라고 생각할 거예요. 나는 그렇게 생각할 만한 것들을 물어볼 거예요."

터키어 강사가 본격적으로 강의를 시작했다.

"'지난 일요일에 무엇을 했습니까?' 이 안에 터키어 강의가 있거든요. 터키에서 1930년대에 표현개혁이 일어났어요. 아랍문자 표기체제가 라틴문자 표기체제로 바뀌었어요. 철자법도 철자법이지만 표현의 뜻이 달라졌죠. 예컨대 '학생'은 아랍문자로 '추구하는 사람'이라는 뜻이었는데 라틴문자로 '배우는 사람'이라는 뜻이 됐어요. 표현의 뜻이 새로 생기기도 했어요. 예컨대 '버스'는 라틴문자로 '많은 앉는 곳이 있는 가게 하는 것'이라는 뜻인 거죠. 그러나 빠르게 변했기 때문에 표현할 수 없는 부분도 있었어요. 예컨대 살면서 잘 사용하지 않는 부분들, '김 첨지네 마름은 인심이 아주 좋다', '꼴을 한 바지게 지고 오너라' 같은 것들은 표현할 수 없었어요. 개혁 전 표현을 사용할 수 있지만 개혁 후 태어난 아이들부터가 문제인 거죠. 어른들과 아이들 사이에 간극이 생길 수밖에 없었어요. 국가적 파장이었고 국민들은 반벙어리가 돼버렸어요.

대부분의 어른은 아이들에게 라틴문자를 가르쳤어요. 그러나 몇몇의 어른은 아이들에게 아랍문자를 가르쳤어요. 아랍문자가 사라지면 역사가 무너진다고 생각했거든요. 이상한 시절이었어요. 정계에서는 정치인들이 새 표현으로 연설문을 읽고 질의응답 시간에는 옛 표현으로 대답을 하고, 학계에서는 학자들이 옛 표현 논문들을 새 표현으로 번역하고 더 이상 읽힐 수 없는 책들이 쓰레기 더미처럼 쌓여갔어요. 그렇게 한 시절이 흘러갔어요. 그리고 사람들은 점점 깨닫게 됐어요. 시대는 거꾸로 가지 않으니까 돌이킬 수 없다고 말이에요. 새 표현을 사용하지 않으면 사회적인 존재로 살 수 없다고 말이에요.

한국에서도 1930년대에 표현개혁이 일어났어요. 한글맞춤법통일안 제정으로 국가적 맞춤법 바탕이 바뀌었어요. 관습적 표기체제를 다듬는 것이 아니라 타파하는 것이었죠. 그리고 새로운 표기체제를 제시하는 것이었어요. 그런 개혁들로 아무도 하지 못하던 말들을 누군가 하기 시작할 때 사람들 사이에서 죽어 있던 표현이 살아났죠. 표현이 깨어날 때까지 대략 40년이 걸렸어요. 예컨대 한 사람이 있다고 쳐요. 그 사람이 20년 정도 자라고 아이를 낳아서 20년 정도 키우거든요. 그 아이가 20년 정도 자라고 아이를 낳아서 20년 정도 키워요. 그러니까 40년 주기로 세대가 달라진다는 거죠. 표현이 달라진다는 거예요. 어떤 표현이든 얼마나 달라지든 어쨌거나 달라져요. 물론 점진적인 변화는 개혁이라고 부르지 않아요. '마파람에 게 눈 감추듯', '남양 원님 굴회 마시듯', '두꺼비 파리 잡아먹듯', '사냥개 언 똥 들어먹듯' 정도는 돼야지 개혁이라고 불러요.

'지난 일요일에 무엇을 했습니까?'이 안에 터키어 강의가 있다고 말했었지요? 표현개혁 때문에 표현할 수 없는 부분도 있었어요. 그러나 표현개혁 때문에 표현할 수 있는 부분이 더 많이 있었어요. 옛 단어, 문장이 아니라 새 단어, 문장 혹은 정서 같은 것들요. 세대가 달라지면 표현이 달라지잖아요. 세대를 표현에 맞출 수 없으니까 표현을 세대에 맞춰야 하는 거죠. 그러려면 가장 기본적인 것부터 달라져야 하는 거고요. 에두르거나 돌리지 않고 바로 말하는 거요. 하고 싶은 말이 있으면 '어떻게 말하지?'를 고민하지 말고 '지난 일요일에 무엇을 했습니까?'같이 곧장 말하는 거예요. 하고 싶은 말을 마음껏 하다 보면 우리의 정서에 어울리는 표현들로 가득 채워지게 될 거니까요."

터키어 강사가 한국에서 터키 문화 사업을 하고 싶어서 대리석 산업을 물려받지 않았듯, 남중 애가 자기 자신만의 무언가를 가지고 싶어서 물건들을 훔쳤듯, 나는 스스로를 이해하기 위해서 헤매고 있는 것이었다. 나는 아직 헤매고 있어서 나름대로의 표현을 위한 노력을 하지 못하고 있는 것뿐이고, 그냥 그런 거라고 말해버리면 그만인 것이었다. 특정한 부분에 노력하지 못하는 것은 잘못이 아니니까.

　나와 비슷한 고민을 하고 있는 한스 요아힘 마르세유는 강의가 끝난 뒤 내게 말했다.
　"터키어 강의를 듣는다는 것은 이해하기 힘든 것이야. 적어도 내게는 그래. 그래서 이성적으로 이유를 따지기보다 감성적으로 나를 받아들여보려고. 내가 열다섯 살 때였어. 6·25전쟁이 막 끝났거든. 주한 미군을 위문하기 위한 연예악단이 생길 무렵이었어. 미군이 주둔하는 캠프마다 돌아다니며 공연하곤 했지. 나는 거기서 연주되는 유행가들에 빠졌어. 참전 국가들의 노래들과 패티 페이지의 〈I went to your wedding〉, 페리 코모의 〈The rose tattoo〉 등등을 들었지. 음악다방에도 드나들었어. 산더미처럼 쏟아지던 해적판 테이프도 샀지."
　한스 요아힘 마르세유 자기 자신의 이야기였다.
　"그러던 어느 날, 평소처럼 해적판 테이프를 사서 가슴에 껴안고 집으로 돌아가는데 어디선가 이상한 목소리가 들려오는 거야. 영어가 아니었어. 일본어와 중국어도 아니었어. 독일어, 프랑스어, 스페인어, 포르투갈어……. 나는 내가 아는 발음들을 차례로 떠올렸어. 어느 것도 아니었지. 낯설고, 이상하게 아름다운 목소리가 계속해서 귓가를 맴돌았어. 나는 노래가 끝날 때까지 서 있었어. 노래가 끝나기 전에 노래가 들리는 곳으로 가면 될 걸, 니는 사람들이 말걸음을 재촉하고 자동차들이 부르릉거리며 달려가는 거리 한가운데서 무언가에 홀린 것처럼 가만히 멈춰 있기만 했어. 정신이 쏙 빠져나가버린 것 같았지. 노래가 끝나자 나는 그 노래가 무엇이었는지 이제 알 수 없게 돼버렸다는 것과 내가 그 노래를 듣기 전으로 다시는 되돌아갈 수 없을 거라는 사실을 깨달았어. 그리고 앞으로 아주 다른 삶을 살아가게 될 거라고도."

그로부터 20년 뒤, 그는 평범한 샐러리맨으로 회사에 다니다가 그 목소리를 다시 듣게 됐다. 그때 그는 그 목소리를 놓치지 않고 좇아가 그 노래가 터키 노래였다는 것을 알게 됐다.

"중요한 건 그게 터키 노래였다는 게 아니라 터키 여자 목소리가 예뻤다는 거야. 마치 첫사랑처럼, 체취, 체온 같은 게 잊히지 않는 것같이 발음, 울림 같은 게 기억에서 계속 맴돌았어. 누구를 만나고 무엇을 해도 가슴 한구석에 고여 있었거든. 학교를 졸업하고 회사를 은퇴한 후에도 남아 있을 정도였지. 나는 그 기억으로 매주 다른 나라의 표현들을 배우기로 했어. 비로소 다른 삶을 시작한 거야. 다양한 나라들이지, 낯선 발음들을 가진. 터키 여자 목소리처럼, 내게 충격을 안겨줄 새로운 목소리들을 찾고 싶어진 거야. 쉰 살이 넘어서야 다른 목소리들을 들어보고 싶다는 확신이 든 거지. 시간 때우기 혹은 여가 즐기기 같은 게 아니야. 내가 하고 싶은 일을 하고 있는 거지. 어떤 의미가 있는지 아직 몰라. 일단 터키어는 내가 원하는 것에 가장 가까우면서 또 가장 먼 표현인 거야."

그의 일주일은 이랬다. 월·수·금요일은 테헤란로 글로벌어학원의 독일어 회화반, 화·목요일은 강남대로 유라시아어학원의 인도네시아어 기초반, 토요일은 역삼역 근처 터키문화원의 터키어 초급반에 간다. 강의를 들으면서 지칠 때면 리얼 초콜릿과 아몬드가 든 초코바를 까먹고 천연 과라나 카페인과 타우린이 든 에너지음료를 따 먹는다. 일요일은 일주일간의 숙제를 몰아서 하는 날이다. 이전에는 러시아어, 베트남어, 스페인어, 인도어, 중국어, 프랑스어 강의 등등을 들었는데 강의 종류만 다를 뿐 일주일 일정은 같았다.

그는 말했다.

"나를 이해할 수 있어?"

솔직히 말하면 나는 이해할 수 없었다. 이해하려고 노력은 하겠지만······. 그가 이어 말했다.

"우리는 태어났을 때 무슨 표현을 사용할지 선택할 수 없었거든. 한국에서 태어났으니까 한국어를, 터키에서 태어났으니까 터키어를 사용해야 한다고 속한 무리에 의해 선택됐을 뿐이야. 그래서 언젠가 한번쯤은 고민하게 돼. 그러나 곧 대수롭지 않게 여기지. 더운 날 동네 치킨가게에서 닭다리 들고 맥주 마시다가 문득 '맥주가 맛있어. 그런 의미에서 맥주 하면 생각나는 독일어를 사용해야겠어'라고 말한다고 독일어를 구사할 수 있게 되지는 않잖아. 맞춤법 책 들여다보다가 너무 어려워서 '한국어 사용하기 싫어'라고 말한다면 그건 그냥 미비한 공부에 대한 핑계가 되는 것처럼 말이야. 너랑 나는 한국어를 사용하는 것이 당연한 거야. 그래도 당연하지 않은 사람이 되려면 반평생은 버텨야 해. 세대가 바뀔 때까지. 그게 독일어든 혹은 터키어든 어쩌면 다른 표현이든."

그는 표현에 더 민감해져야 한다고 말했다.

"그게 '이제부디 'ㄱ'은 'ㄴ'이나' 같은 게 아니야. 'ㄱ'은 왜 'ㄱ'인지 생각하자는 거지. 그러면 그게 같든 또 얼마나 다르든 우리는 우리가 사용할 표현을 선택할 수 있게 되는 거야. 이미 사용하는 표현을 알고 깨달으려는 시도만으로 다른 표현을 사용할 수 있게 되는 거지. 예컨대 '외곬수'가 '외골수'로, '돐'이 '돌'로, '아뭏든'이 '아무튼'으로, '읍니다'가 '습니다'로 달라졌거든. 더 나은 쪽으로, '닭'이 '닥'으로 달라진다고 해도 이상하지 않지. 그게 크든 또 얼마나 작든 나름대로의 개혁이 이루어져야 한다는 거야."

그는 표현은 이야기를 일정한 형태로 꺼내주는 재료라고도 말했다. 다른 것으로 얼마든지 대체 가능하다고. 더 정확히 꺼내기 위해서 자기 자신에게 맞는 재료를 찾아야 한다고. 어쩌면 나는 터키어 문법 정리로 그 재료를 다듬고 있었는지도 몰랐다.

"점진적인 변화는 개혁이라고 부르지 않지만, 변화하려는 시도가 계속되면 결국 개혁하게 되는 순간도 올 거야. 터키어 강사가 말했듯이 40년이 가면 40년이 오니까, 일단 주어진 40년을 열심히 가야 하는 거거든. 물론 40년이 '1년 365일×40=14600일'은 아니야. 한 세대 혹은 한 사람마다 다른 기간이지. 그건 정해져 있지 않은 것일 수도 있어. 황당하거나 단순한 것일 수 있지. '나는 당근을 싫어한다. 이제부터 싫어하는 사람을 당근이라고 부르겠다'처럼, 자기 자신에게 중요한 거라면 당근이 아니라 쑥이든 미나리든 그건 개혁인 거야."

그와 나는 터키어 강의를 들으면서 표현과 이야기의 경계에 서 있었다. 얼마 뒤 그에 이어 나도 그 경계를 넘어보려는 시도를 했다.

내게 터키어 강의를 듣는다는 것은, 꼬박꼬박 출석을 한다거나 빼

곡하게 필기를 한다거나 꾸준히 숙제를 한다거나 하는 것들이 아니었다. 터키어 강의실이라는 공간에서 터키어에 대한 이야기들을 마음껏 짓고 추측하고 상상한다는 것이었다.

나는 어려서부터 '암기'를 잘해낼 수 없었다. 해답을 외운 뒤 내 기억과 답지가 다르지 않은지 확인하는 일은 의미 없게 여겨졌다. 문제지에서 말하는 '예상', '예측', '유추', '추론', '추리', '추정', '추측' 등등은 무언가를 만들어내라는 말이 아니라 기억 속의 무엇을 찾아내라는 말이었다. 마치 레고블록 상자의 레고들을 기억한 뒤 레고로 만든 유람선 사진을 보고 '이 자리에는 무엇이 맞춰져야 옳은가' 같은 질문에 대답하는 것처럼 특정한 범위 내의 일이었다. 나는 시험지의 빈칸들을 채워야 하는 시간이면 교과서, 교재, 문제집 등등의 문장들을 떠올리는 대신 시험지의 문장들을 바탕으로 새로운 이야기들을 떠올리곤 했다.

어렸을 때를 떠올리면 이런 기억들이 있다. 어렸을 때 나는 내가 다른 아이들에 비해서 운동신경이 현저히 뒤떨어진다는 사실을 진작 깨달았다. '즐거운 생활'이나 '체육' 시간에 나는 다른 아이들처럼 줄넘기를 열 개 넘게 할 수 없었다. 머리가 둔한 건지 몸이 둔한 건지 줄이 돌아가는 속도와 발이 땅에서 떨어지는 속도를 도저히 맞출 수 없었다. 그러나 나는 나 같은 실력의 다른 아이들처럼 줄넘기를 많이 하기 위한 맹연습을 하지 않았다. 줄넘기 횟수를 세고 대결하는 건 마치 주먹의 세기를 재고 싸우는 것처럼 무식한 일같이 생각됐다. 음식을 많이 먹으면 미련하고 잠을 많이 자면 게으르고 청소를 많이 하면 유난스럽고 미소를 많이 지으면 헤프다고 말하면서, 왜 공부를 많이 하

면 부지런하고 심부름을 많이 하면 착하고 숙제를 많이 하면 바르고
줄을 많이 넘으면 좋다는 건지 나는 알 수 없었다.

　나는 차라리 나를 위한 연습 시간을 마련하기로 했다. 나는 집 근
처 빌라 뒤편을 연습 장소로 삼았다. 그리고 흰 선을 몇 줄 긋고 단계
별로 연습을 시작했다. 첫 단계는 줄을 땅에 대고 걷듯이 넘는 것이었
고, 다음 단계는 줄을 돌리고 온 힘을 다해 뛰어넘는 것이었고, 그다음
단계는 줄을 돌리고 힘의 반 정도만 사용해서 넘는 것이었고, 마지막
단계는 그 세 단계를 합쳐서 가능한 한 오래 넘는 것이었다. 그 연습
을 하다 보면 시간 가는 줄 몰랐다. 나는 내 연습이 즐거웠다. 물론 내
연습은 줄넘기 인증제 시험에 하등 도움이 되지 않았다. 나는 네 개를
넘었고 반에서 최저 기록을 세웠다. 그러나 나는 나만의 비밀 연습에
대한 은밀한 쾌감을 알았고, 또 누구보다 둔한 내 발의 움직임에 대해
아주 잘 알게 되었다.

　어렸을 때 교내 도서관에서 했던 '도서관 활용 수업'도 떠오른다.
도서관에서 선생님은 다람쥐와 청설모에 대한 책을 꺼내서 공통점
과 차이점을 찾아 읽었다. 그리고 아이들에게도 비슷한 동물들에 대
한 책을 찾아서 서로 비교해보라고 말했다. 그러자 아이들은 도서관
을 샅샅이 뒤지면서 다람쥐와 청설모에 대한 책들부터 찾기 시작했
다. 그러나 나는 왜 이미 비교된 다람쥐와 청설모를 또 비교하려고 하
는지 이해할 수 없었다. 그래서 나름대로 미생물로 분야를 정해 원핵
미생물과 진핵미생물에 대한 책들을 찾았다.

　내가 원핵미생물은 핵산을 싸고 있는 핵막이 없고, 핵산이 세포질
안에 존재하고, 대부분이 단세포로 이루어져 있다는 내용을 읽는 동

안 다른 아이들은 다람쥐와 청설모에 대한 책들을 찾느라고 정신이 없었다. 내가 원핵미생물에는 세균, 고세균 등등이, 진핵미생물에는 곰팡이, 효모 등등이 포함된다는 내용까지 읽고 보고서를 작성할 때 다른 아이들은 서로를 곁눈질하면서 비슷비슷한 내용들을 옮겨 썼다. 나는 내가 그 시간 그 수업을 가장 잘 들은 학생이라고 자부했지만, 곧 너무 서툰 내 보고서는 가장 낮은 점수를 받았고, 다른 아이들은 저마다 점수를 나눠 가졌다. 그러나 나는 내 방 천장에 자리 잡은 곰팡이가 진핵미생물이라는 나만의 고급 정보를 따로 갖게 되었다.

중학교에 입학했을 때, 자습 시간의 일도 있다. 영어 과목 수행평가 점수 10점이 걸린, 영어단어 시험 전날이었다. 국어 선생님이 아파서 국어 시간이 자습 시간으로 바뀌었다. 그러자 반 아이들 대부분이 영어단어 목록을 꺼내서 외우기 시작했다. 그러나 나는 소록도의 나환자 이야기를 읽었다. 입이 뭉개지고 손가락이 떨어져 나간 나환자들이 나병에 걸리지 않은 사람들보다 더 뜨겁게 사랑했다는 대목을 읽었다. 어느 날 밤 인적 드문 풀밭에서 만난 남녀가 뜨겁게 사랑을 나누는 장면을 읽는 동안 교실에는 영어단어를 따라 쓰는 연필 소리밖에 들리지 않았다.

나는 종종 고개를 들고 눈부신 햇살이 비치는 창밖을 내다봤다. 그리고 이 아름다운 오후가 곧 잊힐 단어를 외우는 데가 아닌 나환자들의 성관계 묘사를 읽는 데에 쓰이고 있다는 사실에 행복함을 느꼈다. 영어단어를 외우는 것보다 훨씬 의미 있는 일이라고 생각했다. 물론 내 성적은 낮았지만 나는 깨끗하게 이를 닦고 키스하는 것이 사랑의 전부는 아니라는 것을 배웠다. 싸상변을 먹다가 하는 키스가 더 달콤

하고 깊을 수도 있다는 사실을.

　나는 상상하는 게 좋았다. 역사 선생님은 내게 '모든 것을 초월한 눈빛'으로 앉아 있다고 말했지만, 나는 내가 믿는 더 나은 방향을 그려보는 중이었다. 터키어 강의실에서도 마찬가지였다. 어느 날 터키어 강사가 가장 긴 터키어 단어를 알려주었다. 'çekoslavakyalılaştıramadıklarımızdanmısınız?'인데, 단어라기보다는 표현에 가까웠다. 여러 어절이 아닌 한 어절로 표현했으니 한 단어라 말할 수 있을지도 모르는 표현이었다. 나는 그것을 형태소 단위로 나눠서 나름대로 해석해보았다.

çekoslavakya(체코슬로바키아)lı('~있는'이라는 뜻이지만 나라나 도시 뒤에 붙으면 그곳에 사는, 속한 사람을 뜻하게 된다)laş(아마 '되게 하다'는 뜻일 것이다)tır('~하게 시키다'는 뜻이지만 쓰임새가 달라진다)ama(하지 않는 것이 아닌 할 수 없는 것)dık('~하는'이라는 뜻으로 자주 쓰인다)lar(복수)ımız('우리'의 소유격)dan('~로부터', '~에 의해', '~에 관해서'라는 뜻으로 자주 쓰인다)mı(의문사)sınız('당신'의 소유격)?

　내 해석은 이랬다. '체코슬로바키아 사람이 되게 시킬 수 없는 우리의 것들에서 입니까?' 그러니까 공산주의 국가들 중에서도 높은 생활수준을 가졌던 체코슬로바키아에 대해서 일부 사람은 좋게 생각하고 있을 수 있다. 그러나 민주화와 자유화를 위해서 '프라하의 봄'을 일으켰듯이 체코슬로바키아로 돌아가는 것은 좋은 것이 아니라는 것을 안다. 그래서 한때의 유토피아를 꿈꾸는 대신 우리의 이상향을 찾는 것이 필요한데, 우리의 사상을 좇는 것이 필요한데 그때 그 말을 하면 된다.

예컨대 사상적인 회의가 드는 정치인이 있다고 치면, 그 정치인이 '아무도 내 말을 믿지 않아. 차라리 공산주의가 나을지도 몰라. 강압적이기는 했지만 체코슬로바키아가 좋긴 했거든'이라고 말할 때 그 정치인의 동료가 '무슨 소리야. 우리는 우리의 사상을 좇고 있어. 그러니까 체코슬로바키아 사람이 되게 시킬 수 없는 우리의 것들―이상향―을 좇고 있다고. 허튼소리 하지 마'라고 말할 수 있다. 혹은 사상적인 확신에 찬 정치인에게 '당신의 확신은 체코슬로바키아 사람이 되게 시킬 수 없는 우리의 것들―이상향―로부터 채워졌나요?'라고 물을 수 있다. 물론 여기까지는 내 상상이다.

내 다른 해석도 있다.

| 터키어 탐구일지 | |
|---|---|
| 작성 날짜 | 2013. 8. 9 |
| 주제 | 'çekoslavakyalılaştıramadıklarımızdanmısınız?'는 무슨 뜻인가? |
| 방법 | 검색엔진 검색을 통한 문맥 분석 |
| 내용 | 1.<br>en uzun türkçe kelime.<br>긴 터키어 문장.<br>çekoslovakya'nın çek cumhuriyeti ve slovakya olarak ikiye ayrılmasından sonra<br>체코슬로바키아를 끄는 국가와 슬로바키아가 되면서 두 나라로 갈라선 뒤에 |

popüleritesini yitirmiş,
사람들에게 먹혔다고 한다.
Muvaffakiyetsizleştiricileştiriveremeyebileceklerimizdenmişsiniz icat olmasından sonra
무슨 내용인지 모르겠지만 무엇인가가 된 뒤에
ise de tarihe karışmış sözcüktür.
역사적으로 맞선 어휘이다.

2.
çekoslavakya/lı/laş/tır/a/ma/dık/lar/ımız/dan/mı/sınız?
형태소 단위.
şeklinde kök ve eklerine ayrılabilecek sözcük.
형태의 뿌리 그리고 부록들로 나눠놓을 수 있는 어휘.

3.
arkasında her daim bir mantık aradığım kelime bütünlüğü.
뒤에 있는 모든 발짝 논리 사이 문장의 모음이다.

**내용**

4.
—çekoslavakyalılaştıramadıklarmızdan mısınız?
그 문장을 내가 당신에게 묻는다.
—çekoslavakyalılaştıramadıklarınızdanım.
내가 그렇다고 대답한다.
benide bi çekoslavakyalaştıramadınız gitti anasını satayım.
나에게도 그 문장이 갔다. 그 사람의 어머니를 살 거다.
ama en yakın zamanda çekoslavakyalılaştırmanızı bekliyorum.
하지만 가장 가까운 시간에 그 문장을 기다리고 있다.
çekoslavakyalılaşmak için çekoslavakyaya gitmek gerekiyor mu?
그 문장 때문에 체코슬로바키아에 가는 것은 사실인가?
asıl onu merak etmiştim ben.
그 이유가 궁금했었다, 나는.
—benden de iğrenç bi adam çıktın sen be!
역겨워, 너도 나가버려!

| | |
|---|---|
| **내용** | —çekoslavakyalılaştırmazsın sen şimdi beni<br>넌 그 문장을 하지 않아. 넌 지금 내게<br>—……<br>……<br>—çekoslavakyalılaştırmıyor musun şimdi sen beni<br>그 문장을 하고 있니? 지금 넌 나를<br>—hayır.<br>아니.<br>—hadi ama naz yapma çekoslavakyalaştır beni<br>그러면 그러나 아부하지 마. 그 문장을 하는 나를<br>—bi bok laştırmıyorum seni defol!<br>무슨 내용인지 모르지만 되게 시키고 있다. 너를 뭐라고!<br>—çekoslava……<br>체코슬로바…… |
| **느낀 점** | 무슨 내용인지 모르겠다. 이념적인 단어인지 관용구인지 헷갈린다. 나중에 터키어 강사에게 날 잡아 물어봐야겠다. |

　나중에 안 진짜 해석은 '당신은 우리가 체코슬로바키아인화시키는 데 실패한 사람들 중 한 명(또는 여러 명)이십니까?'였다. 김이 빠지는 기분이었지만, 나는 숨은그림찾기처럼 숨은 문장들을 찾고 읽어내는 복잡한 기쁨을 알게 되었다.

　이해가 되지 않아도 받아들여야 하는 순간이 있다. 전혀 상관없는 것들이 연관돼 있을 때가 있다. 예컨대 군대에서 '차렷, 열중쉬어, 차렷, 어어, 동작 봐라' 했을 때 '동작 뭐, 팍씨' 하면 안 되는 것처럼, 그러니끼 신소재공학과 나닌다고 프라이팬 설거지 시키고 문헌정보학과 다닌다고 병장 관물대 만화책 정리 시키고 회계학과 다닌다고 피엑스 냉동만두 심부름 시켜도 '예, 뛰어갔다 오겠습니다' 해야 하는 상황처럼, '해야만 하는 것'이 왜 해야만 하는지도 모른 채 주어져 있을 때가 있다.

　나는 내 생활이 그런 것들로 채워져 있다는 사실을 어렸을 때부터 종종 느끼곤 했다. 초등학교에 다닐 때, 어느 실험관찰 시간이었다. '오늘의 온도는 어떤가요?'라는 질문에 대답하기 위해 반 아이들이 일제히 교문 앞에 있는 백엽상 쪽으로 달려갔다. 기상관측용 설비가 설치된 작은 집 모양의 나무상자였다. 그러나 주변에 울타리가 쳐져 있었기 때문에 아이들은 들어갈 수 없었다. 아이들은 백엽상 앞의 칠판에 적힌 '오늘의 온도'를 베껴 적곤 했다. 그러나 나는 그 수업이 온도계 보는 방법을 배우기 위한 것이고, 담임선생님도 아이들이 당연히 온도계를 직접 보고 오는 줄 알고 있을 거라는 사실을 알았다. 이 학교에 온 지 얼마 안 된 담임선생님은 백엽상 안에 들어갈 수 없다는 사실을 모르고 있는 것이 뻔했다.

　그래서 나는 수업의 의도를 따르기 위해서 건물과 건물 사이를 이어주는 한 복도에 갔다. 그 복도는 '마음의 쉼터'라고 불렸는데 작은 정원이 꾸며져 있었다. 나는 거기에 정원의 온도를 재기 위한 온도계가 있다는 것을 알고 있었다. 온도계는 창문 바로 옆에 붙어 있었다. 빈틈없이 붙어 있었고 또 창문은 늘 열려 있었기 때문에 나는 그 온도계의 온도가 실내보다 실외 온도에 더 가까울 거라는 생각을 했다. 수업 중이어서 복도는 조용했고 나는 식물들 사이에서 온도계의 눈금을 읽었다. 그 조용한 순간, 나는 문득 그 공간과 내가 떨어져 있다는 이질적인 느낌을 받았다. 온도계의 눈금을 읽는 행위가 깨어지기 쉬운 행위라는 것, 나는 인위적으로 만들어진 행위를 당연히 해야 한다는 양 하고 있다는 것을 느꼈다. 인조적인 자연 속에 혼자 있게 됨으로써 나는 일종의 깨달음을 얻은 셈이었다.

언제부턴가 나는 내 주변이 온전하지 않다는 생각을 하곤 했다. 전혀 연관되지 않은 것들이 어떤 의도에 의해, 내가 동의하지 않은 의도에 의해 묶여 있다는 생각이 들었다. 오히려 이상하게 느껴지는 것들이 내가 원하는 것들인 경우가 많았다. 터키어 강의도 그랬다.

### 상관없는 두 단어를 상관있게 만드는 조사

예컨대, '터키어'와 '책'이라는 상관없는 두 단어가 있다. 그 단어들을 나란히 쓸 경우 '터키어 책', 그러니까 터키어를 공부할 수 있는 책으로 해석된다. 그런데 '상관없는 두 단어를 상관있게 만드는 조사'를 뒤에 붙이면 '터키어책', 그러니까 '터키어로 된 책'으로 해석된다.

예) 1. 터키어 책 : 터키어를 공부할 수 있는 책
　　2. 터키어책: 터키어로 된 책

두 단어가 상관있어졌기 때문에 한 단어로 해석되는 것이다. 한국어에서는 띄어쓰기로 구분하지만 터키어에서는 조사 하나 붙이기로 구분한다.

나는 터키어 문법정리를 하다가 그와 비슷한 질문을 던지고 있는 문법을 발견했다. 상관없는 두 단어를 상관있게 만들기 위해서는, 예컨대 '나'와 '낚시가게 아저씨 엉덩이에 빠진 나'를 상관있게 만들기 위해서는 조사 하나 붙이기 같은 눈에 띄는 행위를 해야 하는데, 그것이 '터키어 수강' 같은 행위일 경우 이상하게 느껴질 수밖에 없는 것이었다. 한국에서는 띄어쓰기 같은 눈에 잘 띄지 않는 행위로 구분하기 때문에 알아차리지 못하는 경우가 많았다. 그러나 조사 하나 붙이기든 띄어쓰기든 구분될 수 있는 부분은 분명히 있으며 나는 나를 움직이는 수많은 이유를 조금 더 민감하게 살펴볼 필요가 있다는 것을 알았다.

터키어 강의가 끝난 다음 내가 한스 요아힘 마르세유를 따라가 말했다.

"아프리카 북소리 이야기 기억해요?"

"기억해."

"북소리 표현을 사용하는 사람들은 표현을 알아들을 수 있어요. 북소리 표현을 사용하는 사람들을 이해하는 사람들은 표현을 분명히 알아들을 수 있어요. 그러나 중요하지는 않아요. 중요한 것은 알아듣는 사람이니까요. 예컨대 아버지와 다투고 집 나온 젊은이는 '집으로 돌아가면 죽겠구나' 혹은 '집에서 많이 걱정하고 있겠구나'라고 알아듣는 대신 알아듣고 싶은 대로 알아들을 수 있어요. 적어도 백만 가지 경우는 되거든요."

내가 말했다.

"그러면 말은 없어도 되지 않나요? 듣고 싶은 대로 듣기 때문에 말을 주고받지 않아도 된다는 생각이 들어요."

한스 요아힘 마르세유가 말했다.

"말을 주고받는 것과 의식하면서 말을 주고받는 것은 다르거든. 다른 사람들은 표현을 사용하며 말을 주고받지만 의식하며 말을 주고

| 북소리 언어 해석 | |
| --- | --- |
| 해석 1: 집으로 돌아가면 죽겠구나. 해석 2: 집에서 많이 걱정하고 있겠구나. | |
| 듣고 싶은 대로 듣기 1 | 듣고 싶은 대로 듣기 2 |
| 1. 소리가 들린다. 2. 사람 입에서 나오는 소리가 아니다. 3. 사물에서 나오는 소리다. 4. 음악이 아니다. 5. 뜻이 있다. 6. 대부분의 사람이 사용하는 표현이 아니다. 7. 몇몇의 사람이 사용하는 표현이다. 8. 정기적으로 사용하는 표현이 아니다. 9. 단기적으로 사용하는 표현이다. 10. 두 명 이상에게 들려주는 소리가 아니다. 11. 나에게 들려주는 소리다. 12. 그렇다면 돌아오라는 뜻인가? | 뭐래. |

받지는 않아. 표현이 곧 말이라고 믿거든. 그러면 말은 없어도 돼. 그저 표현을 주고받는 것뿐이니까. 그런데 의식하며 말을 주고받는 건 말하지 않은 것과 들리지 않는 것을 알아듣는 거야. 표현 이상을 사용하는 거야."

그가 이어 말했다.

"예컨대 아버지와 젊은이가 북소리 표현을 사용한다고 표현을 알아듣게 되는 건 아니거든. '집으로 돌아오면 죽일 거야.' '죽여요.' '죽일 거야.' '죽이라고요. 밥이 아니라 죽이라고요.' 아버지와 젊은이에게 이 야기가 있어. 그러니까 어느 날 아버지에게 병이 났어. 목이 부어서 물 도 삼키기가 어려웠어. 아버지를 걱정한 젊은이는 아껴두던 쌀을 불려 서 죽을 끓이기로 했지. 죽을 끓이다가 배가 고파서 썩어가던 야자수 를 뜯어 먹었어. 그걸 보고 아버지가 화가 났지. 젊은이 뒤에서 끓는 솥 단지를 보고 더 화가 났어. '나는 굶어 죽을 지경인데 너는 먹고 살겠다 고 밥을 지어? 그것도 배고플 때 안 먹고 아껴두던 쌀로…… 당장 나 가!' '죽이라고요.' '뭐? 죽여?' '죽이라고요.' '뭐? 죽이라고?' 젊은이가 '밥이 아니라 아버지를 위한 죽이라고요'라고 말한다는 것을 부분적 으로라도 의식한다면 말하지 않아도 알아듣게 되는 거야."

내 터키어 문법정리에 대해 한스 요아힘 마르세유가 말했다.

### 강조하는 말 하는 방법

예컨대, 강조하는 말은 우선적으로 언급해야 한다.

예) 1. A: <u>교수님 세 분</u>과 터키에 갔다 왔어요.
   B: 어떤 교수님들인데요?
   2. A: <u>세 분 교수님</u>과 터키에 갔다 왔어요.
   B: 세 분씩이나요?

전자는 '교수님'을 먼저 말했고 후자는 '세 분'을 먼저 말했다. 뜻이 달라 졌다. 그러니까 단위를 나타내는 명사는 낱말의 뒤에 붙어야만 한다는 절대적인 규칙은 없고 강조하는 말에 따라서 달라질 수 있다는 것이다. 한국어에서는 전자가 익숙하지만 터키어에서는 후자가 익숙하다. 그러 나 익숙해져 있는 것과 의식하는 것은 다르다.

"강조하는 부분을 앞에 두는 방식은 자연스러워. 예컨대 길 가는 사람 십중팔구의 전화번호부 순서가 0번 애인, 1번 집, 2번 아버지, 3번 어머니, 4번 형제인 것, 신입사원에게 '커피 좀 타 와'라고 주임, 대리, 계장, 과장, 부장이 시키면 커피를 타서 부장, 과장, 계장, 대리, 주임 순서로 갖다 주는 것 같은 것들이야. 그러나 다른 사람들은 자연스럽지 않게 생각하거든. 주어, 목적어, 서술어 순서로 문장을 만든다고 배워서 '교수님 세 분'이 아니라 '세 분 교수님'이라고 하는 것이 부자연스럽다고 느끼는 거지."

그가 이어 말했다.

"그렇게 살면서도 의식하지 못하기 때문에 부자연스러운 거야. 그렇지만 너는 달라. 터키어 강의를 듣는 것처럼 다른 사람들이 이해하기 힘든 것들을 하니까. 네 정서를 네가 의식하고 네 말과 행동을 네가 알고 또 깨닫는 것은 재미있을 거야. 그렇지 않으면 자연스럽게 살면서도 부자연스러울지도 몰라. 넌 의식하고 있거든. 그러나 의식하고 있다는 것을 의식할 수 있는 요소가 없기 때문에 너를 이상하다고 여기는 거야. 하지만 터키어 문법정리를 하고 있잖아. 물론 터키어 문법정리는 터키어 문법을 정리한 것뿐이지만 네가 의식하고 있는 한 네 이야기를 해낼 수 있게 돼."

터키어 문법정리라고는 하지만 터키어는 한마디도 사용하지 않은 내 마음대로 해낸 엉터리 터키어 문법정리는 어쩌면 내 비밀 같은 것들도 누설해낼 수 있게 될지도 모른다고, 나는 희망에 확신을 품었다.

# 토마토, 고추, 가지

한스 요아힘 마르세유는 터키 여자 목소리를 잊지 못해서 터키어 강의를 듣는다고 했다. 그가 들었던 터키 노래는 〈우스크다라(Uska Dara)〉로, 사랑하는 사람과 같이 빗길을 걸어 우스크다라 지방으로 간다는 내용이었다. 왜 우스크다라 지방으로 가야 하는지는 나오지 않는다. 전쟁 중 피난길이었는지 아니면 집안 반대 피한 사랑 도피 길이었는지 그것도 아니면 빚쟁이 피한 야반도주 길이었는지 나오지 않는다. 다만 우스크다라 지방에 갈 때 비가 내렸고, 사랑하는 사람의 코트 끝이 진흙으로 더러워졌고, 사랑하는 사람의 눈이 피곤해 보였고, 하지만 손을 꼭 붙잡고 갔고, 사랑하는 사람의 셔츠가 유달리 잘 어울려 보였고, 손에 든 손수건 한 장에 달콤한 로쿰 젤리가 들어 있었다고만 나온다. 가수의 목소리는 아름다웠지만 어딘지 슬프게 들렸는데 나는 비 오는 날 들으면 좋을 노래라고 생각했다. 내 생각을 들은 한스 요아힘 마르세유는 이슬람 마켓에 가서 손수 사 온 로쿰 젤리를 먹으며 '그 노래를 비 오는 날의 우울감이나 차분함을 빌려 이해하고 싶지 않다, 그 노래는 내 인생을 바쳐 차곡차곡 이해해낼 명곡'이라고 받아쳤다.

그러나 어느 날 갑자기 한스 요아힘 마르세유의 목표는 무너지고 말았다. 그가 좋아하는 터키 여자 목소리가 사실은 터키 남자 목소리였던 것이다. 허리까지 내려오는 긴 머리에 짙은 눈썹과 높은 콧대, 두꺼운 입술을 가진 마른 체구의 남자였다. 그는 여자 목소리와 남자 목소리를 모두 내는 흔치 않은 발성을 했다. 그래서 여성 혼성그룹 '아나톨리아(Anatolia)'와 남성 솔로가수 '바르시만초(Barış Manço)' 활동을 모두 했다. 공식석상에 서는 것을 싫어해서 주로 '얼굴 없는 가수'로 앨범 활동만 했기 때문에 그에 대해 알려진 바가 극히 적었다. 간혹 '아나톨리아 VS 바르시만초, 진짜는 누구인가?' 같은 신문기사가 났지만, 눈길을 끌기 위한 기사 이상의 대우는 받지 못했다. 한스 요아힘 마르세유는 한국에 있었고, 또 터키어에 서툴렀기 때문에 그런 사실들을 뒤늦게 알게 되었던 것이다. 그의 나이 쉰다섯, 40년을 보고 좋아온 짝사랑이 일순간 깨져버린 것이었다.

한스 요아힘 마르세유가 처음 한 것은 부정이었다. 그는 헤어진 연인들처럼 '부정-집착-절망-회복'의 단계를 거쳤다. 그는 먼저 '바르시만초가 남성 솔로가수라고 하지만, 남성성이 짙은 여성일 수도 있지 않을까'라는 의문점을 내세웠다. 그리고 하루 종일 바르시만초의 앨범을 듣고, 바르시만초가 나온 동영상을 찾고, 바르시만초에 대한 신문기사를 읽었다. 그러고 나서 괴로워했다. '같은 남자가 봐도 멋있는 남자구나. 여자 팬들도 많이 따라다니네.' 그다음에야 인정했다. 열다섯 살 때 들은 목소리가 여자 목소리가 아닌 남자 목소리라는 사실을 진작 알았어도 그 목소리를 좋아했을 거라고. 그러니까 목표는 아직 무너지지 않았다고 말이다.

한스 요아힘 마르세유는 당연하지 않은 사람이 되려면 반평생은 버텨야 한다고 말했었다. 한 사람이 여든 살까지 산다고 가정할 때, 반인 40년에 해당하는 기간이었다. 그는 열다섯 살부터 쉰다섯 살까지 40년 동안 터키 여자 목소리를 좋아해왔고, 어느 것으로도 바뀔 수 없는 그만의 '무엇'을 쌓아왔기 때문에 그 목소리가 설사 남자 목소리였다고 해도 그 목소리조차 좋아할 수 있었던 것이다. 나도 40년 동안 나만의 무엇을, 예컨대 '낚시가게 아저씨 엉덩이 좋아 다니기' 같은 것을 한다면, 40년 뒤에 그 엉덩이가 사실 실리콘이라고 밝혀져도 여전히 좋아할 수 있게 될까. 한스 요아힘 마르세유는 터키어 강의를 가장 열심히 들었다. 취업, 전근, 사업, 이민 같은 것들이 목표가 아닌데 왜 그렇게 열심히 하는지에 대해서 궁금해하던 수강생들에게 그는 '터키 남자 목소리를 따르기 위해서'라고 말했다. 터키어 알파벳부터 제대로 배워서 발음을 익히고 단어를 외워서 터키 남자 목소리처럼 노래를 한번 불러보고 싶다고도 덧붙였다. 누구보다 설득력 있는 이유였기 때문에 모두들 고개를 끄덕였다.

그렇다면 왜 터키어 강의가 아닌 다른 표현 강의들도 듣는 것인지에 대해서 그는 더 자세하게 말해주었다.

"나는 터키어 강의를 들어. 소수 표현이면서 다수 표현이지. 한국에서는 대학수학능력시험 제2외국어 영역에도 없고 외국어학원 과목

목록에도 거의 없거든. 그런데 터키에서는 매년 140여 개국에서 2천여 명의 학생들을 초청해서 터키어올림피아드를 열 정도야. 문법, 시낭송, 에세이, 노래 영역으로 나뉘고, 각 영역별 참가 학생들에게 비행기 값과 숙박비를 지원해주지. 표현개혁 이후 새 표현을 알아달라, 사용해달라, 애원하거나 호소하지 않고 차라리 즐길 자리를 마련한 거야. 웃고 떠들면서 더 나아졌다는 것을 겪어보라고. 그 체험 때문에, 적극성 때문에 터키어 구사자가 계속해서 늘고 있는지도 몰라."

그는 말했다.

"한국에서 이른바 '소수 표현 강의'를 들으면 꼭 묻는 말이 있어. '결혼하세요?' 혹은 '투자하세요?' 그런 강의들에서는 그래서 '당신이 좋아하는 책은 무엇입니까?'보다 '이거 얼마예요?'를 먼저 가르치곤 하지. 시중에 나온 교재들도 '여행 필수 문장' 같은 것을 다루는 경우가 많아. 내가 배우고 싶은 표현은 '시장에서 물건 살 때' 필요한 표현이 아니고 나에 대해서 말할 수 있는 표현인데 말이야. 다른 사람들은 대개 영어, 일본어, 중국어 등등을 배우거든. 아니면 웅변이나 스피치 같은 것들을. 하지만 나는 믿어, 상상력 혹은 추측으로 다른 표현들을 배우면 표현할 수 없던 것들을 표현할 수 있게 될지도 모른다고. 마치 네가 터키어 문법정리를 하듯이, 더 나은 표현법을 찾을 수 있게 될지도 모른다고 말이야. 그러면 점점 표현 범위가 넓어질 거야. 그게 터키올림피아드 초청 학생들의 비행기값, 숙박비 지원처럼 무모해 보이더라도 말이야."

그래서 그의 가방에는 『독일어 문법의 이해와 응용』과 『노래로 배우는 인도네시아어』 책이 들어 있었다.

"단 한마디라고 해도 내가 하고 싶은 말을 하기 위해서 나는 내 돈과 체력과 시간을 쏟아부어서 터키어와 다른 표현 강의들을 듣고 있는 거야. 아직 열 가지 남짓의 표현들일 뿐이지만 나는 바르시만초처럼 내 성 정체성이 뒤섞이더라도 표현하고 싶은 정서가 있어. 나는 매일 어린아이가 될 거야. 새로운 표현들을 받아들이고 계속해서 다른 표현 강의들을 듣기 시작할 거야."

아직 배울 표현들은 많았다. 네덜란드어, 노르웨이어, 덴마크어, 불가리아어, 스웨덴어, 스코틀랜드어, 아이슬란드어, 아르메니아어, 체코어, 폴란드어……. 혹은 고대 그리스어, 라틴어, 만주어, 산스크리트어, 수메르어……. 어쩌면 C언어 같은 것도.

터키어 강의가 끝나면 그는 부리나케 일어섰다. 그리고 공부하기 위해서 정신없이 걸어 나갔다.


새로운 표현을 배운다는 것은 이런 것이다. 예컨대 사귄 지 3개월 된 여자친구가 있다. 이슬만 먹고 사는 게 아닐까 싶을 정도로 아름다운 여자다. 사귄 이후 매일같이 만났다. 행복이 분수처럼 솟구친다는 게 어떤 말인지 알 것 같았다. 그런데 문제가 하나 있었다. 생리현상이었다. 트림도 안 하고 방귀도 안 뀌고 똥도 안 누느라 죽을 지경이었다. 가스 찬 배는 더부룩하고 변이 찬 배 속은 답답했다. 영화관 같은, 두세 시간 동안 밀폐된 공간에 붙어 앉아야 하는 곳에서 목구멍으로 올라오는 트림과 똥구멍으로 내려오는 방귀를 참느라고 고생했다. 콜라라도 한 모금 마시면 죽음이었다.

여름을 맞아 바닷가로 놀러 갔다. 바닷물에 발도 담그고 모래사장에 모래성도 쌓았다. 다른 연인들처럼 '나 잡아봐라' 놀이도 하며 유치찬란하게 놀았다. 그런데 갑자기 배가 아파왔다. 그동안 쌓인 똥이 한꺼번에 쏟아지려 했다. 화장실을 찾았다. 컨테이너로 지은 부실해 보이는 화장실이었다. 여자친구에게 흙이 범벅된 손을 보여주면서 '손 좀 씻고 올게'라고 말했다. 여자친구가 고개를 끄덕이고 파우치를 챙겼다. 여자친구는 화장을 고치고 올 것이다. 안심하고 남자화장실로 뛰어들어갔다.

변기에 앉자마자 똥이 쏟아졌다. 마치 레고블록을 쏟는 것처럼 와르르르륵 쏟아졌다. 신속하고 정확했다. 10년 묵은 체증이 내린 것 같았다. 배가 홀쭉해진 것 같고 배 속이 가벼워진 것 같았다. 아닌 게 아니라 배가 좀 들어가 있었다. 여긴 바닷가가 아닌가. 몸매에 대한 자신감이 붙었다. 거울 속 나는 보디보딩(Bodyboarding) 선수 못지않았다. 손을 씻고 화장실 문을 열었다. 바닷바람이 상쾌하기 그지없었다.

여자친구가 더 예뻐 보였다. 여자친구를 보자 웃음이 나왔다. 기분이 좋은 나머지 자랑하고 싶기도 했다. '나 똥 2킬로그램 쌌다. 2킬로그램인지 3킬로그램인지 안 달아봐서 모르겠지만 2킬로그램쯤 되는 것 같아. 하하하.' 그렇지만 이렇게 좋은 날 헤어지고 싶지는 않다. 그것도 바닷가 한가운데서. 그러나 말하고 싶다. 이 상쾌한 정서를 전달하고 싶다. 그런 생각을 할 때 우리는 새로운 표현을 배우게 되는 것이다.

물론 '똥 2킬로그램 쌌다'는 내 정서가 아니다. 악명 높은 옷가게에서 옷을 샀는데, 막상 집에 가서 입어보니 마음에 들지 않아서 환불하려고 검은색 아이라이너를 짙게 그리고 빨간색 립스틱을 꼼꼼하게 바르고 진두라도 할 기세로 갔는데 주인이 '그러세요'라고 간단하게 말해버려서 허탈하면서도 시원한, 그런 표정을 짓는 것이 그나마 내 정서에 가깝다. 그러니까 차라리 바닷가를 바라보면서 개운한 표정을 짓는다면 여자친구는 알아들을 수 있을지도 모른다. '아, 얘 똥 쌌구나.' 그게 바로 새로운 표현인 것이다.

터키어 개강 8주 차, 터키어 수강생들이 일곱 명밖에 남지 않았다. 개강 날 스무 명 가까이 몰렸던 수강생들이었다. 터키문화원에서는 터키어 강의를 계속 진행하기 위해서 최소한 다섯 명의 인원이 수강하고 있어야 한다고 말했다. 그 이하의 인원은 수강을 포기하거나 다른 시간대에 다른 수강생들의 진도에 맞춰서 합류해야 할 거라고 말했다. 토요일 오전 열시부터 오후 한시까지 세 시간가량 보는 다른 수강생들이 수강을 계속하거나 그만두는 것은 각자의 문제였고 서로가 신경을 쓸 문제가 아니었다. 그러나 상황이 심각해지자 수강생들은 친분이 없어도 모이게 되었다.

"같이 얘기 좀 할래요?"

특히 불안해하던 수강생들 중 하나가 말했다. 마치 수업 시간에 연애편지를 쓰다가 걸려서 교탁 앞으로 불려 나가 '너의 눈에서 다이아몬드가 빛나. 갖고 싶은 너의 눈망울' 같은 내용을 읽는 학생처럼, 운동회 날 쪽지 달리기에서 '애인과 헤어진 지 두 달 된 20대 후반 여자' 같은 것을 뽑고 드넓은 운동장을 둘러보는 학생처럼 막연하고 막막한 눈빛이었다.

"강의 그만둘 거예요?"

수강생들 중 하나가 물었다.

"모르겠어요."

내가 대답했다.

"지난주에 터키어 강사가 말했어요. 터키어 강의가 폐강될 수 있다고 말이에요. 지금 우리가 배우는 『Gökkuşağı Türkçe(무지개 터키어)』 교재는 다섯 권이 있거든요. 두 권 정도 가르치면 수강생 반이 줄어들고, 세 권 정도 가르치면 수강생 3분의 2가 줄어든다고 했어요. 나머지 수강생 3분의 1은 서서히 줄어들다가 네 권을 끝내기 전에 아주 줄어들어서 터키문화원에서 터키어 강의를 진행한 지난 10년간 다섯 권을 모두 가르쳐본 적이 없다고 했어요. 전 좀 두려워지더라고요. 그래서 옆에 앉은 사람이 다음 주에도 옆에 앉을지 안 앉을지 걱정하는 것보다 차라리 확답을 듣고 안심하는 게 나을 것 같아서요. 믿음, 신뢰, 연대, 협동, 뭐 그런 게 필요해요. 우선 나는 그만두지 않을 거예요."

수강생들 중 하나가 말했다.

"나는 터키여행사 영업부원이에요. 터키관광청과 전화, 팩스, 이메일을 주고받고 터키 관광책자를 돌리고 터키 숙박업체와 계약을 맺고 교통편을 예약하고 터키 현지답사와 현지인 접대를 해요. 사실상 매일매일 터키어를 사용해요. 그런데 터키어는 딱 한마디만 알거든요. 'Merhaba?(안녕하세요?)' 그래서 입을 꾹 다물고 있기 일쑤예요. 그래도 통역사가 있어서 통역을 해줘요. 통역 없이 대화하면 십 분이면 될 사안들이 두세 시간씩 늘어나곤 해요. 한번은 상대가 농담을 한 적이 있어요. 상대의 상황에 최대한 맞추고 유리한 조건을 제시하니까 'köprüyü geçene kadar ayıya dayı diyeceksin(다리를 다 건널 때까지 곰을 외삼촌이라고 부른다)'이라고 했거든요. 웃으면서요. 터키 속담인데, 다리를 다 건널 때까지 곰(ayı)을 발음이 비슷한 외삼촌(dayı)이라고 부르면서 주의한다는 뜻이에요. 그런데 나는 이해를 못 한 거죠. 상대가 곰을 닮았었어요. 그래서 나름대로 이해한 대로 '곰 닮았단 소리 많이 듣나 봐요. 하하하'라고 했어요. 찬물 끼얹은 것처럼 분위기가 싸하게 식더라고요."

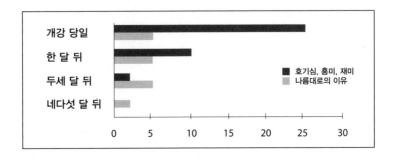

자기 자신의 이야기를 하던 수강생들 중 하나는 재빨리 그래프 하나를 끄집어내서 시선을 집중시켰다.

"이 그래프를 좀 봐요. 예컨대 터키어 강의가 열리면 수강생들이 수십 명 모이거든요. 서른 명이라고 하면, 스물다섯 명은 호기심, 흥미, 재미 때문에, 다섯 명은 나름대로의 이유 때문에 모이죠. 한 달이 흘러요. 회사 업무, 학교 숙제, 가정 대소사 등등에 치여서 호기심, 흥미, 재미를 잃은 열다섯 명이 오지 않아요. 두세 달이 흘러요. 호기심, 흥미, 재미로만 강의를 들을 수 없는 열 명 중 여덟 명이 오지 않아요. '호기심, 흥미, 재미 말고 무슨 의미가 있어야 들을 텐데, 무슨 의미가 있을 수 있지?' 하면서요."

수강생들 중 하나가 설명했다.

"네다섯 달이 흘러요. 호기심, 흥미, 재미로 시작한 두 명이 나름대로의 이유로 시작한 다섯 명과 같이 고민을 해요. '강의가 어려워져.' '당신은 어떤 운동경기를 즐겨 봅니까?', '나는 축구경기를 즐겨 봅니다' 같은 것이 아니고 '권투경기에서 채점은 몇 점 만점입니까?', '프로는 5점 또는 10점 만점, 아마추어는 20점 만점입니다' 같은 것이니까. 아니, 내가 왜 터키어로 저런 것까지 배워야 하지?' 전문성과 소수의 딜레마에 빠져요. 다른 사람들과 너무 다른 것을 하고 있을까 봐 걱정 되거든요. '나는 뭘 하지?', '나는 이상한 걸 하나?' 그러면 한 명, 두 명 오지 않게 돼요. 그리고 터키어 강의가 없어지게 되는 거예요."

수강생들 중 하나가 이어 말했다.

"나는 2년 전에 터키어 강사와 만났어요. 터키 여행 사진전을 진행하기 위해서 국립박물관에 갔거든요. 거기서 금발머리 남자를 봤어요. 터키 사진들을 보면서 눈을 반짝반짝 빛내는데, 생기가 가득한 것이 터키를 정말 좋아하는 사람이구나, 싶었어요. 살아 있다는 느낌이 강렬하게 와 닿았어요. 터키 관련 일을 하다 보면 언젠가는 만나겠구나, 해서 나는 손을 내밀어 악수를 청했어요. 그리고 곧 잊어버리고 말았는데 터키문화원에 터키어 강의를 들으러 왔더니 그 사람이 있더라고요. 나를 알아보기까지 했어요. 나도 알아봤죠. 반가웠어요. 터키어 강의를 더 듣고 싶다는 생각이 들 정도로요. 혹시, 뭘 배운 적 있어요?"

"학교와 학원 수업들을 들어요."

"뭘 배우고 싶은 적 있어요?"

"그림을 좀 배우고 싶었죠."

"무엇 때문에요?"

"그림이 좋아서요."

"뭘 배우려면 이유가 있어야 해요. 그래프 아랫부분을 봐요. 나름대로의 이유는 오래 남잖아요. 터키여행사 영업부원이라든지 터키항공사 홍보팀원이라든지 하는 이유는 쉽게 그만둘 수 없게 해요. 그러나 나는 터키여행사 영업부원이라는 이유가 충분하지 않아서 지난 몇 년간 터키어를 배웠다 그만뒀다를 반복했어요. 그런데 이번에는 이유가 있어요. 만들었어요. 터키어 강사와의 인연. 그때 박물관에서 터키어 강사를 인상적으로 봤던 이유는 아마 그 사람에게 터키어를 완벽히 배울 수 있어서일 거예요."

"억지 아니에요? 그냥 터키어 강의를 듣고 싶어서 듣는다고 하면 간단하잖아요."

"학생은 어려서 뭘 몰라요. 살다 보면 '동기'라는 게 필요해요. 대학교 지원 동기, 취업동아리 지원 동기, 회사 지원 동기……. '계획'이라는 것도요. 결혼 계획, 출산 계획, 내 집 마련 계획……. 확실한 이유가 있어야 확실히 그만두지 않을 수 있으니까요."

순간 나는 반발심이 들었다.

"약점 잡고 놀리는 거랑 뭐가 달라요. 아니면 말끝 잡고 늘어지기랑 뭐가 다른데요. '난 네 뿔테안경이 마음에 들었어. 지적으로 보이더라. 그래서 너랑 사귀게 되었어.' '그래?'…… '내 뿔테안경이 마음에 들었다며! 지적으로 보였다며! 근데 왜 헤어지자는 건데!' '말했잖아. 질렸다고.' '왜! 나 뿔테안경 쓰고 있잖아! 봐봐! 봐봐!' 그런 상황이잖아요. 나는 왜 터키어 강의를 들으려면 이유가 있어야 하는지 모르겠어요.

그냥 터키어 강의가 듣고 싶어서 들을 수도 있잖아요. 이유가 있다는 게 뭐죠? 터키항공공사 홍보팀원이 이유라면, 그래서 홍보 포스터 작성 같은 것이 이유라면 '이즈미르 주 3회, 이스탄불 주 5회 운항' 같은 것을 적을 수 있으면 되는 거예요? 이유는 변하기 마련 아니에요? '번역기는 부정확할 수 있으니까 직접 배워서 정확히 써야지' 같은 게 이유가 되나요?"

"이유가 있어야 한다는 건 이런 거예요. 연애가 늘 뜨거울 순 없잖아요. 공부를 항상 열정적으로 할 순 없고요. 금요일 밤 열두시, 몸도 마음도 지쳐서 손가락 하나 까닥할 힘도 말 한마디 꺼낼 힘도 없을 때 애인과의 전화통화도 문제집 채점도 할 힘이 없지만 이유가 있으니까 그만두지 않고 끝끝내 하잖아요. 이유라는 건 그 이유조차 생각할 수 없을 정도로 아무 생각이 없어졌을 때도 그것을 지속할 수 있게 해줘요."

나는 기계가 아니기 때문에 사소한 감정 변화에도 영향을 받기 때문에 언제나 열심히 할 수 없다는 것은 알고 있다. 그러나 무엇이든 그런 생각으로 하고 싶지는 않다. 그런 생각은 열심히 하지 않는 내 행위에 대한 정당화가 될 수 없다. 나는 말하고 싶은 것이 많았지만 아무 말도 할 수 없었다. 결국 확신이 없었던 것이다.

수강생들 중 하나가 말했다.

"서울에 터키어 강의를 진행하는 학원이 세 군데 있어요. 역삼역 근처 터키문화원, 강남대로 유라시아어학원, 한국외국어대학교 퇴메르(Tömer). 나는 모두 갔어요. 터키인 일대일 과외, 십 분 전화 터키어도 했고요. 터키어를 배워야 한다면 빨리 배우는 게 나으니까요. 그런데 잘 안 되더라고요. 최소한의 인원이 듣지 않으면 폐강됐고요. 다른 시간대에 다른 수강생들의 진도에 맞춰서 합류하면 배웠던 것을 또 배우기 일쑤였어요. 알파벳, 단어, 간단한 문법. 또 알파벳, 단어, 간단한 문법. 잠꼬대할 만큼 들었다면 믿겠어요? 터키어로 '안녕하세요', '반 갑습니다'라고 잠꼬대를 하는데, 딱 거기까지인 거죠. 또 배우니까요."

수강생들 중 하나가 이어 말했다.

"몇 년간 그랬어요. 터키어 강의를 새로 들을 때마다 그만두고 싶어 졌지만 그만두지 않았어요. 그러면서도 알고 있었어요. '이 강의도 도 중에 없어지겠지.' 배우고 배우고 또 배워도 다시 배워야 한다는 것을 알아요. 배우고 잊고 배우고 잊어요. 나아지지 않죠. 한번은 서점에 가 서 책들을 샀어요. 『기초 터키어』, 『터키어 첫걸음』, 『쉬운 터키어 문법』, 『터키어 회화』, 『터키어 강독』 등등 시중에 나와 있는 책들을 모두 샀어 요. 배워보려고요. 그런데 잘 되지 않더라고요. 그러나 그만두면 그만뒀 던 사람들보다 못한 사람이 되는 거예요. 나를 이해할 수 있어요?"

수강생들 중 하나는 터키여행사 영업부원들과 다른 사람이 될까 봐 두려웠다. 그래서 터키여행사 영업부원들의 혜택인 '터키어 수강 료 면제'를 받으려고 했다. 어느 학원이든 터키어 강의를 등록하고 영 수증을 들고 오면 됐다. 그래서 터키문화원 터키어 강의를 듣고 수강 료 영수증을 제출하는 게 유일하게 치는 발버둥이었다. 그래서 터키 어 강의가 폐강되고 또 폐강돼도 그만두지 않았다. 터키어 강의를 듣 기 위해서 터키어 강의를 듣고 있는 것이었다. 그러나 수강생들 중 하 나는 터키어를 배우기 위해서 터키어 강의를 듣고 있다고 믿었다.

또 터키어 강의가 폐강되려 하고 있었다. 한두 번이 아닌데도 폐강 되는 건 여전히 두려웠다.

수강생들 중 하나가 물었다.

"강의 그만둘 거예요?"

같은 물음이었다. 나는 대답할 수 없었다. 그냥 터키어 강의가 듣고 싶어서 들은 거라고, 앞으로 터키어 강의를 들을 거라는 확신은 없는데 일단 내일은 들을 거라는 확신이 있다고 말하고 싶었지만 너무 이상해 보였다.

"강의 그만둘 거예요?"

수강생들 중 하나가 재촉했다.

"말해요, 강의 그만둘 거예요?"

"모르겠어요. 아까랑 똑같이 모르겠어요. 나름대로의 이유가 있는데 그건 그만둔다거나 그만두지 않는다거나 하는 표현으로 이야기될 수 없는 이유일 거예요. 어쩌면 그래서 터키어 강의를 듣고 있는지도 몰라요. 터키어 강의를 듣는 나를 이해하기 위해서요."

수강생들 중 하나는 쏘아붙였다.

"그러니까 그만둔다는 거예요, 그만두지 않는다는 거예요? 모두 그냥 터키어 강의를 듣는 거죠, 이유 없이요. 터키어 강의를 듣지만 도무지 이유를 모를 거예요. 그렇지만 모두 이유를 찾고 있을 거예요. 난 알아요, 정당성 같은 거 말이에요. 그래서 그만두지 못하고 지금까지 공부하고 있는 거고요. 공부해왔으니까, 시간이 갈수록 들인 시간들이 아까워오니까, 아무런 의미가 없게 될까 봐 두려운 거라고요. 그러면서 의미 없다고 미리 말해버린 사람들보다 나은 사람이라고 자위하겠죠. 다른 사람들과 다른 것을 한다는 건 필연적으로 그래요. 스스로가 못났다는 걸 아는데도 못났다고 말 못 하고 있는 거잖아요!"

내 이야기를 들어줄 사람이 있을까. 언니랑 싸운 이야기, 친구들과 어울리는 데 어려움을 겪는 이야기, 맛이 없는 음식들에 대한 이야기, 오늘 본 아름다운 꽃에 대한 이야기 등등 사소하고 시시콜콜한 이야기들을 귀찮아하거나 지루해하지 않고 들어줄 사람이 있을까. 어렸을 때부터 내 큰 화두는 '내 이야기를 들어줄 사람'에 대한 갈망이었다. 나는 동화나 만화에서 나오는 '진정한 친구'를 찾아 헤맸지만 실상은 과자 한 봉지에도 싸우는 관계가 그 나이 또래 대부분의 친구 관계였다. 나는 많은 아이가 있는 놀이터에서도 그런 친구를 찾지 못했고, 서툴게나마 그런 친구를 만들려는 시도를 몇 번 실패한 뒤에야 결국 영적인 존재에 몸을 기대기로 했다. 교회와 절은 사람들로 차고 넘쳐서 개인적인 이야기를 할 친구를 만든다는 내 목표와 어긋났다. 나는 동네 후미진 곳의 하수구 뚜껑 위에 정착하기로 했다. 그리고 그 동네는 신기한 힘이 있어야 하니까 신기동이라고 부르고, 영적인 존재는 왠지 나이가 많아야 할 것 같으니까 할아버지라고 부르기로 했다. 나는 이야기하고 싶은 것이 있을 때마다 신기동 할아버지에게 갔다. 신기동 할아버지는 인자한 분이셔서 내 이야기라면 무엇이든 들어주었다.

아무리 인자한 부모라도 내 이야기를 모두 들어주지는 않을 거라는 사실을 나는 잘 알고 있었다. 내 이야기를 듣고 고개를 끄덕이고 이해하고 공감하는 척해도 다른 사람들 앞에서는 '애가 너무 말이 많아서 걱정이에요. 좀 산만하달까요.', '어린애가 쓸데없는 생각을 너무 많이 해요. 성가실 정도로요' 같은 말을 쉽게 할 수 있다는 사실을 나는 잘 알았다. 그래서 나는 일찍이 이야기 상대를 찾아야만 한다는 필요성을 느꼈다. 내 최초의 이야기 상대는 신기동 할아버지였다. 그리고 중학교에 올라가서야 나는 신기동 할아버지 외에 다른 이야기 상대를 발견하게 됐다. 우습지만, 한스 요아힘 마르세유라는 닉네임의 펜팔 친구였다.

이름도 얼굴도 모르는 상대와 주고받는 옛날의 낭만적인 대화방식은 내 이야기를 실컷 해도 되는 현실의 영적인 존재로 역할이 변질되었다. 내 펜팔 친구는 편지를 꼼꼼하게 써서 관심과 애정을 보여줬다. 나는 그의 단정한 글씨를 읽으면서 그의 대답이나 조언이 내가 하는 고민이나 처한 상황에 잘 와 닿지 않더라도 나름대로 인정하고 받아들였다. 영적인 존재라고는 해도 사람이기 때문에 어쩔 수 없는 부분이었다. 그래도 신기동 할아버지와는 달리 현실적인 문장을 읽을 수 있다는 점에서 충분한 매력이 있었다.

최근에 나는, 가장 나은 이야기 상대를 찾았다. 나였다. 나는 내 이야기를 가장 잘 들어주는 사람이었기 때문에 나는 진심을 다해서 일기를 썼다. 내가 고민하고 있는 바를 차분하게 정리하는 것만으로도 마음은 대개 풀렸고 나는 그게 이야기의 힘이라고 생각했다. 나는 변덕스러워서 신기동 할아버지도 펜팔 친구도 내가 마음이 언짢은 날이면 밉게 보였는데, 나와 나는 미워도 끊을 수 없는 관계였기 때문에 나는 곧 그 신기한 관계에 매력을 느끼고 간혹 틀어박혀서 나와 나, 단 둘이 있어보기도 했다. 그리고 나는 그런 관계가 터키어 강의에서도 비슷하게 형성되어 있음을 깨달았다.

예컨대 터키어 강의에는 '문장 읽기'가 있었다. '지난 일요일에 친구와 같이 공놀이를 하고 있을 때, 비가 내렸다', '당신이 산에 올라간다면 아름다운 경치를 볼 수 있을 거예요' 같은 문장들을 읽는 강의였다. 재미가 없어도 문법을 알기 위한 문장들이었기 때문에 읽어야만 했다. 한국어를 사용할 때는 시와 소설의 한 부분, 위인들의 명언과 경구 등등을 적기는 해도 읽지는 않았다. 시와 소설을 낭독하는 행사가 특별하게 여겨질 정도였다. 차라리 유난스러웠다. 그런데 터키어에서는 매주 토요일에 문법을 배운 다음에 문법을 사용한 문장들을 만들어서 돌려 읽었다. '나는 어제 사과 맛 음료수를 마시고 배탈이 나서 오늘까지 화장실을 서른일곱 번이나 갔습니다' 같은 하나밖에 없는 문장을 읽고 무슨 의미인지 고민하는 시간을 가졌다. 재미가 있든 재미가 없든 되새겨봤다.

그 진지한 시간 속에서 나는 내 이야기에 대한 위안을 얻었고 종종 내 표현을 찾아서 정리하곤 했다. 그 시간 속의 나와 어울리는 터키어 문법정리가 하나 있다.

---

### 독립적인 반과 부수적인 반

예컨대 반은 두 종류로 나뉜다. 수리적으로 홀로 존재하는 독립적인 반과 수리적으로 여러 하나들 옆에 존재하는 부수적인 반이다.

예) 1. ◖◗

    2. ●◖, ●●◗

그러니까 터키 과일가게가 있다. A가 사과 반쪽과 배 반쪽을 산다. 그러면 사과 '반'쪽과 배 '반'쪽의 '반'은 '독립적인 반'이다. B가 사과 한 개 반과 배 두 개 반을 산다. 그러면 사과 한 개 '반'과 배 두 개 '반'의 '반'은 '부수적인 반'이다.

반을 뜻하는 표현이 한국어에서는 하나인 반면 터키어에서는 둘이다. 구분해서 사용해야 한다. 반이 독립적인 역할을 하는지 혹은 부수적인 역할을 하는지에 따라서 표기방법이 달라진다는 것이다.

나는 터키어 강의를 들을 때 수강생들 중의 하나로 부수적인 반이었지만, 터키어 문법을 내 방법으로 다시 정리할 때는 나 자체로 독립적인 반이었다. 나는 문법정리 아래에 따로 예시를 들었다.

예컨대 '인천연합최강폭주' 소속인 중학교 2학년에 재학 중인 남자애가 제28회 정기폭주에 간 상황과 같다. 바람을 맞으며 머리카락을 휘날리는 순간 남자애는 수리적으로 홀로 존재한다. 그러나 줄을 맞춰서 질주해야 한다는 규칙이 있어서 대열을 이탈하지 않기 때문에 남자애는 수리적으로 여러 하나들 옆에 존재하기도 한다. 남자애는 독립적인 반도 부수적인 반도 아니다. '나는 달리면서 자유를 느낀다. 그래서 목숨을 걸고 달리는 것이다'라고 말하지만 독립적인 반이 되면 선배들이 폭력을 휘두를지도 모르고 부수적인 반이 되면 자기 자신이 자유롭지 않다고 느낄지도 모르기 때문이다.

한 시간 폭주 후 고가도로 아래에서 쉬기로 한다. 오토바이를 세운 남자애는 오토바이에 몸을 기대고 땀에 젖은 머리카락을 쓸어 넘기고 가죽잠바 단추를 풀면서 불빛으로 가득한 도시의 야경을 바라본다. 답답한 빌딩 숲……. 남자애가 중얼거린다. 반은 하나가 있어야만 존재할 수 있다. 남자애의 폭주는 폭주족의 폭주가 있어야만 존재할 수 있다. 남자애 혼자 폭주를 하면 '미친놈' 혹은 '정신 나간 놈'이 된다. 폭주족과 같이 폭주를 해야만 '여름 맞이 폭주족 기승' 정도가 된다. 그러나 역설적으로 반은 하나가 있으면 존재할 수 없다. 남자애의 폭주는 남자애의 폭주가 아니라 폭주족의 폭주다. 남자애는 절대로 자기 자신의 폭주를 할 수 없다. 나는 어디에 있는 것일까? 어디에 있어야 하는 것일까? 남자애가 다시 중얼거린다. 나는 살아 있을까? 심장에 손을 대본다. 심장이 벌떡벌떡 뛰고 있다. 아스팔트에 땀방울이 번지고 있다.

남자애는 깨닫는다. 반을 뜻하는 표현을 구분해서 사용해야 한다는 것을. 반이 독립적인 역할을 하는지 혹은 부수적인 역할을 하는지는 중요하지 않다는 것을. 표기방법이 달라진다는 게 중요하다는 것을. 그러니까 선배들이 '구호 외친다, 실시'라고 하면 '빠라바라빠라밤'이라고 하면 되고 자기 자신이 자유롭다고 느끼고 싶으면 눈을 감고 밤공기를 마시면 된다. 한 사람이 한 가지 행동만 할 수 있는 것은 아니니까. 남자애는 한숨을 내쉰다. 나는 계속 나로 살 수 있을까? 나답게 산다는 건 뭘까? 나다운 게 뭐지? 남자애는 머리를 흐트린다.


내 고민은 한스 요아힘 마르세유의 이야기에서도 읽을 수 있었다. 한스 요아힘 마르세유가 들었던 남성 솔로가수 바르시만초의 노래 〈토마토, 고추, 가지(domates biber patlıcan)〉에 대한 이야기였다.


토마토, 고추, 가지. 토마토, 고추, 가지.
그러자 내 세계가 다 깜깜해졌다.
길거리에서 메아리치는 소리,
토마토, 고추, 가지.
내가 하고 싶은 말을 네게 할 수 있었으면 좋았을 걸.
네게 미칠 만큼 사랑한다고 말할 수 있었으면 좋았을 텐데.
너와 내가 마주 보며 걸어오던 순간
말할 수 없었다. 네가 맞은편에 있었는데 나는 말할 수 없었다.

내 이야기는 내 모든 용기를 다 들고 네게 가는 내용이었다.

네게 두근거리는 내 심장을 꺼내 보여주는 내용이었다.

네 손을 잡고 내 사랑을 이야기하려고 했는데

길거리에서 메아리치는 소리가 그것을 무너뜨렸다.

그러자 내 세계가 다 깜깜해졌다.

토마토, 고추, 가지.


대중소설의 고백 상황 같았다. 남자는 무뚝뚝하고 무심한 성격이고 여자는 (나오지 않지만) 발랄하고 활발한 성격이다(소심한 남자는 대담한 여자를 좋아하기 마련이니까). 남자는 여자를 좋아하지만 티내지 않는다. 안 그런 척하지만 부끄럽고 수줍기 때문이다. 영화 〈시월애〉에서 전지현은 이런 대사를 친다. '사람에겐 숨길 수 없는 게 세 가지가 있는데요. 기침과 가난과 사랑. 숨길수록 더 드러나기만 한대요.' 곧 남자는 사랑을 숨길 수 없다는 것을 깨닫는다.

남자는 용기를 낸다. 여자를 불러낸다. 그러나 곧장 말하지 못하고 머뭇거린다. 여자가 재촉한다. '뭔데? 뭔데 그래?' 남자가 우물쭈물한다. '그게, 그러니까⋯⋯.' 더 이상 안 되겠다는 생각이 들자 일순간 남자는 눈을 딱 감는다. 그리고 소리친다. '너 좋아해!' 그 순간 오토바이 하나가 굉음을 내며 지나간다. 여자가 되묻는다. '나 뭐?' 일일연속극인 경우 거기서 한 회가 끝난다. 그리고 대개 다음 회가 시작돼도 남자는 다시 말하지 못한다. 오 초 차이지만 자신감이 떨어졌기 때문이다. 다른 회에서 다른 기회를 찾는다.

〈토마토, 고추, 가지〉는 바르시만초의 경험담이었다. 바르시만초는 토마토, 고추, 가지로 인해서 고백을 거절당한 뒤에 토마토, 고추, 가지라는 노래를 만들어서 다시 고백했고 성공했다. 그래서 바르시만초의 여자친구는 아름답고 예뻤다. 한스 요아힘 마르세유는 그 여자를 알고 무슨 생각을 했을까. '바르시만초 능력 좋네?' '그 여자 참 예쁘다?' '차라리 내가 그 여자였으면 좋았을 텐데?' 아니다, 아마 한스 요아힘 마르세유는 이런 생각을 했을 것이다. 이게 끝은 아니라고. 복수심에 불타오른 '웃기지 마, 이게 끝은 아니야' 같은 생각이 아니라 바르시만초처럼 다른 방법을 찾은 자가 하는 '그래, 이게 끝은 아니야' 같은 생각이었을 것이다. 나는 내 나름대로의 방법에 대해서 생각했다.

터키문화원에서 터키어 강사가 독수리춤 시연회를 열었다. 터키문화원에서 공식적인 독수리춤 강좌를 열기 전에 시범 강좌를 해본다고 했다. 터키어 강사가 터키어 수강료 30퍼센트 할인과 터키 디저트 제공, 터키어 숙제 일주일 면제를 혜택으로 주었기 때문에 터키어 수강생 대부분이 가기로 했다. 터키어 강사는 직접 현관문을 열어주면서 환대해주었다. 터키어 강사에게 왁스 냄새가 났다. 터키어 강사는 쫄바지를 입고 있었는데 너무 달라붙은 탓에 다리근육이 선명하게 드러나 있었다. 우스꽝스러웠으나 터키어 강사는 자랑스러운 얼굴이었다. 터키어 강사는 터키어 수강생들에게 말했다.

"독수리춤 가르쳐줄까요?"

"아니요!"

터키어 수강생들이 일제히 소리쳤다. 그러나 터키어 강사는 강좌를 시작했다.

"자, 기본자세부터 잡을까요? 고개를 쳐들고, 엉덩이를 쭉 내미는 거예요. 더, 더. 그리고 양팔을 쫙 벌리고 위아래로 움직이는 거예요. 더 세게, 더 세게! 백 미터 앞에 토끼가 있어요. 그 토끼를 잡아먹으려고 급강하하는 거죠. 여러분은 그런 독수리가 된 거예요. 날카로운 눈빛을 해봐요."

시작은 독수리춤이었지만 끝은 닭춤이었다. 날지 못해 푸드덕대는 닭처럼 모두 마지못해 푸드덕대고 있을 뿐이었다. 터키어 강사가 웃음을 터뜨렸다.

"용맹함을 형상화시키기 위한 춤인데, 다들 용맹하지 못하게 왜 그래요. 되게 의미 있는 춤인데."

그리고 터키어 강사는 커피 한 잔을 대접해주었다.

"잠깐 쉴까요? 터키에서는 곧 결혼할 남자에게 소금 넣은 커피를 먹여서 결혼에 대한 의지와 여자에 대한 애정을 테스트하는 장난이 있거든요. 그래서 준비했어요."

터키어 수강료 30퍼센트 할인은 터키어 수강생들을 다음 달 터키어 강의에도 등록하게 하려는 것이었고 터키 디저트 제공은 말 그대로 사탕발림 같은 것이었고, 실상은 소금 넣은 커피였고 터키어 숙제 일주일 면제는 많아 보이지만 터키어 강의가 일주일에 한 번 있기 때문에 그래봤자 한 번 면제였을 뿐이었다.

"터키어를 사랑한다면 마셔요."

속았다는 생각이 들었다. 터키어 강사가 또 웃음을 터뜨렸다. 그리고 진짜 전통행사를 시작하겠다면서 터키 전통악기 케멘체와 터키 전통 디저트 로쿰을 가져다주었다. 전통악사가 연주하는 케멘체에서는 〈우스크다라〉의 음률이 들렸다. 내가 집은 로쿰에서는 코코넛 향과 맛이 났다. 고향을 그리워하는 마음이 묻어나서 쓸쓸하기도 하고 아련하기도 했다. 만약 내가 먼 나라에 머물며 친해진 외국인들을 초대해놓고 장구 치며 〈아리랑〉을 부르는 밤이 온다면 꼭 이런 느낌일 것 같았다. 외로움 그리고 아름다움. 나는 타지에 온 터키어 강사에게도 또 타지는 아니지만 다른 의미에서의 타지에 온 나에게도 이것이 오랫동안 잊히지 않는 하나의 추억이 될 것임을 알아차렸다.

내 옆에서 수강생들 중 하나가 말을 걸었다.

"강의 그만둘 거예요?"

나름대로 일관된 사람이라는 생각이 들었다. 내가 말하지 않자 수강생들 중 하나가 이어 말했다.

"나는 그만두지 않을 거예요. 그래서 여기 왔거든요."

"터키어 강의를 그만두지 않는 것하고 터키 전통행사에 온 것하고 무슨 관련이에요?"

"이유가 있어야 하거든요."

"무슨 이유요?"

"나는 터키에 관심이 많고, 그래서 터키에 관련된 행사에 열정적으로 참가하곤 하고, 그래서 터키어 강의도 계속해서 듣는다는 거죠. 설득력이 있나요?"

나는 속에서 무언가가 울컥 치솟는 것을 느꼈다.

"이제, 아침이 밝으면 나는 등교하고 아주머니는 출근해야 해요. 그러다 토요일이 되면 터키어 강의를 들으러 가는 거죠. 늘 해오던 것을 해요. 터키어 강의를 듣는 이유 같은 건 안 찾아도 돼요. 터키 전통행사에 온다고 터키어 강의를 그만두지 않게 되지는 않아요. 터키어 강의는 듣고 싶어서 듣는 거예요. 그뿐이에요. 이제 그만해요. 터키어 강의를 듣고 싶어 듣기 때문에 터키어 강의를 그만두거나 그만두지 않을 수 있는 것뿐이에요."

나는 말했다.

"터키어 강의를 들으면서 다른 사람들과 같아질 수도 달라질 수도 있어요. 그런데 그건 옳은 것도 그른 것도 아니고 그냥 그 자리에 있는 거예요. 그래서 터키어 강의를 그만둔다고 무언가를 잃게 되거나 무엇이 사라지게 되거나 하지는 않아요. 그건 그냥 선택으로서 그 자리에 가만히 있는 거예요. 언젠가 아주머니가 다른 하고 싶은 것을 할 때 터키어 강의는 터키 전통행사처럼 하나의 기억으로서, 추억으로서 되살아날 수도 있을 거예요. 그러니까 그냥 믿기만 하면 돼요. 나는 나름대로의 이유로 터키어 강의를 듣고 있었다. 그 뒤로 내가 어떻게 변하든, 어디로 떠나고 어디로 사라지든 나는 그때의 나를, 이유를 믿을 거다. 그렇게요. 지금은 출근하고 터키어 강의를 들으러 가고, 하고 있는 것들을 그냥 하면 되는 거예요."

터키문화원에 있을 때는 아무런 의무도 권력관계도 없었다. 마지막 버스마저 끊겨버린 시간이었다. 아주머니는 비행기가 뜨지 않아 공항에 발이 묶여버린 여행자처럼 터키 아닌 터키에서 발을 동동 구르고 있었다.

그러나 나는 '하고 있는 것들을 그냥 하면서' 회의가 들었다. 예컨대 이런 상황이다. 책상이 지저분하다. 다 먹은 치킨 박스에서 파리 한

마리가 날아다니고 찌그러진 맥주 캔에서 지난밤 붙여둔 코딱지가 고개를 내밀고 있다. 눈살이 절로 찌푸려진다. 정리해야겠다는 생각이 그제야 든다. 쓰레기들을 내다 버리고 쌓아둔 책들과 종잇장들을 가지런히 꽂아둔다. 구석에 박아둔 종이 박스들을 꺼내 열어본다. 옛 애인이 준 편지가 구겨진 채 들어 있다.

데이트 전날이었다. 애인은 잠이 오지 않는다고 썼다. 날이 밝으면 인사동에 있는 예쁜 카페에 가자고 썼다. 나는 애인과 그 카페에서 나뭇잎 모양 편지지에 편지를 썼었다. 서로에게 하고 싶은 말을 쓰되 보여주지 않기로 했다. 헤어질 경우 찾아와 읽을 수 있도록. 나는 '내가 미안해. 모자라지만 네 상처 난 심장에 붙이고 내게로 돌아와줄래?'라고 적어서 밴드와 같이 넣었다. 그러나 헤어진 후 애인은 가슴에 밴드를 붙이고 돌아오는 일이 없었고 나 역시 애인의 편지를 찾으러 카페에 가는 일이 없었다. 나는 애인을 잊고 지냈다. 잘 지낸다고 생각했다. 그런데 갑자기 애인의 편지를 찾으러 가고 싶어졌다. 애인을 잊지 못해서도 뒤늦게 잡고 싶어서도 아니었다. 그냥 애인의 편지가 궁금해졌다. 신발을 신고 나서려는데 마침 비가 쏟아졌다. 비 오는 날 헤어진 애인의 편지를 찾으러 가고 있다고 생각하니 인생이 그럴듯해 보였다.

카페에 갔다. 카페에는 다른 연인들의 편지가 가득했다. 기억을 더듬어 애인의 글씨체를 찾아나갔다. 검은색 펜이었을 것이다. 볼펜 똥이 많이 묻어나와 애인이 불평을 했던 기억이 났다. 애인은 'ㅇ'을 쓸 때 원이 다 닫히지 않게 쓰는 버릇이 있었다. 'ㅊ'이나 'ㅎ'을 쓸 때 가로 꼭지를 세워 쓰는 버릇도 있었다. 애인의 글씨를 알아보는 거라면 자신이 있었다. 그러나 단박에 알아채기는커녕 찾아지지도 않았다. 카운터로 가서 편지 분실 가능성에 대해서 물어봤다. 카페 주인은 손 사래를 쳤다. 손도 대지 않았다는 것이다. 가끔 손님들이 훼손하는 경우가 있긴 하다고 덧붙였다. 비가 와서 후덥지근했다. 등에 땀이 배어 나왔다. 나는 더 찾는 것을 멈추고 의자에 주저앉았다. 메뉴판이 눈에 들어왔다. 늘 먹고 싶었지만 데이트할 때마다 애인 앞에서 추해지는 게 싫어 먹지 못했던 먹물파스타를 시켰다.

먹물파스타가 나왔다. 먹물인 줄 알고 시켰지만 너무 새까맸다. 검은 색소라도 타서 물들인 것 같았다. 애인 앞에서라면 숟가락과 포크를 들고 숟가락을 받침대 삼아 포크로 면을 둘둘 말아 먹었겠지만 애인 앞이 아니니 숟가락은 필요 없었다. 온 입에 먹물이 튀어도 상관없었다. 포크로 라면 먹듯 파스타 면을 빨아 먹었다. 후루룩후루룩 소리가 절로 났다. 이렇게 맛있는 걸 왜 그동안 모르고 살았을까. 한참 먹다 고개를 드니 애인과 앉았던 자리가 눈에 들어왔다. 헤어진 후 한번도 그리웠던 적이 없었다. 지금도 역시 그립지 않았다. 그러나 애인에게 연락하고 싶었다. 한참을 망설이다가 '잘 지내?'라는 문자메시지를 보냈다. 답장이 없었다.

계산을 끝냈다. 비가 거의 그쳐서 산책을 하기로 했다. 터무니없이 비싼 옷과 액세서리를 둘러보다가 제일 싼 책갈피 하나를 샀다. 그리고 집으로 돌아왔다. 방 안에는 나가기 전 그대로 뚜껑 열린 종이 박스들이 어지럽게 흩어져 있었다. 정리해야겠다는 생각이 역시 들었지만 의욕이 진작 사라졌다. 주저앉아 애인의 편지나 더 읽어봐야겠다고 생각했다. 생일 날 받은 편지, 백 일 날 받은 편지, 2백 일 날 받은 편지. 아무 날 아닌데 그냥 생각나서 썼다는 편지. 그러고 보니 애인의 맞춤법이 영 엉망이었다. '오늘 방 깨끝이 청소했어. 어제 지내가 나왔거든. 깨끝해진 방이 낫썰더라.' '너랑 볼 영화 애매했어. 새로 나온 영화인데 꾀 갠찮다더라.' '어제 너랑 예기했던 것 생각해봤어. 네가 망서리면서 했던 말. 우리가 해어지게 되면 어떨 것 같냐구? 아주 슬플 것.' '건강관리 않지? 너 병나면 어떻해. 감기 얼른 낳구. 나랑 운동하자.' '저녁이야. 바람 부니까 쉬원하다.' 나는 방바닥을 뒹굴며 끅끅 웃었다.

잠에서 깼다. 애인에게 답장이 왔다. '응. 잘 지네. 지금 꼴 배게 배고 잘 준비 중이야. 잘 자구 좋은 꿈 꿔.' 웃음이 터져 나왔다. 배가 아프도록 웃었다. 문득 이상한 느낌이 들었다. 삼십 분이면 될 책상정리는 하루, 이틀, 사흘로 한정 없이 늘어나게 됐다. 오래된 물건을 보니 회상을 하게 됐고 추억에 빠지면 안 될 이유가 없으니 헤어나오지도 않게 됐기 때문이다. 만약 부모님 혹은 남자친구가 방문 예정인 급박한 상황이었어도 단 일 분간이라도 회상하게 됐을 것이었다. 문득 이상한 느낌이 들었다. 의식이 흐르는 대로, 하고 있는 것들을 그냥 하는데 '이게 무슨 의미가 있지?'라는 궁금증이 든 것이었다. 갑자기 옛 애인의 틀린 맞춤법을 보고 배꼽이 빠져라 웃는 자기 자신이 이해가 안 되는 것과 같았다. 하고 있는 것들을 그냥 한다는 것은 언젠가는 문득 이상한 느낌이 들게 된다는 것일까. 필연적인 궁금증이었을까. 나는 확신할 수 없었다.

어느 날 터키어 강의가 끝난 뒤 한스 요아힘 마르세유가 말했다.

"내 아버지는 어머니를 싫어했어. 얼마나 싫어했냐면 어머니 고향 근처에도 가지 않았어. 설날, 추석 같은 명절은 물론 장인어른이 돌아가셨을 때도 가지 않았지. 어머니 혼자 고속버스를 타고 달려가서 눈이 붓도록 울고 돌아와 아버지 밥상을 차렸어. 장모님이 돌아가신 지 1년도 채 안 됐을 때였어. 아버지, 어머니를 모두 잃고 이제 갈 고향집이 없어졌다고 우는 어머니를 두고 아버지는 반찬이 이게 뭐냐고, 기껏 보내줬더니 이거밖에 못 하냐고 소리쳤어. 어떻게 결혼하셨는지 의아하지. 나도 의아했어. 아버지, 어머니를 보면서 나는 '남보다 못한 사이'라는 말을 실감했어. 아버지는 그랬어. 제 손으로 물 한 잔 떠다 먹지 않았고 생선가시도 발라 먹지 않았고 배추김치도 찢어 먹지 않았어. 퇴근 후 혹은 주말 오후에 배를 내밀고 누워서 '리모컨', '손톱깎이'라고만 했어. 어머니는 부엌으로 거실로 쪼르르 달려가곤 했지. 고분고분한 아내, 순종적인 아내. 말 잘 듣는 아내. 그게 딱 우리 어머니였어."

내가 터키어 강의 교재를 가방에 넣고 있을 때였다. 그는 내 앞에, 나는 그 뒤에 앉아 있었다. 그가 내 방향으로 고개를 돌린 채 말을 걸었다. 가벼운 말이었지만 말은 점점 무거워졌다.

"어렸을 때는 아버지가 나쁘다고 생각했어. 그런데 자라면서 어머니가 나쁘다고 생각하게 되었어. 어느 날 어머니가 고등어 한 마리를 구웠어. 아버지 몫이었고, 나는 손댈 수 없었어. 저녁식사 자리였어. 어머니가 고등어 가시를 발랐어. 아버지가 숟가락에 밥을 떠놓고 어머니가 생선살을 발라주기를 기다렸어. 나는 침을 삼키면서 바라봤지. 그런데 기민히 보니 어머니도 침을 꿀꺽꿀꺽 삼키고 있는 거야. 아마 가장 서러운 식사 자리였을 거야. 식사 후 아버지가 일어나고 어머니가 앉아서 고등어 머리를 발라서 밥을 먹는 걸 봤어. 고등어 눈알도 씹어 먹었어. 톡톡, 눈알 터지는 소리가 들렸어. 너무 맛있게 먹고 있어서, 나는 너무 화가 났어. 나는 참지 못하고 소리쳤어. '왜 그러고 살아! 엄마가 잘못한 거야!' 어머니가 눈물을 뚝뚝 흘렸어. 나는 내가 죄인이 된 것 같아서 방문을 닫고 들어가버렸어."

이제 강의실에는 그와 나밖에 없었다. 그가 차분한 목소리로 말을 계속했다.

"어느 날 나는 결심했어. '여자친구도 사귀지 말고, 결혼도 하지 말아야지. 자식은 부모를 닮는다잖아.' 나는 아버지를 닮고 싶지 않았어. 내가 안 닮는다고 말해도 어느 순간 무의식 속에 있던 내 안의 아버지가 튀어나올 것 같았거든. 그 후 나는 어머니와 말을 하지 않았어. 그런데 어머니는 매일매일 말을 했어. '학교에 갔다 오면 숙제를 해라.' 늘 같은 말이었지. 어머니는 아버지의 말을 잘 듣는 것이 아내의 역할이라고 생각했다면 내게 그 말을 꼬박꼬박 하는 것이 어머니의 역할이라고 생각했던 모양이었어. 그러나 나는 짜증이 났어. 학교에 갔다오면 숙제를 하라는 말보다 어머니가 해야 할 말들이 얼마나 많은데, 왜 그걸 못 하나 화가 났어. 어머니는 잘못하고 있었어."

빈 강의실에 그의 목소리만 또렷하게 들렸다.

"나는 50년 모태솔로야. 나는 터키어를 포함해서 12개국어를 할 줄 알아. 결국 어머니의 말에 질려서 방문을 닫고 터키어 노래를 들었고 결국 어머니의 말에 질려서 집을 나와서 터키 여자 목소리를 찾으려고 했어. 터키어는 아마 도피처였을 거야. 학교를 졸업하고 회사에 들어가서 돈을 모았어. 회사를 나온 후 오피스텔을 몇 개 샀어. 월세를 받으면서 죽을 때까지 살 생각이었어. 이제 내 나이는 실패하면 안 되는 나이거든. 나는 안정적으로 살 생각이었어. 그런데 안정을 찾은 후 더듬더듬 터키문화원에 찾아오게 됐어. 터키 여자 목소리를 잊지 못해서 터키어 강의를 듣는다고 말했지만 사실 어머니의 말에 질려서 도피하던 터키어가 내 안에 자리 잡아버린 거야. 버릇이나 습관처럼, 마치 내 안의 아버지처럼. 난 이제 어떡해야 하지? 어머니의 말이 아니었더라면 나는 다른 삶을 살게 되었을지도 몰라. 모아둔 돈으로 세계여행을 하거나, 동네 아저씨들과 어울려 막걸리를 마시거나, 집 앞 평상에 누워 별을 바라보거나 하는 평범한 삶 말이야."

그는 터키어가 어렸을 때의 버릇 혹은 습관에서 비롯됐다고 말했지만 나는 어쩌면 어렸을 때 못 하고 못 받은 이해가, 자라면서 못 하고 못 받은 이해가 자기 자신이 안 하고 안 받는다고 믿는 그 이해가 표현을 배우는 것으로 드러난 게 아닌가 하는 생각이 들었다. 결국 이해를 원하고 있고 바라고 있는데 자기 자신은 스스로를 다른 사람에게 이해시키거나 이해받을 수 없다고 믿으면서 아이러니하게도 이해의 수단인 표현을 계속해서 배우고 있는 것은 아닌가 하는 생각이 들었다.

나는 물었다.

"갑자기 다 어머니 탓이라고요?"

그가 답했다.

"갑자기 터키어 강의를 듣는 내가 이해가 안 되는 거야. 그래서 이해해보려고 했어. '터키 여자 목소리를 잊지 못해서 터키어 강의를 듣는다'보다 '어머니의 말에 질려서 터키어 강의를 듣는다'가 더 이해가 잘되지 않아?"

나는 웃었다.

"말이 되는 소리를 하세요."

그는 웃지 않았다. 누가 들어도 어설픈 이야기였다. 서툴게 지은 이야기였다. 그러나 그는 진심이었는지, 표정이 굳어갔다. 나는 나도 그도 실수했다는 것을 깨달았다. 그는 내가 낚시가게 아저씨 엉덩이를 아저씨들의 매력으로 꾸며 말했던 것처럼 터키어 강의를 듣는 이유를 어머니의 말로 꾸며 말했다. 그리고 나는 그의 말을 비웃었다. 진심이 아닌 말 앞에서 어떻게 대응해야 옳은 걸까. 진심이 아닌 말을 꺼낸 사람을 탓해야 하는 걸까. 진심을 맞장구쳐주어야 할까. 무시해버려야 할까. 어느 쪽이든 옳지 않은 것 같았다. 그와 나 사이에 침묵이 흘렀다. 마침내 그가 조용히 말했다.

"말이 안 되는 소리를 했지, 미안해."

그와 나 사이에 또 침묵이 흘렀다.


그것은 긴 침묵이었다. 그것은 엄마 주머니에서 3천 원을 훔친 꼬마가 과자 두 봉지를 사 먹고 집에 돌아온 상황 같았다. 현관문을 열자마자 엄마가 서 있다. 오른손에는 국자를 왼손에는 주걱을 들고 있다. 국자와 주걱으로 맞은 적 있는 꼬마는 지레 겁먹고 움츠러든다. 그러나 티내지 않으려 무진 애쓴다.

엄마가 묻는다.

"어디 갔다 왔니?"

꼬마가 대답한다.

"놀이터 갔다 왔어요."

"뭐 하고 놀았는데?"

"그네 타고 미끄럼틀 타고 놀았어요."

"재미있었어?"

"네, 재미있었어요."

"그래, 엄마한테 뭐 할 말 없고?"

"네, 없어요."

엄마가 꼬마를 가만히 바라본다. 그리고 긴 한숨을 내쉰다. 꼬마는 엄마가 금방이라도 화를 낼까 봐 조마조마하다. 그러나 엄마는 가라 앉은 목소리로 말할 뿐이다.

"손 씻고 저녁 먹어라."

혼나지 않아서 다행이지만 꼬마는 이상한 느낌이 든다. 엄마를 속이려고 했고 속였는데 막상 속아 넘어가니 이상한 것이다. 인디언들의 가슴속 세모 이야기가 생각난다. 인디언들은 사람들의 가슴속에 세모가 들어 있다고 믿는다. 세모는 사람들이 나쁜 짓을 할 때마다 빙글빙글 돌면서 가슴을 콕콕 찌른다. 나쁜 짓을 많이 하면 세모의 끝이 닳아버려서 더 이상 가슴이 아프지 않게 돼버린다. 꼬마는 가슴에 손을 대본다. 나도 가슴이 아프지 않게 되면 어떡하지. 다행히 가슴이 아프다. 양심이 아프다.

과자를 먹어서 입맛이 없다. 된장찌개와 가지조림을 깨작깨작 집어 먹는다. 엄마가 걱정스럽게 바라본다. 엄마가 햄 통조림을 꺼내 든다.

"입맛이 없어? 햄이라도 구워줄까?"

"아니, 아니에요."

평소 같았으면 당장 구워달라고 소리 질렀겠지만 꼬마는 그럴 수가 없다. 밥이 어디로 들어가는지 모르겠다. 엄마에게 사실대로 말하자니 말할 용기가 없고 비밀로 간직하자니 양심이 아파 죽겠다. 어떻게 해야 할지 모르겠다. 밥을 먹는 둥 마는 둥 한 꼬마는 엄마의 눈길을 뒤로하고 자기 방에 들어가서 불을 끄고 침대에 눕는다. 엄마가 문을 열고 고개를 내민다.

"벌써 자게?"

"네, 피곤해서요."

꼬마는 이불을 뒤집어쓰고 한참을 운다.

나는 누구도 잘못하지 않았다고 말하고 싶었다. 꼬마도 엄마도 자기 자신에게 솔직했기 때문에 잘못하지 않았다. 꼬마는 반성을 했고 엄마는 용서를 했다. 한스 요아힘 마르세유는 궁금증이 들었고 그것을 '어머니의 말'로 풀었다. 그러나 풀면서 말이 안 된다는 사실도 알고 있었다. 나는 그의 궁금증 풀이를 듣고 말이 안 된다고 말해주었다. 그도 나도 자기 자신에게 솔직했지만 꼬마와 엄마처럼 서로 이야기하지 않아서 길고 긴 침묵이 가로놓여 있는 것이었다. 서로에게 말한마디만 하면 이해하고 이해받을 수 있는데 차마 떨어지지 않는 말들. 나는 꼬마처럼 그 침묵을 어찌할 줄 몰라서 그가 떠난 강의실에 혼자 남아 오래도록 울었다.

나는 터키어 문법정리를 했다.

　한스 요아힘 마르세유에게 어머니가 '학교에 갔다 오면 숙제를 해라'라고 말한 것은 어쩌면 가능성 때문이 아닐까. 어머니는 아들이 해적판 테이프를 사서 집에 돌아오는 것도 방문을 닫고 터키어 노래를 듣는 것도 알고 있었을지 모른다. 그러나 고분고분하고 순종적이면서 말을 잘 듣는 아내인 어머니는 아들에게 가능성을 연 말밖에 해줄 수 없었을지도 모른다. 지원해주거나 응원해주지는 못해도 믿어줄 수는 있기 때문에 '학교 갔다 와서'가 아닌 '학교 갔다 오면'이라고 말해서 아들을 남몰래 심지어 남편도 몰래 믿어주고 있었을지도 모른다.

　나보다 어머니의 표현을 더 정확히 알아들을 수 있는 한스 요아힘 마르세유가 뒤늦게 말했다.

　"나는 아버지와 어머니에게서 벗어나고 싶었어. 그러나 아버지와 어머니는 나를 낳아주시고 키워주셔서 벗어나려면 이유가 필요했어.

학교와 회사가 집과 멀다, 나이를 먹었으니까 홀로 서야 한다 같은 이유들 말이야. 하지만 나는 아주 멀리 벗어나고 싶었기 때문에 강력한 이유가 필요했어. 아버지와 어머니를 나쁜 사람으로 만들지 않고는 도저히 벗어날 수 없겠더라고. 그렇지만 아버지와 어머니는 나쁜 사람들이 아니었어. 그렇다고 좋은 사람들도 아니었지. 나는 괴로웠어."

다른 사람들은 '그 괴로움은 괴로움도 아니다'라고 말할지도 모르지만 그에게는 괴로움이었다.

"나는 감각을 곤두세워서 꼬투리를 잡으려고 했어. 마치 싫증 난 남자친구를 차버리기 위해 헤어질 만한 이유를 찾는 여자처럼 스치는 말에 분노하고 지나가는 행동에 의미를 부여했지. '내가 이런 감정이 드는 것은 내가 나빠서가 아니다, 이유가 있을 것이다'라고 생각했거든. '터키어 강의를 듣는다는 것은 어떤 것인가'를 생각할 때도 터키 여자 목소리를 잊지 못해서라고 했다가 그게 아닌 것 같아서 어머니의 말에 질려서라고 했다가 갈팡질팡했어. 아마 내게 꺼내기 망설여지는, 밖으로 드러내기 꺼려지는 다른 이유가 있었을 거야."

그는 머뭇거리면서 말했다.

"나는 다른 표현 강의들도 들어. 내 치부야. 러시아어, 베트남어 같은 강의들을 듣는 나를 내가 발견했을 때, 내가 러시아어, 베트남어 같은 강의들에 어설프게 스며들어 있다는 것을 알아차렸을 때 나는 부끄러워. 듣고 싶지 않은데도 듣고 싶은 척하고 있다는 것을 나는 너무도 잘 알고 있거든. 그러나 인정 못 해. 생각해봐, 내 나이 쉰다섯 살이야. 55년을 한결같이 믿고 좇아온 가치가 있어. 근데 그게 휴지조각이 돼버리는 거거든. 그러면 내 삶에 뭐가 남겠니."

그는 여전히 머뭇대고 있었다.

"하고 있는 것들을 그냥 한다는 것은 언젠가는 문득 이상한 느낌이 든다는 것이야. 그건 '이게 무슨 의미가 있지?'라는 궁금증이거든. 나는 나름대로 풀어봤던 거야. 월요일부터 금요일까지 표현 학원들에 안 가는 삶은 상상할 수 없어. 일요일에 표현 숙제들을 하지 않는 삶도 상상 못 해. 스케줄이 없으면 괴로워질 거라고. 사실 나는 표현 강의들을 듣고 싶지 않거든. 부끄럽지만 나는, 터키 남자 목소리를 잊지 못해. 바르시만초를 짝사랑해! 그 사실을 알아서 터키어 강의를 들었어. 그 사실을 해결할 방법이 없어서. 해결할 방법이 상상이 안 되니까 두려워서."

그때 나는 그에게 균열이 가는 것을 볼 수 있었다. 그는 곧 깨질 것이고, 그의 안에 있는 상상이 안 되는 누군가가, 혹은 무엇이 나올 것이다. 나는 나를 깨뜨리는 방법을 생각했다. 무서운 일이었는데, 왠지 그날 밤 터키어 강의에 대한 회의가 찾아왔다.

3부

# 마라슈 지방의 아이스크림 만드는 사람들

한스 요아힘 마르세유에 대한 다른 이야기가 있다. 아주 다른 이야기다. 진 웹스터의 소설 『키다리 아저씨』에는 키 큰 아저씨가 나온다. 키가 크다는 사실밖에 모르는 주인공 주디가 '키다리 아저씨'라고 부르면서 학교생활, 친구들과의 관계, 개인적인 고민을 털어놓는 편지를 쓰는 아저씨 말이다. 내게도 그런 아저씨가 있었다. 펜팔 사이트에서 만난 '한스 요아힘 마르세유'였다. 프랑스 느낌이 나는(프랑스에 항구도시 마르세유가 있으니까) 닉네임하고, 충청남도 부여에 산다는 사실하고, 나이 차이가 꽤 난다는 사실밖에 몰랐다. 나는 그에게 편지를 썼다.

예컨대 이런 식이었다.

[아저씨, 어제 친구가 새 인형을 샀어요. '미미인형 샤워시키기'인데, 진짜 물이 나오는 샤워기와 욕조가 있고 발가벗겨진 미미인형이 있어요. 그 미미인형 머리를 감기고 몸을 씻기는 놀이를 할 수 있어

요. 같이 노는 친구 두 명이 있다고 말했었죠? 그 친구들 중 한 명이에요. 오늘 학교 끝나고 집 가는 길에 그 친구가 말했어요. '우리 집에서 놀자!' '우리 집에서 놀까?'도 아니고 '놀래?'도 아닌 '놀자!'라니, 왠지 꼼짝없이 놀아야 할 것 같았어요. 다른 친구는 바로 '그래!' 하면서 활짝 웃었어요.

나는 빨리 집에 가고 싶었어요. 무슨 기분이었냐면, 내가 다녔던 유치원 수업 시간이 열시부터 두시까지였거든요. 그런데 간혹 아빠, 엄마가 바쁠 때는 여섯시까지 남아 있기도 했어요. 그런 기분이었어요. 나름대로의 일과를 마쳤는데 내가 아닌 다른 사람에 의해서 내 일과가 억지로 연장되는 기분, 일과를 마치면서 정리한 마음을 다시 흩뜨려야 하는 기분요.

친구들은 이해 못 했을 거예요. 벽돌 옮기기나 흙 나르기 같은 힘든 일도 아니고 그냥 '미미인형 샤워시키기' 놀이를 하자는 건데, 내가 싫다고 했으니까요. '왜?' '싫어.' '왜, 같이 놀자!' '싫어, 빨리 집에 갈 거야!' 친구들을 뒤로하고 집에 가는데 마음이 이상했어요. 솔직히, 미미인형 샤워시키기 놀이가 힘든 것도 아니고, 빨리 집에 가야 할 이유가 있는 것도 아닌데 왜 나는 그걸 못 했을까, 괜히 친구들과의 사이가 멀어진 것 같다……. 내가 이상한 사람이 된 것 같았어요.]

[네 편지, 잘 받았어. 잘 받다 못해 아주 잘 받았어. '미미인형 샤워시키기' 놀이가 하기 싫은 너와 그런 너를 이해 못 하는 친구들. 그런 친구들을 뒤로하고 가면서 마음이 이상한 너. 같은 나이 친구들에 비해서 너는 더 성숙한 것 같아. 생각도 깊고 말이야. 아저씨는 네가 이상한 게 아니라고 말해주고 싶어. 가끔 이유 없이 하기 싫은 게 있어.

아저씨도 회사 퇴근 시간 오 분 전에 해야 할 일이 또 생기면 그런 마음이 들어. 네 마음도 그런 마음과 비슷한 게 아닐까 싶어. 그러니까, 힘내! 하기 싫어도 해야 하는 일은 많아. 하지만 하기 싫은 마음이 이상한 마음은 아니야. 자기 자신이 이상하지 않다는 걸 네가 더 잘 알고 있을 거야. 편지 잘 읽었어. 또 편지 기다릴게.]

내가 편지를 쓰면 그가 답장을 쓰는 식이었다. 그는 그의 이야기를 하지 않았다. 내 이야기만 듣고 교과서에서 나올 것 같은 판에 박힌 말들을 했다. 동조나 위로, 조언 들이었다. 어느 날 나는 궁금해졌다. '아저씨'인 그가 왜 나와 펜팔을 할까. 나는 아저씨의 군대 얘기도, 회사 얘기도, 애인 얘기도 들은 적 없었다. 아저씨의 영역은 아저씨에 의해서, 내 이야기에 의해서 의도치 않게 존중 받고 있었다.

아저씨의 이야기를 듣고 싶다고 말했을 때, 그가 무슨 이야기가 듣고 싶으냐고 어린아이 달래듯 물었을 때, 나는 펜팔을 그만두기로 마음먹었다. 비밀 거래에는 원칙이 있다. 내 비밀을 아는 대가로 상대는 무언가를 지불해야 한다. 가장 간단한 방법은 상대도 똑같이 비밀을 알려주는 것이다. 나는 그에게 그걸 기대했지만 그는 내 비밀들을 들었으면서도 아무것도 내놓으려 하지 않았다. 나는 점점 펜팔을 하지 않게 됐다. 편지를 늦게 보내다가, 성의 없이 보내다가, 가끔 고민이 있을 때만 장황하게 보내다가, 어느 순간 일방적으로 끊었다. 그에게 나도, 나에게 그도 이제 아무 존재도 아닌 줄 알았다.

그를 잊어갈 때쯤, 연락이 왔다. 1년 뒤였다. 다시 펜팔을 하고 싶다는 메일이었다. 비밀 누설의 짜릿함을 잊지 못한 나는 다시 편지를 보냈다. 다섯 통 성노 보내자 나는 정신을 차렸다. 그리고 다시 편지를 끊었다.

최근에 그에게 메일이 왔다. '잘 지내고 있지?'라는 제목의 메일이었다. 초등학교 때부터 펜팔을 했던 그는 내가 좋아하고 싫어하는 것과 내가 누구를 만나고 무엇을 했는지까지 잘 알고 있었다. 나는 내가 터키어 강의를 듣고 있고 그와 같은 닉네임의 사람을 만났다고도 말하고 싶었다. 이제 옛날의 비밀은 희미해져 있었다. 나는 메일을 읽었다. 메일은 '안녕? 오랜만이야'로 시작했다. 그리고 '오랜만인데'로 이어지더니 삼천포로 빠졌다. '오랜만인데, 너 메신저 아이디 있지? 메신저 비행기 전투 게임 이벤트 기간이 오늘까지거든. 알려주면 좋을 것 같아서 메일 보냈어.'

오랜만에 하는 얘기가 메신저 비행기 전투 게임 얘기라니. 많은 생각이 들었다. 메신저 비행기 전투 게임 홍보대사인가? 메신저 비행기 전투 게임 하자는 얘기는 아니겠지? 그나저나 그 한스 요아힘 마르세유와 이 한스 요아힘 마르세유는 무슨 사이인가. 둘 다 메신저 비행기 전투 게임 얘기라니. 우선 답장을 보내고 싶었다. 'ㅋㅋㅋㅋㅋㅋㅋㅋㅋㅋ'라고. 그러나 보내지 않았다. 그를 좋게 기억하고 싶었다.

검색엔진을 켜고 검색창에 '한스 요아힘 마르세유'를 입력했다. '제2차 세계대전 당시 활약한 독일 공군의 에이스다. 아깝게 제 기량을 다 발휘하지 못하고 요절하고 만 천재 비행사들을 이야기할 때 항상 거론되는 인물이다. 전투 비행 시뮬레이션 게임 마니아라면 한 번쯤은 동경의 대상으로 삼았을 법하다'라고 떴다.

최근에 한 터키어 문법정리 중 이 상황을 설명할 만한 것을 찾았다.

## 지나간 과거와 놓친 과거

예컨대 가정법은 과거시제로 '~했다면'이라고 해석되고 현재시제로 '~하면' 혹은 '~한다면'이라고 해석되고 미래시제로 '~할 것이라면'이라고 해석된다. 그런데 터키어에서는 과거시제 해석이 두 종류다.

예) 1. 수업 시간에 노트 필기를 했다면, 나에게 보여주겠니?
    2. 공부를 열심히 했다면, 시험을 잘 봤을 텐데.

전자는 과거의 사실을 말한다. 전자에서는 '노트 필기를 했다면'이라는 과거의 사실이 있을 뿐 감정은 없다. 반면 후자는 과거의 사실에 대한 감정을 말한다. 후자에서는 '공부를 열심히 했다면'이라는 과거의 사실에 대한 감정이 있다. 과거에 하지 못한 일에 대한 아쉬움 혹은 후회가 있는 것이다.
한국어에서는 표기방법이 같지만 터키어에서는 과거시제 표기와 가정법 표기 어절의 위치를 바꾸는 방법으로, 표기방법이 다르다.

나는 그에게 묻고 싶었다. 그에게 나는 누구였느냐고. 그와 나는 무슨 관계였느냐고. 펜팔 친구라기에는 그와 나는 친구가 아니었고(회사원 아저씨와 초등학생 여자애는 친구가 될 수 있었을까?) 친구 이상의 연결고리를 가졌었다(어쨌거나 나는 비밀을 누설했었으니까). 그리고 너무 많은 이야기를 했었다. '한스 요아힘 마르세유'로 시작해서 '메신저 비행기 전투 게임'으로 끝난 관계. 온라인에서 만나 오프라인으로 편지를 주고받게 된 관계. 그리고 다른 한스 요아힘 마르세유와 연결되는 관계.

깨달음은 뒤늦게 오는 법이다. 내게 일어난 일들은 시간이 지나서 아무 의미없는지 이해할 수 있게 된다. 나는 터키어 문법정리를 하면서, 놓친 과거와 지나가지 못한 과거에 대해서 생각했다. 나는 대부분의 과거는 놓친 과거가 아닌 지나가지 못한 과거라는 사실을 알았다. 아쉬움 혹은 후회로 남은 과거의 기억은 현재까지 남아서 그 과거를 결국 다시 지나갈 수 있게 한다. 그와의 기억은 무엇으로든 바뀔 수 있는 가능성을 가지고 평생 지나가지 못한 과거로 남아 있을지도 몰랐다. 어쩌면 내가 존나 카와이한 그룹의 한스 요아힘 마르세유에게 낚시가게 아저씨 엉덩이라는 비밀을 누설한 것은, 과거의 펜팔 친구인 한스 요아힘 마르세유와 편지를 주고받지 않게 된 이후 쌓인 이야기들을 다시 꺼낼 수 있을 만한 여지를 발견했기 때문이 아닐까.

어느 날 밤, 나는 존나 카와이한 그룹에 접속했다. 이제 존나 카와이한 그룹은 예전처럼 '존나 카와이'하지 않았다. 기쁨도 슬픔도 놀라움도 아쉬움도 당황스러움도 없었다. 그냥 심상할 뿐이었다. 비슷비슷한 얘기들이었다. 회사원 멤버들은 회사 얘기, 학생 멤버들은 학교 얘기, 주부 멤버들은 살림 얘기 등등 일상 얘기들이었다. 게시물과 댓글, 채팅방에서 많이 사용하는 말 순위는 '1. 존나 카와이 2. 존카 3. JK 4. 가기 싫어 5. 하기 싫어'였다. 그것들은 마치 퍼즐 조각처럼 한 조각씩 보면 달라 보이지만 맞춰놓고 보면 하나의 큰 그림으로 보였다.

물론 그것들에도 눈에 띄는 것이 없지는 않았다. 굳이 '잘 어울리는 사람'과 '못 어울리는 사람'을 나눈다면 단연 '못 어울리는 사람' 축에 들 한스 요아힘 마르세유의 게시물들이었다. 그는 유머 시리즈의 다른 버전인 난센스(Nonsense) 시리즈를 올리고 있었다. 난센스라는 게 논리적으로 맞지 않는 맞을 지칭한다지만 내가 보기에 그것은 논리적으로 타당하다 못해 적합한 경우가 적지 않았다.

　[아이스크림이_길을_건너다가.avi — 한스 요아힘 마르세유]
　[아이스크림이 길을 건너다가 사고를 당했어. 어쩌다 당했게?]
　— 댓글 1: 제목 낚시 하지 마세요.
　— 댓글 2: 미끄러워서.
　— 댓글 3: 미끄러져서.
　— 댓글 4: 미끌미끌해서.
　— 댓글 5: 다 틀렸어. '차가 와서' 당했어. 차가와서. 차가워서.

　사실 존나 카와이한 그룹에 한스 요아힘 마르세유가 있다는 것이 난센스였다. 그는 몇 개월 전에 탈퇴했던 것이다. 총 멤버 수가 99명이기 때문에 1명의 멤버를 영입할 수 있었지만, 그가 재가입하려면 지인 추천을 받았어야 했다. 지인의 기준이 주관적이긴 하지만 그는 누구에게, 어떻게 추천받았을까. 어쨌거나 그는 아랑곳하지 않고 난센스 시리즈를 올렸다. 난센스의 재미는 예상할 수 없는 부분을 짚어 준다는 데 있었다. 그는 내게 말을 걸었다.
　[재미있는 이야기 듣고 싶지 않아? 난센스 시리즈 있는데.]
　그는 그림 여러 장을 보여주었다. '창세기'라는 낱말카드가 붙은 그림에는 구약성서의 첫 권 대신 창을 세는 사람이 들어 있었고, '거북선'이라는 글자 아래에는 임진왜란 때 이순신 장군이 만든 거북 모양의 배가 아닌 거북이가 선보는 모습이 수줍게 그려져 있었다. 마찬가지로 '소방관'과 '쉼새'라는 단어도, 불을 물끄러미 바라보는 소와 늘어선 열 마리의 새를 나타내고 있었다.

　[이미 있는 단어를 새로 읽는 방식의 난센스야. 난센스를 풀기 위해서 기존의 이미지를 거부해야만 해. 물론 논리적으로 타당하지 않지만 띄어쓰기에 따라서 논리의 기준이 달라지기 때문에 단지 띄어쓰기를 이유로 논리를 따져 단어를 해석한 사람은 틀리게 되는 거야. '띄어쓰기가 안 되어 있어서 몰랐어.' 구차한 이유야. 띄어쓰기를 하면 모두 맞는 단어가 되니까.]

　그가 물었다.

　[잘 지냈어?]

　[아저씨는 잘 지냈어요?]

　[너와 화해할 방법을 찾고 있었어. 그날 빈 강의실에서 말다툼한 이후 서먹서먹해졌잖아. 터키어 강의실에서 옆자리에 안 앉으려고 하고, 옆자리만 비어 있으면 차라리 맨 뒷자리에 가서 앉으려고 하고, 터키어 강의가 끝나면 뒤도 안 돌아보고 나가고, 잠깐 쉬는 시간이면 화장실로 도망가고 등등 어색해 죽을 지경이었어. 오프라인에서는 대화를 못 할 것 같아서 온라인으로 와서 존나 카와이한 그룹에 가입했어. 보니까 성공한 것 같네!]

　그가 말했다.

　[우리 나이 차이가 마흔 살이 나거든. 40년이면 강산이 네 번은 바뀌었을 거야. 이 나이에 네가 뭐라고 좀 했다고 삐지고 토라지고 그러면 마음이 좁아 보이지 않겠어?]

　[아저씨 나이가 많아서 이해해준다는 거예요?]

　[내가 터키어를 듣는 이유가 어머니의 말 때문이라는 건 말이 안

됐어. 너는 말이 안 된다고 말해주었어. 물론 우리 둘 다 잘못했어. 나는 거짓말을 했고 너는 빈정거렸어. 그러나 결과적으로는 누구도 잘못하지 않았어. 나는 상처받지 않았고 너는 미안해하지 않아도 됐어. 그런데 서로 이야기하지 않았어. 말 한마디면 이해하고 이해받을 수 있는데 말이야. 그래서 말을 걸었어. 나이가 많아서가 아니라, 이해하고 이해받기 위해서.]

[먼저 말을 걸려고 했는데 잘되지 않았어요.]

[훌륭한 말은, 의도까지도 훌륭하게 해. 그러나 훌륭한 의도가 말까지도 훌륭하게 하지는 않아. 예컨대 네가 남자친구와 데이트를 하다가 아무 생각 없이 '달이 참 예뻐'라고 말한다면 그 순간 네 말은 아름다운 감정을 불러일으킬 거야. 그런데 네가 달빛에 반사되는 남자친구의 초록색 렌즈를 보고 눈빛의 영롱함에 대해 말해주고 싶어서 '네 눈은 도롱뇽과 닮았어'라고 말한다면 그 순간 네 말은 상처와 충격을 불러일으킬 거야. 중요한 것은 의도가 어땠느냐 하는 것이 아니라 결국 말을 어떻게 했느냐 하는 거야.]

[결론은 먼저 말을 건 아저씨가 더 훌륭하다는 거예요?]

[결론은 먼저 내게 '말이 되는 소리를 하세요'라고 말한 네가 더 훌륭하다는 거야.]

그와 나는 화해했다. 난센스 같은 화해였다.

난센스의 재미는, 질문자가 답변자를 대개 짐작하고 있다는 것이었다. 일반적인 답변 혹은 '잘 모르겠어요'라는 답변이 나올 것이었다. 그래서 난센스는 이른바 '사이코패스 테스트' 같은 것에 변형돼서 사용되기도 했다. 다른 사람들과 생각하는 방식이 다른 사람들을 가려

내는 데 쓰이는 것이었다. 다이너마이트를 발명한 노벨이 화약을 발명하면서 자기 자신이 평화주의자라고 생각한 것처럼, 자기 자신이 발명한 폭탄이 전쟁을 종식시키는 데 기여할 거라고 생각한 것처럼, 처음 난센스를 시작한 사람도 다른 사람들과 다른 사람들을 감별해서 수용할 의도는 아니었을 것이다. 그냥 다른 사람들과 다른 것 같은 자기 자신을 이야기할 표현이 필요했을지도 모른다.

그는 그의 이야기를 했다. 그가 '10년 넘게 근무한 직장에서 어떻게 해고당했나'에 대한 이야기였다. 한 번도 지각이나 결근을 한 적이 없었다. 입사 후 첫 회식 때 과장과 한 변기 두 토를 한 동기처럼 대형 사고를 친 적 없었고, 회사 사활이 걸린 프로젝트를 맡아 밤새워가며 기획안 작성을 하고 성공적인 발표로 이끌었으며, 업무 시간과 식사 시간에 다른 사원들과 어울려서 시사이슈나 연예뉴스 얘기를 하면서 화기애애하게 지냈다. 튀지도 않고 모나지도 않았다. 그런데 생각지 못한 문제가 생겼다. 어느 날 과장이 가져온 원두에서 비롯됐다.
어느 날 과장이 아라비아에서 수입한 원두 한 봉지를 가져왔다. 과장은 그를 불러 원두커피를 타서 다른 사원들에게 돌리라고 말했다. 그는 원두커피를 탔다. 커피 향이 사무실을 가득 채웠다. 다른 사원들에게 돌렸다. 그에게는 '커피 잘 내렸다'는 칭찬이 과장에게는 '커피 잘 사 왔다'는 칭찬이 쏟아졌다. 사무실 분위기가 부드럽게 풀렸다. 그런데 문제는 그다음부터였다. 점심을 먹으러 가던 과장은 밑바닥을 드러낸 원두를 보더니 인상을 확 구겼다. 그리고 그를 불러 말했다. '원두가 줄었잖아.' '원두커피를 타서 돌리라고 하셔서 돌렸습니다.'

'그래도 원두가 줄었잖아.' '원두커피를 타서 돌려서 원두가 줄었습니다.' '그래도 그렇지, 원두가 줄었잖아.'

원두커피를 타서 돌려서 원두가 줄었다는 말을 과장은 이해하지 못했다. 과장이 이해하지 못하니까 대리도 이해하지 못했고 대리가 이해하지 못하니까 주임도 이해하지 못했고 주임이 이해하지 못하니까 당연히 사원들도 이해하지 못했다. 점심시간, 직원식당에 간 그는 그와 밥 먹을 사람이 한 사람도 없다는 사실을 알았다. 식판에 밥을 받아서 혼자 앉아 먹었다. 바빠서 혼자 먹을 수밖에 없었다고 생각하려 했지만 그가 바빠서 혼자 먹는 게 아니라는 사실은 식당 정수기도 알았다. 묵묵히 밥을 퍼 먹는데 목이 메어왔다. 한술 더 떠서 지나가던 과장이 시비를 걸었다. '비싼 원두를 퍼 나르고 밥이 넘어가나 봐?' 그는 곧 해고되었다.

[누가 잘못했을까? 과장은 원두를 가져왔고 사원들은 원두커피를 받아서 마셨고 나는 원두커피를 타서 돌렸어. 잘잘못을 따지자면 과장은 원두를 가져오면 원두가 줄어든다는 사실을 몰랐고 사원들은 원두 가격을 생각 못 하고 넙죽 받아 마셨고 나는 원두커피를 타서 돌리라고 했다고 곧장 타서 돌렸어. '원두가 많이 줄어들 텐데, 괜찮을까요?'라고 물었어야 했는데. 물론 대가는 치렀거든. 과장은 원두를 잃었고 사원들은 과장 눈치를 보느라 바빴고 나는 해고당했어. 내 대가가 가장 크지만 어쨌거나 다 대가를 치렀고 결국 누구도 잘못하지 않았지.]

그는 말했다.

|굳이 잘못을 꼽으면 아무도 말 못 했다는 데 있어. 서로를 이해하

기 위해서 한마디씩만 했더라면 상황은 달라졌을 거야. 각자가 말이야. 과장이 '원두가 줄어든다고 생각 못 했어'라고 말하면 사원들이 '원두 가격을 몰랐어요'라고 말하고 내가 '한 번 더 여쭤봤어야 했는데, 죄송합니다'라고 말하는 거야. 말을 하지 못했기 때문에 이해할 수 없었고 내가 '비싼 원두를 퍼 날라서' 해고당할 수밖에 없었던 거야.]

그의 말은 난센스였다.

[그건 이런 거야. 예컨대 우리 회사는 칸막이가 낮았거든. 그래서 서로를 보기 쉬웠어. 우리는 할 일이 많았기 때문에, 그러니까 마케팅 책 읽고 독후감 제출하기, 마케팅 강의 듣고 강의록 작성하기, 마케팅 자격증 따고 가산점 신청하기 같은 일들을 해야 했기 때문에 서로를 감시하고 견제하며 경쟁했어. 각자 감추는 게 없었지. 몇 년 정도 지나자 각자의 마케팅 실적과 마케팅 방식은 물론 마케팅 관심도까지 꿰뚫게 되었어. 모르는 게 없었단 말이야.]

그는 이어 말했다.

[그러던 어느 날 회사에서 여사원 하나가 죽어버렸어. 몸살감기가 심해서 얼굴이 빨갛고 호흡이 가쁘다고 들었는데 과도한 스트레스와 심각한 우울증으로 고생하고 있었던 거야. 감정 주체가 안 되는 데다 제정신 상태가 아니었는데도 그걸 아무도 모르고 있었지. 더군다나 나는 그 사원 옆자리였어. 옆자리에서 사람이 죽을 지경에 처한 것도 모르는데 이름과 나이, 하다못해 마케팅 관심도까지 꿰뚫는 것이 무슨 소용이 있을까?]

그 말 또한 난센스였다.

[그러나 곧 상황이 달라질 거라고 생각해. 각자에게 하지 못한 말이

있잖아. 그 말은 각자를 움직이게 될 거거든. 실제로 얼마 안 가 과장이 해고당했어. 과장에게 불만을 품은 사원이 한둘이 아니었으니까. 과장이 해고당했다고 해도 그런 과장이 한둘 있는 건 아닐 테니까 비슷한 과장을 사원들은 만나게 되겠지. 그러나 그것도 나쁘지 않은 일이잖아. 그런 과장이 백만 명쯤 해고당하면 상황이 달라질지도 몰라.]

그는 터키어 강의 이야기를 꺼냈다.

[터키어 강의도 같은 맥락일 거야. 터키어 수강생이 줄고 있거든. 그러나 폐강되지는 않아. 터키어 강의를 듣고 싶어서 듣는 사람들은 단 한 사람이라도 들으려고 할 테니까. 당장 터키어 강의가 폐강될지도 모른다는 불안감이 드는 사람들은 하나둘 그만두게 될지도 몰라. 하지만 터키어 강의가 듣고 싶어서 듣는 사람들은 비공식적으로든 개인적으로든 계속해서 듣게 될 거야. 그리고 터키어 강의를 듣고 싶어서 듣는다는 이유가 터키여행사 영업부원이라든지 터키항공사 홍보팀원이라든지 하는 이유보다 더 오래 남는다는 사실을 이야기하게 될 거야.]

그가 동영상 파일 하나를 전송했다.

[나는 터키어 강의를 그만둘지도 몰라. 일단 내일은 들을 거야. 우선 이 동영상을 보고 이야기하자.]

'길을_건너다가_아이스크림을.avi'이라는 제목의 파일이었다.


개학 후 학교 급식은 심각할 정도여서 위생도 위생이려니와 맛도 형편없었다. 국 속에 바퀴벌레와 쥐며느리가 빠져 있는 일은 예사고 밥에서 돌이 씹히거나 빕 속에 머리카락이 섞여 있기도 했다. 식단표에는 늘 '흰 쌀밥'이라고 적혔으나 항상 '누리끼리한 색깔을 띤 흰 것 같기도 한 쌀밥'을 나눠주었다. 반찬은 딱 세 가지였다. 깍두기, 배추 김치, 총각김치. 가끔 물김치, 열무김치, 오이김치로 바뀌었다. 드물게 콩자반도 딸려 나왔다. 특식인 셈이었다. 급식소는 무한리필을 내세 웠지만 무한리필은 무슨 식판에 받긴 받은 급식이나 다 먹어치우면 다행이었다.

어느 날 아침 나는 집 부엌에서 컵라면 하나를 챙겼다. 물맛이 나거 나 미원 맛이 나서 밍밍한 국을 떠먹느니 차라리 컵라면을 끓여 떠먹 는 게 나을 것 같았다. 점심시간이 됐다. 나는 친구들과 급식소로 갔 다. 친구들과 컵라면에 뜨거운 물을 부었다. 단지 컵라면 하나뿐이었 는데도 급식이 먹을 만하게 느껴졌다. 나는 식판에 받긴 받은 급식을 남김없이 비워버렸다. 그리고 배가 부른 채 교실로 갔는데 얼마 안 가 교무실로 불려 가게 되었다. 교무실에서 선생님이 말했다.

"급식 시간에 컵라면을 먹었다면서."

"네."

"너만 먹고 싶니?"

"네?"

"급식 시간에는 급식을 먹는 게 맞아. 컵라면을 먹고 싶으면 쉬는 시간에 매점 같은 곳에서 먹어야 해. 집에서 먹고 와도 되고. 그런데 왜 급식 시간에 컵라면을 먹어. 왜 다른 애들을 선동하느냔 말이야."

나는 아무 말도 하지 못했다.

"네가 잘못했어. 아버지 모셔 와."

나는 급식 시간에 컵라면을 먹어서 아버지를 모셔 와야 했다. 그날 하교를 하는데 막막했다. 나는 혼자가 된 것 같았다. 다른 애들과 가까이 지낼 수 없게 돼버린 것처럼 나 하나만 다른 공간에 동떨어진 것 같았다. 나는 한마디도 하지 못했다. 아버지에게 뭐라고 말해야 할지 몰랐다. '급식 시간에 컵라면을 먹었어요. 아버지 모셔 오래요'라고 말해야 할까. 아버지는 화를 낼 것이다. 내가 잘못했다고 단정 지을 것이다. 아버지에게 말할 수 없었다. 당장 다음 날 학교 갈 일이 걱정이었다.

그것은 금방 터져버릴 것 같은 시한폭탄을 안은 기분이었다. 사형 선고 기간이 얼마 안 남은 사형수 같은 기분. 좀 현실적으로 생각하자면 엄마가 아끼는 꽃병을 깨뜨리고 말았는데 막 엄마가 들어오는 소리가 들리는 기분. 아무 생각 없이 다 마신 우유팩을 던졌는데 마침 학교에서 가장 싸움 잘하는 애 뒤통수를 맞혀버리고 만 기분. 그 애가 인상을 쓰면서 뒤돌아보는 그 백만 분의 일 초 사이에 느끼는 미칠 것 같은 불안감 같은 것.

나는 터키어 문법정리를 읽었다.

> **'때'와 '순간'의 구분**
>
> 예컨대 '때'는 일정한 찰나를, '순간'은 특정한 찰나를 뜻한다.
>
> 예) 1. 내가 그 방에 들어갔을 때, 그는 울고 있었어.
>     2. 내가 그 방에 들어간 순간, 그는 울고 있었어.
>
> 전자는 내가 그 방에 들어가고 얼마간의 간격이 있음을 의미한다. 나는 방 안에서 앉지도 못하고 그가 울고 있는 모습을 바라본다. 반면 후자는 내가 그 방에 들어가기까지, 그 방에 들어가려고 방문을 열자마자를 의

미한다. 나는 방문 손잡이를 놓지 못한 채로 그가 어깨를 들썩이며 가냘픈 소리를 내는 모습을 바라본다.

그러니까 나에게 그가 어떤 사람인가에 따라서 다르게 표기한다. 전자는 친한 친구일 경우, 후자는 사랑해 마지않는 연인일 경우에 쓰인다. 후자는 방문을 열자마자 그가 어깨를 들썩이며 가냘픈 소리를 내는 모습을 보고 방문 손잡이를 놓지 못한 채로 마음 깊숙한 곳에서부터 올라오는 슬픈 감정을 느끼는 것 같다.

마치 하나를 보면 열을 알고 될 성부른 나무는 떡잎부터 알아보는 것처럼, 어떤 순간에는 한 사람의 가장 소중한 것이 드러난다. 길거리에서 뚱뚱한 여자가 지나가자 '돼지다, 돼지'라며 웃는 남자친구 모습을 보고 '오래 사귈 남자는 아니겠구나'라고 생각하듯, 여자친구 회사에 들렀다가 복도에서 미화원 아주머니를 마주칠 때마다 인사하는 여자친구 모습을 보고 '놓치면 안 되는 여자겠다'고 생각하듯 일부분에서 대략적인 전체를 읽어낼 수 있을 때는 그것을 구분해야 한다. 구분해 표현해야 한다. 그건 소중한 거니까. 나는 컵라면을 생각했다. 사소하지만 나에게는 중요한 음식이었다.

나는 한스 요아힘 마르세유의 동영상 파일을 봤다. 터키인이 나왔다. 터키인은 터키어로 뭐라고 하고 있었는데 알아듣기 힘들었다. 터키인은 은빛의 긴 도구로 아이스크림을 퍼내고 있었다. 쫀득쫀득한 아이스크림으로 아슬아슬한 묘기를 부리기도 했다. 터키인 주변에는 사람들이 모여 있었는데 정신없이 웃기에 바빴다. 터키인은 짧은 농담과 감탄사 외에 다른 말들을 거의 하고 있지 않았기 때문에 그리고 우스꽝스러운 수염을 달고 있었기 때문에 얼핏 찰리 채플린이 연상

되었다. 나는 무성영화를 보듯 동영상 파일을 들여다봤다.


한스 요아힘 마르세유가 말했다.

[우리는 왜 터키어 강의를 들었을까? 왜 하필 터키어였을까?]

그의 물음은 '왜 학교에 갔었을까?', '왜 회사에 갔었을까?'만큼 막막했다.

[왜 하필 터키어였을지 알기 위해서 시뮬레이션을 만들었거든. 검색엔진의 검색창에 '연관 검색어 뜨기'를 설정하고 키워드를 '터키'라고 입력했어. 사심 없이 뭐가 가장 먼저 떠오르는지 봤어. 그러자 '터키 아이스크림'이 연관 검색어 첫 번째에 떴어. 당연한 것이 떠오른 거야. 터키 아이스크림의 판매 방법이 특이하기 때문이었어. 마치 판매 방법 시리즈라도 있는 것처럼 패턴이 있었어.]

[어떤 패턴요?]

[터키 남동부 타우루스 산맥 아래에는 아이스크림을 만드는 고장이 있어. 카흐라만마라슈(Kahramanmaraş). 줄여서 마라슈(maraş)라고 불러. 마라슈에서 태어난 아이들은 꿈이 운명처럼 짐 지워져. 태어나면 숙명처럼 아이스크림 만드는 방법을 배워야 해. 산양과 염소가 자라는 작은 마을에서 크는 청년들은 아이스크림 장수가 돼. 검사, 의사, 변호사 같은 직업들에 비해서 아이스크림 장수는 '느그 아부지 뭐 하시노?'라고 물었을 때 '아이스크림 장수입니더'라고 하면 입학식, 졸업식, 체육대회, 소풍 때마다 따라다니며 딸기, 바닐라, 초코 맛의 아이스크림들을 파는 행상 아저씨의 모습이 떠오를 수 있어. 왠지 우습고 만만해 보일 수 있어. 그런데 마라슈 아이스크림 장수는 전 세계적

으로 회귀한 직업이야. 숙명이라도 엄청난 숙명이야.]

[마라슈 아이스크림이 흔히 말하는 터키 아이스크림인 거죠? 터키 아이스크림이라는 말이 더 익숙한데, 나는 터키 아이스크림 장수들을 보면서 이런 생각을 하곤 했어요. '어디서 단체로 교육받고 오나.' 정말 어디서 단체로 교육받고 오네요. 그것도 어려서부터 철저하게!]

[마라슈 아이스크림 만드는 방법은 몇 대에 걸쳐 전해 내려오는 비법이야. 물론 산양과 염소 육성 방법, 아이스크림 판매 방법—말 편, 행동 편, 아이스크림 막대 돌리기 방법 심화 편 등등도 일급비밀로 전수돼. 어떻게 보면 아이스크림으로 하는 고급화된 장난 방법을 배우기 위해서 청춘을 쏟아붓는 셈이야. 하지만 마라슈 사람들은 진지해. 역사고 전통이니까. 마라슈 사람들은 어른이 되면 아이스크림 장수가 되는데, 아이스크림 장수가 되지 않고는 무엇이 될 수 있을까?]


아이스크림 장수: 쫀득쫀득~한 아이스크림이 있어요~ 땅에 떨어지지 않아요~ (막대를 휘휘 돌리면서) 어이쿠! 안 떨어져! 쫀득쫀득~한 아이스크림!!

손님: 우와, 재밌겠다. 먹을까?

아이스크림 장수: 어서 오세요, 손님! (손에 콘을 쥐여준다.)

손님: (빈 콘을 들고 아이스크림을 퍼서 담아주기를 기다리면서 아이스크림 장수를 빤히 쳐다보고 있다.)

아이스크림 장수: (아이스크림을 퍼서 담아준 다음 아이스크림에 막대를 밀착해서 순식간에 아이스크림과 콘을 같이 들어 올린다.) 어이쿠! (막대를 휘휘 돌리면서 아이스크림이 아슬아슬하게 떨어질 듯 말 듯 붙은 모습을

보여준다.) 안 떨어져! (아이스크림을 거꾸로 든 채 두어 번 흔든다.)

손님: (들고 있던 콘을 빼앗겨 멋쩍어하면서) 우와, 신기하다!

아이스크림 장수: (손에 다시 콘을 쥐여주고 순식간에 막대를 밀착해서 아이스크림만 다시 들어 올린다.) 안녕히 가세요~

손님: 어? (아이스크림을 들어 올려서 빈 콘을 멍하니 보다가 시치미를 뚝 떼고 있는 아이스크림 장수를 쳐다본다.)

아이스크림 장수: 어? 벌써 다 먹었네?

주변 사람들: ㅋㅋㅋㅋㅋㅋㅋㅋㅋㅋㅋㅋㅋㅋㅋㅋㅋㅋㅋ


[마라슈 지방의 아이스크림 만드는 사람들은 성공도 실패도 해. 성공은 아이스크림 비법을 잘 배워서 떼돈을 버는 거고 실패는 아이스크림 비법을 잘못 배워서 돈을 벌기는커녕 오히려 돈을 줄줄 잃는 거야. 실제로 아이스크림 판매 방법을 잘못 배운 사례가 있어. 아이스크림을 너무 줬다 뺏어서 어린아이가 울고 만 일이 있어. 어린아이가 너무 약이 올라서 땅바닥에 주저앉아 두 발을 차며 울어버렸어. 마라슈 사람은 안절부절못했어. 아이를 달래기에는 한국어가 서툴렀으니까. '쫀득쫀득한 아이스크림'이나 '어이쿠' 같은 말들밖에 몰랐으니까 말이야.]

[그래서요?]

[그래도 마라슈 사람은 아는 한국어를 최대한 사용해서 아이를 달랬어. 아이에게 다가가서 어깨를 두드리며 말했어. '줄까?' '……' 실수였어. 마라슈 사람을 원망스럽게 바라본 아이는 더 큰 소리로 울었어. 마라슈 사람이 끝까지 놀린다고 생각한 거야. 마라슈 사람은 최선

을 다해서 다시 한 번 말했어. '줄게.' '…….' 실수를 넘어서 재앙이었어. 그 마라슈 사람은 마라슈 아이스크림 이미지 훼손죄로 징계를 받게 됐어. 마라슈 토박이가 아닌 마라슈 지방으로 이주한 사람들이나 동영상 파일을 보고 개인 창업 해서 따라 하는 사람들이 받곤 하는 징계였어.]


1. 숙성된 산양과 염소의 젖을 얻지 못한 경우

　—마라슈 지방의 아이스크림을 만들지 못한다. 다른 양과 소의 젖으로 대체하지만 점성이 떨어져서 '쫀득쫀득한 아이스크림'을 만들지 못하게 된다. 아이스크림 막대를 조금이라도 세게 흔들면 아이스크림이 땅바닥으로 떨어져버리기 때문에 되도록 약하게 흔들면서 말발로 시선을 분산시켜야 한다.

2. 아이스크림 비법을 잘못 배운 경우

　—잘못 배운 비법은 탄로 나기 마련이다. 주변 사람들은 어눌한 말과 어설픈 행동, 어색한 분위기에 질려서 흥미를 잃는다. 축제장이라면 아이스크림 부스에 파리가 날리게 될 수도 있다.

3. 마라슈 사람들의 동의를 얻지 못한 경우

　—마라슈 사람들과 경쟁구도가 형성돼서 이권다툼이 치열해진다. 아이스크림 질과 판매 방법에서 마라슈 사람들에게 질 수밖에 없기 때문에 축제장이라면 역시 아이스크림 부스에 파리가 날리게 될 수도 있다.


[아이스크림 비법을 잘 배우지 못하면 죽어버리는 구조야. 그래서

어렸을 때부터 『나는 아이스크림을 팔아서 벤츠를 샀다』, 『마라슈 아이들, 아이스크림에 미쳐라』, 『마라슈 어른들, 아이스크림과 맞장 뜨다』 같은 자기계발서들을 읽어둬야 해. '과거 때문에 성공한 사람은? 암행어사', '떼돈을 버는 사람은? 때밀이', '망쳐서 돈을 버는 사람은? 어부' 같은 난센스들에 현혹돼서는 안 돼. '아이스크림이 인생의 전부는 아니잖아요' 따위를 말하면 죽는 거야. 마라슈 지방에서 태어났는데, 아이스크림이 아니면 뭘로 먹고살아가겠어?]

[예외는 없는 건가요?]

[물론 예외는 있어. 마라슈 아이스크림에 벌꿀을 얹어서 벌꿀 마라슈 아이스크림을 파는 사람이 있었어. 다른 사람들에게 욕을 먹었어. 산양과 염소의 젖을 3.1415926535 대 1의 비율로 섞어서 부드러운 식감과 깔끔한 맛을 내는 정통 마라슈 아이스크림의 가치를 깎아내린다는 말이었어. 마치 로브스터와 전복을 라면에 넣어 먹는 것처럼 아까운 재료낭비라고 말했어. 그런데 막상 벌꿀을 얹으니까 감칠맛이 더해져서 단맛이 진하게 느껴졌어. 그 벌꿀은 타우루스 산맥에서 양봉한 진짜 벌꿀이었으니까. 아이스크림 비법을 잘 배우지 못했는데도 아이스크림으로 떼돈을 벌게 됐어.]

그가 말했다.

[사람들은 행동에는 반드시 이유가 있다고 믿거든. 그래서 이유를 찾으려고 해. '공부를 왜 안 했어?' '회사에 왜 안 왔어?' '사람을 왜 죽였어?' 그런데 이유는 행동에 의해서 생기는 거거든. 이유는 행동에 따라서 달라질 수 있는 일시적인 거야. '갑자기 매운 게 먹고 싶어. 떡볶이 좀 사나 줘.' '아니야. 단 게 먹고 싶어. 딸기 케이크 한 조각만 사

다 줘.' 그러나 사람들은 이유가 바뀔 수 있다는 사실을 견딜 수 없어해. 불안하니까. 절대적인 것이 있지 않으면 불안하니까. 그래서 이유가 변하지 않는다고 생각해서 행동이 변할 수 없도록 막고 있는 거야. '웃을 때 보조개 들어가는 게 귀여워서 이 남자를 사귀게 되었고, 벌써 2년이 지났어. 비록 바람을 피웠지만, 여전히 이 남자는 보조개가 들어가니까 헤어질 수 없어.']

예컨대 쉰 살 아저씨가 길거리를 지나가다가 30년 전에 자주 가던 '길동이네 국밥' 가게를 발견한 상황 같다. '캬, 옛날 생각 난다'라고 말하면서 국밥집에 들어갔는데 상호만 같을 뿐 식당 내부와 주인과 조미료가 죄다 바뀌어버린 상황이다. 심지어 메뉴도 바뀌었다. 전에는 소머리국밥만 팔았는데 지금은 돼지머리국밥만 판다. 그러나 아저씨는 돼지머리국밥을 시키고 새우젓 국물에 수육을 폭 찍어 먹으면서 '옛날 맛 그대로'라고 흐뭇하게 웃는다. 바뀌지 않은 것은 상호뿐인데도 모든 것이 바뀌지 않았다고 여긴다. 마찬가지로 금맥처럼 순수하게 존재하는 이유가 있을 거라는 생각이 모든 행동을 바뀌지 않게 만든다.

[나도 터키어 강의를 그만둘지도 몰라요. 일단 내일은 들을 거예요.]

[터키어 강의를 듣는 동안에는 열심히 들으면 되는 거야.]

마치 도저히 오를 수 없을 것 같던 높은 산을 오르면서 숨을 헐떡이면서 멈출까 내려갈까를 고민하다가 결국 오르고 말았을 때 누군가 내게 다가와서 잘 올라왔다고 말해준 것처럼 한숨 섞인 안도감이 흘러나왔다.

그가 이어 말했다.

[마라슈 아이스크림 만드는 사람들도 시뮬레이션이지만 터키어 강의도 시뮬레이션이고 존나 카와이한 그룹도 시뮬레이션이야. 우리는 시뮬레이션들 밖에 있으면서 많은 시뮬레이션에 들어가. 그리고 우리의 가치기준으로 그 안에 있어. '틈새의 비밀' 같은 걸 보면 빠져나오기도 하고, '다들 똑같은 비밀이 있구나' 하고 위로하면서 머물기도 해. 그게 전부야.]

우리는 그래서 터키어 강의를 들었을 것이다. 그때그때 다른 이유로 들었기 때문에 언제든지 열심히 들을 수 있었고 언제든지 그만둘 수 있었다.

나는 학교에 아버지를 모셔 갔다. 아버지에게 '학교에서 아버지를 모셔 오래요'라고 말하면서 나는 아버지가 역정을 낼 거라고 생각했다. 그러나 아버지는 이유를 묻지도 않고 날이 밝으면 같이 교무실에 가자고만 이야기했다. 아버지와 같이 걷는 길은 달라 보였다. 배고플 때 떡볶이 사 먹던 분식집이며 준비물 필요할 때 가위며 색종이 등등을 사러 가던 문구점이 오래돼서 낡고 색 바랜 건물들처럼 비쳤다. 마치 졸업 후 10년 뒤에 모교를 찾은 동문처럼 익숙한 공간이지만 다시 돌아갈 수 없는 공간 밖에서 반추를 거듭하는 것 같았다. 내가 아버지에게 학교에 가자고 말한 것, 아버지가 화를 내지 않고 내 말대로 학교에 가는 것은 그 자체로 큰 진전이었기에 나는 둥둥 뜬 기분이었다.

교무실에 가자 선생님이 말했다.

"개교 이래 급식 시간에 급식소에서 컵라면을 먹은 학생은 이 학생이 처음입니다. 학칙에 어긋나는 행동이에요. 한 학생이 어기면 다른 학생들도 어기게 되고 그러면 학칙이 무너질 수 있어요. 이미 몇몇 학생이 김밥과 주먹밥을 먹어서 주의를 줬습니다."

나는 내가 어떤 행동을 했는가보다 개교 이래 급식 시간에 급식소에서 컵라면을 먹은 학생이 나뿐이라는 데서 더 충격을 받았다. 교장실 책상 아래나 화장실 청소도구함 같은 곳이 아닌 급식소에서 컵라면을 먹었는데, 그게 나뿐이라니? 이상한 일이 아닐 수 없었다.

"이 학생이 몇몇 학생을 선동했다고밖에 볼 수가 없어요. 체벌이 필요하다는 데 다른 선생님들이 동의했습니다. 아버님도 동의하시겠습니까? 동의하신다면 가정에서도 지도 편달 부탁드립니다."

아버지는 고개를 숙였다. 순간 내 마음이 저릿해졌다. 나는 혼자 살 수 없는 사람인가. 나는 내가 자기 꼬리를 잡으려고 빙빙 도는 개 같았다. 누가 지켜보는 줄 모르고 쳇바퀴 돌리는 쥐새끼 같았다. 따라가지 못하면 뒤처지고 따라간다고 해도 가면 갈수록 더 빨리 돌아가고 그래서 평생 그걸 따라가게 될 것 같았다. 그러나 열심히 뛰고 있다고 생각해도 결국 같은 자리를 맴돌고 있는 것이었다. 아버지와 학교 같은 거대한 권력 앞에서 나는 언제나 같은 자리로 돌아오고 있었다. 그 권력들은 내가 아무리 흔들어도 늘 같은 자리였다. 지는 쪽은 항상 나였다. 나는 그 큰 권력 앞에서 또다시 어쩔 도리를 모르고 있었다.

"체벌은 교내 봉사 한 달입니다."

아버지는 나를 교실에 보내고 집으로 돌아갔다. 나는 답답한 속을 다스려야 했다. 나는 아버지가 내 학교생활에 대해 일부나마 알게 된 것이 속상했다. 교우관계나 성적현황 같은 일반적인 생활이었지만 원하지 않은 부분이 보이는 것이 영 내키지 않았다. 다행히 아버지는 충고나 조언을 하지 않았다. 아버지가 '친구들과 사이좋게 지내라'거나 '공부 열심히 해라'라고 했으면 나는 짜증을 냈을 것이다. 그래도 나는 하지 못한 말이 있어서 죽을 지경이었다.

한스 요아힘 마르세유는 '10년 넘게 근무한 직장에서 어떻게 해고당했나'에 대한 이야기를 이어서 했다. '비싼 원두를 퍼 날라서' 해고당할 수밖에 없었다고 말했지만 결정적인 계기는 따로 있었던 것이다.

원두 사건 뒤 직원식당의 비싼 식권을 사는 대신 사원들이 도시락을 싸 와서 먹자는 말이 나왔다. 사원부터 과장까지 도시락을 싸 왔다. 그런데 문제는 과장이 흰밥만 싸 온다는 것이었다. 그리고 다른 사원들의 반찬을 쓸어 먹었다. 다른 사원들은 맛있는 반찬을 싸 와서 환심을 사려고 했다. 다른 사원들이 '과장님은 무슨 반찬을 좋아하세요?'라고 물으면 과장이 '나는 갈비찜을 좋아해'라고 답했다. 그러면 다음 날 적어도 세 종류 이상의 갈비찜이 등장했다. 간장갈비찜, 과일갈비찜, 궁중갈비찜, 매운갈비찜, 묵은지갈비찜, 수삼갈비찜, 전복갈비찜, 통마늘갈비찜. 그런 식으로 간장게장, 더덕구이, 신선로, 육회, 자연송이전복죽, 족발, 참치회, 탕평채도 등장했다. 어느 날 과장이 그에게 물었다. '이 소고기잡채, 국내산 한우 안심 맞아?' 그쯤 되니까 그가 터져버렸다. '이 밥버러지 같은 놈아!' 그 한마디가 결정적이었다.

[그냥 많이 처먹었다면 '밥보' 정도로 그쳤겠지만 그냥 많이 처먹은 게 아니잖아. 눈치도 양심도 없이, 버러지같이 처먹었잖아. 그래서 '밥비러지'라는 밀을 붙여준 거야. 그래도 과장이니까 순화해줬지. 밥

버려지 '같은' 놈이라며. 정적이 찾아왔어. 과장은 당황한 표정이었고 사원들은 통쾌한 듯 통쾌하지 않은 통쾌한 것 같은 표정이었어. 침묵이 흘렀어. 나는 하극상으로 좌천되거나 영웅대우를 받는 대신 해고당했어. 그게 다였어. 그렇지만 나는 앞으로 내가 살아가면서 궁지에 몰릴 때면 돌파구를 찾을 수 있다고 믿게 되었어.]

[그건 너무 극단적이에요.]

[아니야. 어느 날 사원들이 의논했어. 과장이 흰밥만 싸 와서 다른 사원들의 반찬을 쓸어 먹는다고, 거기다 다른 사원들에게 반찬을 시킨다고, 얄밉다고, 그러니 사원들이 반찬 없이 볶음밥과 비빔밥을 싸오자고, 가능한 한 재료를 잘게 썰어서 먹자고 의논한 거야. 그러자 과장이 흰밥을 회사 냉장고에 넣어놓고서 사원들의 밥을 서너 숟갈씩 뺏어 먹더라. 그다음 날도, 그다음 날도, 밥들이 반찬들로 바뀔 때까지. 결국 사원들이 두손 두발 다 들었지. 과장은 흰밥을 꺼내 전자레인지에 돌려 사원들의 반찬과 같이 먹었어. 오래돼서 쉰내 나는 밥을. 비위도 참 좋아.]

그가 말했다.

[극단적이어야 과장이 달라질 수 있거든. 과장이 먹는 내 소고기잡채가 아까워서였는지 아니면 과장 입에 들어가는 다른 사원들의 간장게장, 더덕구이, 신선로, 육회가 안타까워서였는지는 몰라. 무엇을 위해서도 누구를 위해서도 아니라 하고 싶은 말을 하기 위해서 나는 말했어. 그러자 과장의 젓가락질이 멈췄어. 과장이 입맛이 없다고 일어났지. 과장은 달라지지 않았고 나는 곧 해고당했지만 얼마 안 가 과장도 해고당했어. 과장은 달라지지 않았지만 상황은 달라진 거야.]

터키어 수강생들 중 한 아주머니의 이야기가 기억난다. 터키어 강의를 3년째 하루도 빠짐없이 듣고 있는 아주머니였다. 인원 부족으로 인해 터키어 강의가 없어지면 다른 시간대에 다른 수강생들의 진도에 맞춰서 합류했다. 한번은 1년 6개월 만에 터키어 강의가 없어졌는데 남은 강의가 알파벳부터 배우는 기초 강의였다. 그러나 아주머니는 합류했다. 터키어 강사가 잠시 기다리다가 진도가 나간 뒤에 합류하라고 말했지만 아주머니는 터키어 강의를 듣지 않으면 견딜 수 없다고 말했다.

아주머니는 말했다.

"돈과 시간은 나중 문제야. 터키어 강의를 들으면 내 생활에 의미가 있어져. 친구를 만나면 '나 터키어 강의 들어!'라고 말할 수 있고 가정 내 대소사가 있더라도 '나 터키어 강의 듣는 때야!'라면서 고민할 수 있어. 내 모든 일에 앞서 내가 신경 쓸 부분이 생기는 거야. 모든 일상에 터키어 강의가 함께 있기 때문에 안심이 되는 거지. 나에겐 무언가 '좇고 있는 것'이 있기 때문에, 아직 괜찮다는 안심. 그래서 터키어 실력은 형편없어. 터키어 실력 향상을 위해서 노력하지 않으니까. 좋아하는 것을 잘하고 싶어. 그러나 내가 좋아하는 것은 터키어 강의를 듣는 것이지, 터키어를 배우는 것은 아니야. 가끔 터키어 강의가 못 따라갈 만큼 어렵게 느껴지면 한 단계 낮은 강의로 옮겨달라고 해."

"왜 하필 터키어였을까요?"

"몰라. 터키어 강의를 듣는다고 말하면 다른 사람들은 왜냐고 물어. 나는 모른다고 답해. 러시아어나 베트남어였어도 마찬가지였을 거야.

어쩌다 보니 그렇게 된 거겠지."

아주머니에 대한 다른 기억은 어느 비 오는 날 터키어 강의 시간에
있었던 일이다. 수강생들이 일제히 믹스커피를 마시면서 창밖을 내다
보고 있는데 아주머니가 문득 '필요 없던 사람이 우연히 꼭 필요한 사
람이 되는 것이 사랑이래'라고 말했다. 수강생들 사이에서 아무 말도
오가지 않고 있었기 때문에 뜬금없었지만, 누구도 갑자기 왜 그러냐
고 묻지 않았다. 그 일은 기억에서 잊혀 있었는데 돌이켜보면 아주머
니는 자신이 왜 터키어 강의를 놓지 못하고 있는 건지 알고 있었던 것
같기도 하다.

아주머니는 터키어 강의를 빼면 다른 사람들과 다르지 않은 사람
이었다. 전업주부로서 시장을 보고 저녁식사를 차리고 아이를 재우고
가계부를 썼다. 그런데 어느 날 갑자기 터키어 강의를 듣게 됐다. 자기
자신은 모른다고 말했지만 실은 자각하지 못하는 어떤 이끌림에 의
해서였다. 그 이끌림은 믿음 같은 것이어서 보이지 않아도 흔들리지
않는 것이었다. 희미하지만 분명히 감지할 수 있는 것이었다. 이유가
있는지는 알지만 구체적으로 무슨 이유가 있는지는 모르는 것이기도
했다. 물론 이유는 그때그때 달라져서 백만 가지 정도는 갖다 붙일 수
있었다.


터키어 강의가 끝난 다음 나는 한스 요아힘 마르세유를 따라가 말
했다.

"아프리카 북소리 이야기 기억해요?"

"기억해."

"아프리카에서 북을 쳐요. '둥둥, 아들이 가출했어요, 발견하시는 대로 알려주세요, 다리몽둥이를 분질러버리게요, 둥둥.' 그러면 아버지와 다투고 집 나온 젊은이는 '집으로 돌아가면 죽겠구나' 혹은 '집에서 많이 걱정하고 있겠구나'라고 알아듣거나 '돌아오라는 뜻인가?' 어쩌면 '뭐래'라고 알아들을 수 있거든요. 그러나 알아듣는 방법은 중요하지 않아요."

내가 이어 말했다.

"중요한 것은 알아듣는 것이 아니라 말하는 것이에요. 예컨대 한 사람이 다른 한 사람에게 '날씨 참 좋군요'라고 말해요. 그 한 사람은 소개팅 나온 여자고 다른 한 사람은 소개팅 나온 남자예요. 비 오고 바람 부는 을씨년스러운 날씨에 소개팅을 했는데 남자가 차가 밀려서 오십 분을 늦었고 정신이 없어서 약속 장소를 잘못 알려줬어요. 여자가 비바람에 젖고 화장이 번져서 뒤늦게 남자를 만났는데 남자가 말했어요. '비에 젖은 생쥐 같네요, 찍찍. 귀엽다고요, 하하하.' 여자가 말했어요. '날씨 참 좋군요.'"

대충 봐도 망한 소개팅 자리였다.

"그때부터 분위기가 착 가라앉았어요. 남자가 쩔쩔매요. '저 여자 화났나?' 여자도 쩔쩔매요. '저 남자 화났나? 왜 대답이 없지?' 사람들은 한 사람이 말하면 그 말에 의도가 있다고 생각하거든요. 그래서 의도를 고민하느라고 말을 제약하곤 해요. 그런데 적어도 백만 가지 경우는 되거든요. 그러니까 하등 쓸데없는 짓이라는 말이에요. 마치 강 하류에 앉아서 흐르는 강물을 바라보면서 '영원이란 무엇인가'에 대해서 고뇌하는 것과 같아요. 여자와 남자는 창이 넓은 카페에 앉아 있었는데 빌딩 사이에 무지개가 뜬 거예요. 여자는 무심코 '날씨 참 좋군요'라고 말했어요. 남자가 '예? 이 날씨가 좋다고요?'라고 말하면 '저기 봐요, 무지개가 떴잖아요'라고 말할 작정이었어요. 그런데 남자가 아무 말 없었어요. 서먹해지기만 했죠. 오해가 생긴 거예요."

말하지 않으면 풀 수 없는 오해였다.

"그러니까 말하는 방법이 중요해요. '저 여자 화났나?'를 생각하는 것보다 '제가 실수 많이 했죠. 제가 따뜻한 차 한잔 대접할게요'나 '비바람 부는데 저 때문에 고생하셨죠. 제가 맛있는 점심 대접해드릴게요'를 생각하는 것이 나아요. 북소리를 들은 젊은이는 다른 북을 쳐서 '저 여기 있어요'라고 말할 수 있어요. '너 왜 집 나갔니?' '아버지가 나가라고 말했어요.' '네가 아껴두던 쌀로 밥을 지었잖아.' '밥이 아니라 아버지를 위한 죽이었어요.' 말하지 않으면 대화할 수 없죠."

상대에게 듣고 싶은 말을 아무 말 하지 않고 들을 수 없듯이 '나는 왜 터키어 강의를 들었을까', '나는 왜 터키어 문법정리를 했을까' 같은 질문들의 해답을 터키어 강의와 터키어 문법정리를 계속하지 않고는 찾을 수 없었다. 듣고 싶은 것과 찾고 싶은 것은 그냥 그 자리에 있는 것들과 다가가는 내가 맞닥뜨리는 좁은 틈새에 희미하게 존재하고 있었다.

터키어 강의 교재 마지막 단원이 끝났을 때, 터키어 강사는 다음 시간에 터키어 시험을 본다고 말했다. 총 스물다섯 문제인데, 사진 묘사, 질의응답, 단문과 장문 공란 메우기, 문법, 독해, 작문으로 구성된다고 했다. 인터넷 사이트에 올린 듣기 파일을 들으라고도 했다. 양치기 소년 이야기였다. 양치기 소년이 소리쳤다. '늑대가 나타났다!' 자꾸만 발음이 뭉그러졌다. 터키어 시험 전날 밤, 시험 범위는 좁은 편이었지만 나는 압박감에 짓눌렸다. 가슴이 답답해져서 숨 쉬기 불편할 정도의 압박감이었다. 마치 코끼리가 가슴을 짓밟는 것처럼 거대한 중압감이었다.

어렸을 때 들은 최초의 난센스는 아빠가 해준 동물 시리즈였다. '코끼리를 냉장고에 넣는 방법은?' '코끼리가 냉장고에 들어가?' '들어가. 냉장고 문을 연다. 코끼리를 넣는다. 냉장고 문을 닫는다.' 그리고 아빠는 웃었다. '그러면 곰을 냉장고에 넣는 방법은?' '냉장고 문을 연다. 곰을 넣는다. 냉장고 문을 닫는다.' '땡. 냉장고 문을 연다. 코끼리를 꺼낸다. 곰을 넣는다. 냉장고 문을 닫는다.' 나도 따라 웃었다. '사자의 생일잔치에 숲 속 동물들이 왔어. 그런데 한 동물만 안 온 거야. 어떤 동물이게?' '내가 어떻게 알아?' '곰. 냉장고에서 아직 안 꺼냈잖아.' 그때 아빠가 말하는 세계는 아주 간단하고 명료했다.

'악어 떼가 사는 늪을 건너는 방법은?' '악어들에게 물려 죽지 않을까?' '아니, 악어들은 없어. 숲 속 동물 모두가 사자 생일잔치에 갔거든.' 내가 초등학교에 입학하고 중학교에 입학하는 동안 아빠는 회사에서 해고당하고 치킨가게를 차리고 동네 치킨가게끼리 하는 치킨게임(겁쟁이(Chicken)게임. 자동차를 타고 마주 보며 달리다가 먼저 피하는 쪽이 지는 게임인데, 여기서는 가까운 거리에서 서로 손님 끌어들이기를 하다가 먼저 문 닫는 쪽이 지는 게임으로 쓰였다)에서 지고 컨테이너크레인운전기능사 자격증을 따서 컨테이너크레인운전을 했다. 그러는 동안 아빠는 난센스 같은 것을 말하지 않게 되었다. 내가 아빠를 아버지라고 격식을 갖춰서 부르고 예의를 차려서 아빠에게 존댓말을 사용하게 되었을 때, 아빠와 나는 사람과 사람 사이에 있게 마련인 일정한 거리를 갖게 되었다. 그 거리는 너무 어렵고 복잡해서 때때로 속상하기도 했다.

단순한 행위를, 학교 시험 범위보다 좁은 터키어 시험 범위를 몇 차례 훑으면 되는 단순한 행위를 도저히 못 할 것 같을 때, 나는 아빠의 난센스가 생각났다. 터키어 강의에는 경쟁도 점수도 없다. 그래서 터키어 시험에는 고난이도 응용문제도 없고 백점 방지용 문제도 없다. 예컨대 성격을 나타내는 표현을 배웠다고 치면, '겸손한, 관대한, 관용적인, 다정한, 따뜻한, 부드러운, 사려 깊은, 성숙한, 신중한, 자상한, 정이 많은, 친근한, 친절한, 호감을 주는, 호의적인' 같은 표현을 배웠다고 치면, 이웃집 아주머니의 짐을 들어주는 여학생의 그림을 그려놓고 '그림에서 나타나는 여학생의 성격을 쓰시오' 같은 문제를 낼 것이다. '그림에서 나타나는 여학생의 성격을 **모두** 고르시오' 같은 문제를 내고 '① 겸손한 ② 관대한 ③ 관용적인 ④ 다정한 ⑤ 따뜻한' 같은 선택지를 줘서 '겸손함이란 무엇인가. 짐 드는 여학생을 겸손하다고 말할 수 있는가' 같은 고민을 하도록 하지는 않을 것이다. 가끔 나는 난센스적인 삶을 생각했다. 당연한 삶, 코끼리를 냉장고에 넣는 방법이 냉장고 문을 열고 코끼리를 넣고 냉장고 문을 닫는 것인 삶, 아주 당연한 삶. 그러나 나는 아주 당연한 삶이 지금 너무 이상하게 생각되고 있었다. 터키어 시험 준비를 할 수 없었다.

나는 '터키어 강의를 그만둘까, 그만두지 말까'를 고민했다. 나는 내가 오래전에 선택했고 오랫동안 바꾸지 않았고 오래도록 계속할 거라고 생각했던 터키어 강의를 그만두는 게 두려웠다. 그러나 나는 터키어 강의와 시험 준비가 부담스러웠다. 어느 순간 자연스럽던 일상이 단 한순간이라도 부자연스러워질 때, 1밀리미터만큼이라도 흐트러질 때가 있었다. 그것은 개인적인 균열이었는데 개인적으로 믿던 것을 믿을 수 없게 돼버렸을 때 왔다. 그럴 때면 새로 믿을 것을 찾아야 한다는 괴로움이 들었다. 나는 터키어 강의를 그만두고 싶다고 생각하면서도 터키어 강의를 확실히 그만두고 싶어 하는지 확신하지 못해 망설이고 있었던 것이다.

누군가 나에게 '터키어 강의를 그만둘 만하다'라는 말을 해줬으면 좋겠다는 생각을 했다. 그러나 물어볼 사람도 대답해줄 사람도 없었다. 물어본다고 해도 대답해준다고 해도 그것은 대답이 될 수 없을 것이었다. 나에 대해서, 내 상황에 대해서, 내 생각과 느낌에 대해서 분명히 아는 사람은 온전히 나뿐이었다. 우유부단하지만 형편없게나마 나를 알고 그나마 정확한 결단을 내릴 수 있는 사람은 안타깝지만 한 사람밖에 없었고 그게 바로 나였다. 나는 방바닥에 드러누워 천장을 올려다보았다. 형광등 불빛에 눈이 부셨다. 힘이 쪽 빠져버린 것 같았다.

터키어 강의를 그만두면 내게 아무것도 남지 않게 될까 봐 나는 두려웠다. 나는 터키어 강의를 듣고 싶어서 들었고 듣고 싶은 만큼 들었는데도 계속해서 듣고 싶은 것처럼 굴고 있었다. 의미가 사라진다고 생각했다. 더 이상 의미가 없다고 해도 붙들고 있어야 할 것 같았다. 나는 시계를 쳐다봤다. 터키어 시험 시간이 다가오고 있었다. 해야 할 일부터 해야겠다고 생각했다. 당장 내일은 그만두지 않을 것이었다. 나는 일어나 터키어 단어들을 외웠다.

터키어 강의실에 가자 터키어 수강생들이 공부 중이었다. 터키어 교재와 요점정리 노트를 내려놓고 읽고 있었다. 세 가지 색 볼펜과 형광펜, 포스트잇으로 정리한 내용들을 훑고 있었다. 교재를 보는 것으로 그친 나는 적잖이 당황했다. 터키어 강사가 시험지를 가지고 왔다. 시험지가 나눠지자 터키어 수강생들은 입을 다물었다. 터키어 강사가 '시험 시간은 열시부터 한시까지다', '커닝과 대화는 금지다', '휴대폰과 교재, 노트는 치워라' 같은 규칙 없이 학습지 나눠주듯 시험지를 나눠줬지만, 터키어 수강생들은 그동안 너무 많은 시험을 봐왔기 때문에 그래왔던 대로 말 한마디 없이, 심지어 연필이나 샤프펜을 쓰는 일도 없이 검은색 볼펜으로 문제를 풀어나갔다.

시험지는 두 장이었다. 3분의 1은 객관식, 3분의 2는 주관식이었다. 시제와 인칭과 문법이 헷갈렸다. 듣기 문제가 어려웠다. 양치기 소년이 소리쳤다. '늑대가 나타났다!' 그다음이 들리지 않았다. 터키어 강사는 천천히 발음해주었다. '늑대가 나타났다!' 다음이 '아주 사나운 늑대다! 양들을 잡아먹고 있다!'라는 것을 내가 알아들을 때까지, 규칙도 격의도 견제도 없이 거듭해서 천천히 발음해주었다. 터키어 강사는 무사히 지나길 바란다고 덧붙였다. 다쳐 상처 입지 않고 삶의 한 과정을 지나가길 바란다는 뜻의 터키 관용어였다.

터키어 시험이 끝났을 때 터키어 수강생들과 듣기 문제가 어려웠다는 말을 주고받으면서, 나는 갑자기 낯설어졌다. 내가 터키어 강의를 듣던 날들을 갑자기 객관적으로 바라볼 수 있게 됐다. 나는 내가 그만둘 때가 되었음을 알았다. 나는 한스 요아힘 마르세유와 점심

식사를 했다. 족발 전문점에서 '50년 전통 황해도 할머니 왕 오향족발'을 먹으면서 난센스 시리즈를 말했다. '소가 웃는 소리를 세 글자로 줄이면? 우하하.' '천하장사가 타는 차를 네 글자로 줄이면? 으라차차.' '씨름선수들이 죽 늘어선 모양을 세 글자로 줄이면? 장사진.' '아빠 두 분 엄마 한 분을 네 글자로 줄이면? 두부한모.' '형과 동생의 싸움에서 가족들이 동생 편만 든다는 말을 여섯 글자로 줄이면? 형편없는 세상.' 그 족발과 난센스 시리즈가 나와 그의 작별인사가 되리라고 나는 어렴풋이 짐작했다.

다음 날 학교 점심시간에 덮어뒀던 일이 다시 벌어졌다. 친구들 중 하나가 내 식판의 반찬을 잽싸게 집어 먹었다. 불고기 두 점이었다. 한 점도 아니고 두 점이었기 때문에 나는 못내 화가 났다. 화를 주체할 수 없어서 나는 말했다.

"내 불고기야."

친구들 중 하나와 다른 친구들이 젓가락질을 멈췄다.

"내 불고기라고."

나는 다시 말했다.

"네 것이 맛있어 보여. 뭘 그런 걸로 그래."

"네 것도 맛있어 보이는데, 내가 다 집어 먹어도 돼?"

"뭐?"

친구들 중 하나의 입에서 웃음기가 가셨다. 친구들 중 하나와 나 사이에서 눈치가 오고 갔다. 화난 나와 당황한 친구들 중 하나. 화가 풀릴 것 같지 않은 나와 화를 풀 방법을 찾는 친구들 중 하나. 몇 초가 기다랗게 흘러갔다. 친구들 중 하나와 나는 젓가락을 세운 채 움직이지 않았고 다른 친구들은 젓가락을 든 채 우물쭈물 식판 바닥을 긁거나 깨작깨작 고사리나물 같은 반찬을 집어 먹었다.

눈치게임이 끝난 건 다른 친구들 중 하나가 눈치껏 젓가락을 집어 들고 불고기 반찬을 집어 먹으면서 마저 식사하기 시작했을 때였다. 그러자 다른 친구들도 눈치를 풀고 식사하기 시작했고 친구들 중 하나와 나도 식사하기 시작했다. 눈치게임의 여운이 남아서 눈치게임 이전으로 돌아갈 수 없었지만 드러내지는 않았다. 서먹한 분위기만 주변을 둘러싸고 있었다. 나는 새우튀김 하나를 집어 먹었다. 점심시간이 끝나가고 있었다.

"다 먹었지?"

다른 친구들 중 하나가 말했다.

"그래, 일어나자."

다른 친구들 중 다른 하나가 말했다. 나는 의자를 밀면서 일어났다.


며칠 뒤 터키문화원에서 터키어 강사가 독수리춤 시연회를 이어 열었다. 터키어 강사는 터키 수프 '부으다을르 파즈 초르바스(buğdaylı pazı çorbası)'를 만드는 방법에 대해서 말했다. '옛날에 저는 금이나 꿈에 대하여 명상했습니다. 아주 단단하거나 투명한 무엇들에 대하여. 그러나 저는 이제 물렁물렁한 것들에 대하여도 명상하렵니다. 오늘 제가 해보일 명상은 부으다을르 파즈 초르바스 만드는 일입니다……. 먼저 필요한 재료를 가르쳐주겠습니다. 준비물은 삶은 밀 한 컵, 플레인 요거트 한 컵, 계란 한 개, 마늘 두 쪽, 양파 한 개, 밀가루 두 티스푼, 올리브유 두 티스푼, 줄기 자른 근대 잎 일곱 장⋯⋯.'* 나는 터키어 강사의 시를 듣다가 다 만들어진 수프를 먹었다. 새하얗게 거품이 올라온 수프는 시큼한 요거트와 민트 향이 섞여서 메스꺼운 맛이었다. 터키어 강사는 한국에 터키 문화를 알리겠다며 먹다 보면 맛있어질 거라며 자꾸 권했다. 나는 터키어 강사를 피해 다른 사람들 속에 숨었다. 다른 사람들 속에서 홍차와 브라우니를 먹는 한스 요아힘 마르세유를 만났다. 그도 수프를 먹고 메스꺼운 속을 달래던 중이었다. 그는 말했다.

"독수리춤 추고 싶어서 왔어?"

"아저씨야말로 독수리춤 추고 싶어서 온 거 아니에요? 전에 잘 추던데."

"터키어 강의 그만두려고 왔어. 미리 낸 수강료도 환불 받고 터키어 강사에게 인사도 전하려고. 너는 터키어 강의 계속 들을 거야?"

"일단 내일은 들을 거예요."

"나는 터키 남자 목소리를 만나러 갈 거야. 바르시만초를 만날 거라고. 물론 나와 그는 나이를 많이 먹어버렸어. 늙은이들이 지난 일들을 돌이켜보는 일은 그렇게 유쾌해 보이지 않을지도 모르겠어. 예컨대 월요일 아침, 노인 둘이 동네 정자나무 평상에서 해바라기를 하는 모습을 상상해봐. 그리고 쉰 목소리로 대화를 나누는데, '왕년에 내가 바둑 왕이었어. 국밥 내기 바둑만 두면 백전백승이어서 내가 국밥을 내 돈 주고 먹어본 적이 없어요. 먹어본 국밥만 해도 굴국밥, 김치국

• 장정일, 「햄버거에 대한 명상」.

밥, 돼지머리국밥, 북어국밥, 사골곰탕, 선지국밥, 소고기국밥, 소내장국밥, 소머리국밥, 숙주해장국밥, 순대국밥, 순두부국밥, 우거지국밥, 육개장, 콩나물국밥 등등 셀 수도 없지. 기억해? 내가 자네를 삼 분 만에 이겨버린 거' 하는 식이지. 지나간 시절을 되새기며 그 기억만으로 산다는 건 썩 유쾌하지 않지. 그런데 그게 한결같이 좋아온 가치일 때는 어느 때보다 빛나는 순간을 맞닥뜨리게 되는 거거든. 한순간에 삶이 꽃처럼 활짝 피는 거야. 그리고 내 삶이 닫힌 문이 아니라 내가 닫은 문이었구나, 하고 깨닫게 되는 거야."

터키어 강사가 독수리춤 추는 소리가 들렸다.

"나는 아버지와 어머니에게서 벗어나고 싶었거든. 그래서 애인도 사귀지 말고 결혼도 하지 말아야겠다고 결심했어. 결국 50년 모태솔로가 됐고. 그런데 그건 '자, 이제부터 방황할 테니까 잘 보세요' 정도였던 거야. 어느 날 어머니가 고등어 한 마리를 구웠어. 아버지가 늦는 날, 아버지 몰래 내 몫을 챙긴 거야. 아버지가 돌아오기 전에 냄새를 빼려고 어머니가 고생한 줄 알면서 나는 투정을 부렸어. 안 먹겠다고. 딴에 자존심이 상했던 거지. 어머니는 빈 부엌에 혼자 남아서 식은 고등어를 먹었어. 그때 어머니는 무슨 생각을 했을까. 나는 오히려 즐겼는지도 몰라. 나를 신경 쓰는 어머니를 보면서 남몰래 즐거워했는지도 몰라. 아버지와 어머니에게서 벗어나고 싶었다면서 어머니의 말에 질려서 집을 나왔다면서 다 어머니 탓이라면서 즐거워했다니, 우습지 않아?"

터키어 강사가 다른 사람들에게 독수리춤 가르치는 소리도 들렸다.

"바르시만초를 만날 결심을 하고 터키어 시험을 봤어. 터키어 강의를 열심히 들었기 때문에 터키어 시험도 열심히 보고 싶었거든. 그런데 시험지를 받으니까 문제도 제대로 안 읽히더라고. 초조하더라. 결심을 하고 뒤도 안 돌아보고 떠났어야 했는데 떠나지 못했으니 초조한 거야. 시험지를 백지로 내고 오며 나는 나를 탓했어. 내가 너무 우유부단하게 느껴지는 거야. 속상해서 족발 먹고 발 씻고 자버렸어."

부엌에서 수프가 맛있다며 한 그릇 더 달라는 소리도 들렸다.

"아까 터키어 강사가 시를 읊었지. 나는 헤르만 헤세의 「생의 계단」이라는 시가 떠올랐어. '모든 꽃이 시들듯이 청춘이 나이에 굴복하듯이 생의 모든 과정과 지혜와 깨달음도 그때그때 피었다가 지는 꽃처럼 영원하진 않으리…… 삶이 부르는 소리를 들을 때마다 마음은 슬퍼하지 않고 새로운 문으로 걸어갈 수 있도록 이별과 재출발의 각오를 해야만 한다…….' 터키어 강의를 듣는 것은 나쁜 것도 좋은 것도 아니야. 터키어 강의를 처음 들을 때는 중요한 의미가 있었을지도 모르지만 일정한 기간이 지나고 충분히 적응되면 덮어두고 떠나야 해. 터키어 강의를 그냥 그 자리에 두고 가야 해. 의미가 있느냐 없느냐는 터키어 강의를 듣느냐 안 듣느냐의 이유가 아니야. 의미가 계속해서 있느냐가 이유고, 언제라도 잃을 수 있으니까 언제든지 그만둘 수 있어야 해."

내가 물었다.

"언제 떠나요?"

그가 대답했다.

"말하고 싶지 않아."

그때 터키어 강사가 흥겹게 춤을 추면서 다가왔다.

"같이 출래요? 되게 의미 있는 춤인데."

나와 그가 세차게 고개를 저으며 물러섰다.

"같이 춰요."

터키어 강사가 나와 그의 손을 한 손씩 잡고 끌면서 말했다.

"터키어 강의는 없어지지 않아요. 터키어 강의 목적은 수강생 수가 아니었기 때문에 존재론적으로는 단 한 번도 위험했던 적이 없거든요. 수강생 수가 줄어든다고 불안해할 필요가 없는 거죠. 그러니까 필요가 있는 건, 이 독수리춤이에요. 독수리춤 추고 부으다을르 파즈 초르바스 한 그릇 먹어요. 아주 맛있어요."

"춤 못 춰요. 춤추면 창피해서라도 터키어 강의 더 못 들어요."

"듣지 마요, 그럼. 이 수강생들은 존재론적으로 위험해지지 않기 위해서 안 오는구나, 하고 생각할게요. 그러니까 지금은 독수리춤 춰요. 설마 존재론적으로 위험한가요?"

나와 그는 독수리춤을 췄다. 독수리의 날갯짓을 흉내 내는데 용맹하기는커녕 닭의 푸드덕대는 날갯짓처럼 형편없기 짝이 없었다. 창밖을 내다보니 어느새 어두워져 있었다. 막차가 끊기기 전에 나가야겠다는 생각에 부으다을르 파즈 초르바스를 (다행히) 거절하고 한스 요아힘 마르세유에게 인사할 새도 없이 서둘러 뛰어나갔다.

# 말하는 사람들

　이제부터 내가 할 이야기는 한 사람의 여러 역할, 일인다역에 대한 내용이다.

　일인다역이라는 것은 이런 것이다. 예컨대 어렸을 때 삼촌을 따라 화투판을 전전하다가 '내가 항상 손발이 찼는데 화투패만 잡으면 혈액순환이 쫘아아아악 됐다'라며 천직 혹은 적성을 발견한 사람이 있다. 초등학교 때 많은 아이의 장래희망이 선생님이던 것처럼, 중학교 때 많은 아이의 장래희망이 아이돌 혹은 아이돌 매니저이던 것처럼, 고등학교 때 많은 아이의 장래희망이 공무원이던 것처럼 자기 자신과 가장 가깝고 익숙한 장소에서 스스로의 삶을 시뮬레이션하게 된 것이다. 가장 많이 보는 것을 가장 많이 생각하게 된다. 화투판에 대해 가장 많이 상상하게 된 사람은 가장 많은 화투 기술 보유자가 된다. 그리고 자신을 이길 확률은 벼락 맞을 확률과 같다고 해서 자신의 별명을 '벼락'이라고 붙인다. 벼락을 이기기 위해 전국 각지의 화투꾼들이 모여들면서 이야기는 시작된다.

'벼락같이'라는 부사는 '일어난 행동이 몹시 빠르게', '소리가 크고 요란하게'를 의미한다. 벼락이 밥 먹을 때, 잠잘 때를 막론하고 벼락같이 화투꾼들이 들이닥친다. 꼬들꼬들한 라면을 막 입에 넣으려던 순간, 좀 자보려고 불 끄고 누우려던 순간, 라면 냄비를 걷어차면서 어둠 속을 파고들면서 한 판 하자고 말한다. 어느 날은 벼락이 부아가 치민다. 누구든 걸리면 제대로 붙어버리겠다고 결심한다. 그때 마침 화투판에 나타나기만 하면 곧 죽음이라는 소문난 화투꾼 '죽음의 사신'이 등장한다. 벼락과 죽음의 사신은 죽음의 베팅을 한다. 판돈과 기세가 죽음의 수치다. 잃을 게 많으니 흥미진진하기 짝이 없다. 그런 판은 집에서 할 수 없다. 배라도 한 척 빌리면 좋지만 현실은 영화가 아니니까, 바닷가에 가서 돗자리를 깔고 화투를 친다.

한밤중의 바닷가다. 철썩이는 파도 소리와 착착 감기는 화투장 소리가 꽤 낭만적인데 영 집중되지 않는다. 연인들이 뛰놀고 대학생들이 기타 치고 친구들이 불꽃놀이 하고 가족들이 텐트 치고 열대야를 즐기는 밤, '1억', '5억', '10억' 하면서 치는 화투가 실감나지 않는다. 오히려 회의가 든다. 이게 뭐 하는 건가 싶다. 나는 뭐 하고 있나 생각한다. 벼락과 죽음의 사신의 눈이 마주친다. 말없이 대화가 나눠진다. 죽음의 사신이 말한다. '회 내기 콜?' 벼락이 말한다. '콜.' 그제야 생기가 돈다. 화투장이 맛깔나게 부딪친다. 착착 달라붙는다.

벼락과 죽음의 사신은 삼세판을 한다. 벼락이 한 판, 죽음의 사신이 두 판 이긴다. 결국 죽음의 사신이 이긴 셈이지만 점수로 보나 금액으로 보나 벼락이 더 크게 이겼다. 벼락과 죽음의 사신은 비긴 것으로 합의하고 한 사람은 회, 한 사람은 술을 사기로 한다. 벼락과 죽음의 사신은 근처 횟집에 간다. 농어회와 광어회를 30만 원, 소주 세 병을 3만 원에 먹는다. 한참 먹는데 옆자리 아저씨가 같은 메뉴를 시킨다. 옆자리 아저씨는 각각 10만 원, 만 5천 원을 낸다. 벼락과 죽음의 사신은 바가지를 썼음을 깨닫는다. 화투를 치느라고 세상물정을 모르고 있었다. 식탁이라도 뒤엎고 싶지만 주인아저씨가 너무 무섭게 생겼다. 게다가 지금까지 주먹은 화투장 숨기는 용도였지, 주먹다짐하는 용도는 아니었다. 벼락과 죽음의 사신은 그냥 허허 웃기로 한다.

밤새도록 술을 마신다. 벼락과 죽음의 사신은 술에 취해버린다. 그리고 쏟아지는 잠을 주체하지 못하고 돗자리 쪽으로 걸어간다. 돗자리에는 화투장이 흩어져 있다. 술김에 화투장을 보니 화투 욕구를 주체할 수 없다. 벼락은 화투장을 섞고 죽음의 사신은 팔짱을 끼고 노려본다. 벼락이 화투장을 나눈다. '나는 밑에서 한 장, 죽음의 사신은 위에서 한 장, 다시 나는 밑에서 한 장, 죽음의 사신은 위에서……' 그때 죽음의 사신이 벼락의 팔목을 턱 잡는다. 죽음의 사신은 벼락의 눈을 빤히 쳐다본다. 곧장 입을 갖다 댄다. 바지 안에 손을 집어넣는다. 벼락과 죽음의 사신은 말 그대로 벼락 맞을 확률로 죽음의 밤을 보내게 된다.

날이 밝는다. 벼락과 죽음의 사신은 바닷가 양쪽 끝에 누워 있다. 햇볕은 따갑고 얼굴과 몸은 모래범벅이고 머리는 깨질 것같이 아프다. 지난밤이 파노라마처럼 지나간다. 벼락과 죽음의 사신의 눈이 마주친다. 그러나 벼락과 죽음의 사신은 고개를 돌리고 각기 다른 방향으로 걷는다. 일인다역이라는 것은 그런 것이다. 화투꾼이었다가 회

내기 화투 치는 철없는 어른이었다가 술친구였다가 바가지 쓰는 멍청한 어른이었다가 비록 남자와 남자라고 해도 뜨겁게 사랑하는 진짜 어른이었다가 뒤도 안 돌아보고 떠나는 것이다. 누군가에 의해 혹은 누군가를 위해 무엇이든 되고 결국 스스로가 돼서 떠나는 것. 만약 날이 밝았을 때 벼락과 죽음의 사신에게 대화할 힘이 남아 있었다면 벼락과 죽음의 사신은 아주 멋진 대화를 나눴을 것이다. '잘 잤어요?', '잘 잤어요. 당신은요?'라고. 서로와 서로를 바라보면서.

존나 카와이한 그룹에서 두려워하고 메신저 비행기 전투 게임에서 불안해하고 터키문화원에서 무서워하던 나는 결국 내가 되었다. 나는 내가 하고 싶은 말을 하기 위해서 노력하고 있었다.


나는 남중 애에게 짧은 편지를 썼다.


### 존댓말의 의미

예컨대 터키에서는 존댓말이 2인칭 복수형으로만 사용된다.

예) 1. 당신(들)은 아주 멋진 사람이에요.
    2. 이 많은 일을 다 하는 당신(들)은 아주 멋진 사람이에요.

그러나 존댓말의 사용은 당신(들)이 여러 사람이라는 뜻만을 지니지는 않는다. 당신 한 사람이 여러 사람의 역할을 하는 중요한 사람일 경우 존댓말을 사용한다.


'그러니까 "중요한 사람에게 존댓말을 사용한다"라는 말이야. 우리나라에서도 그렇듯이. 그래서 너에게 존댓말을 사용할게. 당신은 나에게 중요한 사람이었어요. 당신이 있어서 친구들과의 관계도 원만했었고 당신이 있어서 내가 친구들처럼 평범한 중학생이 된 것도 같았어요. 당신의 이야기를 들으면서 깨닫는 것도 많았어요. 하지만 당신에 대한 내 마음은 진심이 아니었어요. 미안해요. 나는 당신을 좋아하지 않아요. 헤어져요'라고 썼다. 남중 애를 차고 나니 마음이 조금 편안해졌다.

점심시간에 나는 친구들과 같이 급식소에 갔다. 두 명씩 짝지어 앉는 식탁에서 나는 앞자리를 비워놓고 밥을 먹게 되었다. 동떨어지고 소외되는 기분에 사로잡혔다. 그러나 식판놀이였고 눈치게임이었기 때문에 나는 잠자코 밥을 먹었다. 그때 친구 하나가 말했다.

"의자 하나 붙여서 둥그렇게 앉아 먹자."

"뭐?"

"허공 보고 밥 먹는 기분일 거 아니야."

그리고 사인용 식탁 옆에 의자 하나를 붙였다. 친구들과 마주 보며 앉자 나는 친구들 사이에서 일종의 표현으로 사용되던 눈치가 어느새 사라졌음을 알았다.

그때 친구들 중 하나가 친구 하나 식판의 반찬을 잽싸게 집어 먹었다. 노란빛으로 노릇노릇한 껍질, 바삭바삭 소리가 날 것 같은 껍질, 부드럽게 뭉친 고기, 뜨끈한 육즙이 스민 고기. 배고픈 시간의 군만두 두 개였다. 군만두는 세 개밖에 없었기 때문에 친구 하나는 화난 표정이었다. 그러나 드러내지는 못했다. 그러자 또 다른 친구가 말했다.

"너도 있잖아."

"쟤 것이 맛있어 보여. 어, 얘 것도 맛있어 보인다."

"어, 네 것도 맛있어 보인다."

또 다른 친구는 친구들 중 하나 식판의 군만두 세 개를 다 집어 먹었다. 군만두 옆에 있던 마늘쫑건새우볶음에서 건새우만 골라 먹기도 했다. 친구들 중 하나의 입에서 웃음기가 가셨다. 입을 삐죽거리더니 곧 울상이 되었다. 이제 친구들은 눈치게임을 하지 않았다. 눈치를 보는 대신 먼저 말해버렸다. '왜 네가 내 것을 먹어!' 그 한마디를 뒤늦게 했다. 친구들 중 하나는 울다가 고개를 숙이고 마늘쫑에 이마를 찔리고 눈썹 위에 깨소금을 붙이고 고개를 들고 다시 울었다. 우는 것 외에 아무 말도 하지 못했다.

나는 말하지 않고 기대하는 것이 많았다. 발표할 때 손을 들지 않아도 내가 답을 알고 있다는 사실을 선생님이 알아주겠지, 급식에 내가 좋아하는 비엔나소시지볶음이 나왔네, 급식 받을 때 따로 얘기하지 않아도 배식원 아주머니가 많은 양을 주겠지, 미리 말해두지 않아도 내가 콩나물국이 먹고 싶으니까 엄마가 끓여주겠지, 혼자 있고 싶을 때 책상 밑에 들어가 있으면 아무도 나를 건드리지 않겠지, 그네에서 혼자 놀고 싶은데 다른 애들이 알아서 안 와주겠지, 남중 애랑 통화하고 싶은데 기다리고 있으면 곧 전화가 오겠지, 오늘 예쁘게 꾸미고 나왔는데 예쁘다는 말을 듣고 싶다, 누군가 해주겠지, 약속 시간보다 일찍 나왔지만 친구도 일찍 나오겠지, 앞에 앉아 있는 남중 애가 내 뒤에 있는 텔레비전 말고 나를 바라봐주면 좋겠다, 내 생일인데 다른 말이 아닌 태어나줘서 고맙다는 말을 듣고 싶어, 그 말을 꼭 해줘…….

막무가내처럼 보일지도 모르지만 나는 내심 기대하는 것이 많았고 그대로 되지 않으면 속상해졌다. 다른 사람들에게 '왜 해주지 않느냐'라고 말하지 않고 혼자 실망했다. 그러면서 나는 아무것도 믿지 말자고 다짐했다. 내가 원하는 것이 이루어진 적은 한 번도 없었기 때문에. 그러나 내가 원하는 것을 내가 말한 적 또한 한 번도 없었다.

내가 원하는 것을 말하기 위해 노력한 적이 있다. 어느 날 나는 내게 정기적으로 할 무언가가 필요하다는 사실을 알았다. 줄넘기나 자전거 타기는 내가 흥미를 느끼지 못했고 피아노나 재즈를 배우기 위해 학원에 다니는 것은 부모님이 필요성을 느끼지 못했다. 나는 내가 할 수 있는 것을 찾았다. 그것은 한 라디오 프로그램의 오프닝을 매일 듣는 것이었다. 오늘 하루는 어땠냐고 물으며 잔잔한 발라드 음악을 틀어주던 오프닝을 나는 매일 같은 시간에 들었다. 나는 매일 같은 시간에 매일 같은 행위를 하고 있다는 사실에 위로를 받았는데, 어떤 믿을 만한, 항상 그 자리에 있는 무언가를 찾은 느낌이었다.

내 성감대를 찾는 행위도 같은 맥락이었다. 아주 어렸을 때 나는 내 성기 윗부분을 손바닥으로 문지르는 행위에서 성적 쾌감을 느꼈는데, 그때는 성적 쾌감에까지 생각이 이르지 못했기 때문에 그동안 느껴보지 못한 느낌, 일종의 만족감 정도로 알았다. 나는 가끔 혼자 있을 때면 그 부분을 문지르곤 했다. 혼자서 할 놀이가 없을 때 그 행위는 간단하면서도 즐거운 기분을 느끼게 해주었기 때문에 효율적이었다. 나는 점점 텔레비전을 보면서, 침대에 엎드려서 그 행위를 하게 되었다. 나는 한 손이 아닌 두 손으로, 손바닥에서도 손바닥과 손목 사이의 뼈 부분으로 문지르면 쾌감이 더 크다는 사실도 알게 되었다. 나는 항상 쾌감이 드는 부위를 알게 되었고, 그것은 늘 내게 있는 무언가를 찾은 것이었다.

내가 원하는 것은 말하지 않아도 알아주는 절대적인 것이었을까. 다른 사람들은 내가 말하지 않으면 내가 원하는 것을 알아주지 않는다는 사실을 알아서, 내가 다른 사람들과 어울리는 것에 어려움을 겪었을까. 그러나 나는 말하는 방법을 조금 알았다. 내가 무엇을 원하는지 알기 위해서도 말해야만 한다는 사실도 알았다. 나를 이해하기 위해서 나는 나에 대해서 말해야 한다. 아주 의미 없어 보이는 이야기라도.

어느 날 점심시간에 나는 친구들과 같이 분식집에 갔다. 나와 친구들은 냉라면, 짜장라면, 치즈라면, 카레라면, 해물라면, 햄라면을 먹었다. 그때 한 친구가 김칫국물 묻은 나무젓가락을 내밀었다. 그리고 라면을 휘휘 저으면서 한 젓가락씩 얻어먹었다. 한 친구의 젓가락에 묻어 있던 고춧가루가 라면국물 위를 떠다녔다. 다른 친구들이 말했다.

"따로 시켜 먹어."

"라면 한 젓가락 갖고 왜 그래."

"네 입에 들어갔다 나온 젓가락이야."

"친구 사이에 뭘 그래."

"불쾌하거든."

나는 내 라면을 먹으라고 말했다. 내가 배불렀고 또 내 라면이 맛없었기 때문이었다. 한 친구가 젓가락을 꽂았다. 다른 친구들이 괜찮으냐고 물었다. 그때 나는 내가 실수했다는 것을 알았다. 나는 라면이 먹고 싶지 않아도 김칫국물 묻은 나무젓가락과 라면을 휘휘 저으면서 한 젓가락씩 얻어먹는 행위를 대수롭지 않게 지나쳐서는 안 됐던 것이다. 당장 내게 피해가 없더라도 불쾌하다고 말했어야 했다. 친구들은 당장 자기 자신에게 피해가 있든 없든, 앞으로 자신에게 올 수 있는 피해를 위해서 할 말을 했다. 나는 당장 내게 피해가 있을 때만 눈치를 보고 겨우 할 말을 했다. 나는 친구들보다 가야 할 길이 멀었고, 해야 할 말이 더 많았던 것이다.

어느 날 나는 아버지와 식사했다. 아버지와의 식사에는 '배추김치 결 맞춰 찢어 먹어라'라는 규칙이 있었다. 배추김치는 결 맞춰 찢어 먹는 것이 편하기 때문에 나는 대체로 결 맞춰 찢어 먹는 편이었다. 그러나 가끔 찢어 먹는 것이 성가셔서 베어 먹는 경우가 있었다. 그때도 베어 먹었다.

"배추김치를 베어 먹어?"

아버지가 나를 쳐다봤다.

"배추김치는 결 맞춰 찢어 먹어. 베어 먹으면 보기에도 안 좋고 위생적으로도 좋지 않아. 앞니에 고춧가루가 낄 수 있고 반쯤 잘린 배추김치에 네 침이 묻어 있는 셈이니까. 찢어 먹으면 우선 한 입에 넣을 수 있고 네가 먹던 배추김치를 다른 사람도 먹을 수 있어. '어차피 제가 다 먹을 거예요' 같은 말은 하지 마. 밥을 다 먹고도 반찬이 남았다면서 반찬만 먹는 짓만큼 미련한 짓도 없으니까."

아버지의 눈이 사나웠다. 아버지는 젓가락을 내려놓고 나를 노려보기 시작했다. 내가 배추김치를 결 맞춰 찢어 먹을 때까지 젓가락을 집어 들지 않을 것이었다. 나는 소리쳤다.

"왜 배추김치 갖고 그러세요. 차라리 성적이나 교우관계 같은 걸로 그러세요."

그동안 '네?', '어째서요?', '그래도……' 같은 말로 되묻거나 말끝을 흐리긴 했어도 내가 하고 싶은 말을 한 적은 없었다. 나는 고개를 숙이고 눈을 내리깔고 있기 일쑤였던 것이다. 아버지는 다소 놀란 것 같았다. 아버지는 무슨 말을 하려다가 두 눈을 감고 심호흡부터 했다. 그리고 소리쳤다. 나는 시뻘건 눈동자와 핏발 선 목을 볼 수 있었다.

"내가 너한테 해야 할 말은 그런 거야!"

심장이 뛰고 있었다. 쿵쾅쿵쾅 소리가 내 안에서 들리는 것인지 내 밖에서 들리는 것인지 알 수 없었다. 어쩌면 아버지에게서 들리는 것일 수도 있었다. 나는 혼란스러웠다.

"내가 배추김치를 결 맞춰 찢어 먹지 않는다고 아버지를 탓할 사람은 없어요."

"내가 나를 탓해."

아버지가 말했다.

할아버지는 아버지가 무슨 일을 하든지 이해했다. 달고나를 만들다가 국자를 태워도, 계란프라이를 하다가 프라이팬을 태워도, 돋보기를 갖고 놀다가 장판을 태워도 이해했다. 그래서 아버지는 점점 대담한 일을 했다. 마당에 널어둔 옷가지들을, 이불들을, 돋아나는 잔디들을, 나무들을 태웠다. 한번은 마당을 홀랑 태워버릴 뻔했다. 화단이 잿더미가 되고 평상이 무너지기 직전 다행히 근처 소방서에서 달려와주었다. 소방관들은 조심하라고 주의를 줬지만 할아버지는 '어린애가 뭘 알겠느냐'라고 손사래를 쳤다. 아버지를 혼내려는 할머니로부터 아버지를 감싸주기도 했다.

가로수 한 그루를 태우고 마을 뒷산 나무 일곱 그루를 태웠다. 그래도 할아버지는 뒷짐을 지고 바라보았다. 하루는 안방 벽지를 태웠다. 벽에 붙은 불이 번져서 문을 막아버렸다. 불 속에 갇힌 아버지는 울었다. 나중에 달려온 가족들은 들어갈 엄두를 못 냈다. 소리만 지르는 가족들을 제치고 겨우 할머니가 뛰어들어가 아버지를 구했다. 눈이 맵고 목이 매캐해서 울면서 기침해대는 아버지를 보고 할아버지는 머리를 쓰다듬어주었다. '벽지랑 장판을 다시 해야겠구나.' 어릴 때니 다 이해한다는 식이었다. 그동안 인자하다고 생각했던 아버지였다. 다시 보니 그렇게 무서울 수가 없었다.

"그러니까 내가 너한테 해야 할 말은 그런 거야."

아버지가 다시 말했다.

아버지를 아주 이해할 수 없는 것은 아니었지만 그래도 나는 배추김치를 베어 먹었다. 아버지는 젓가락을 내려놓고 소리쳤고 나는 계속해서 배추김치를 베어 먹었다. 그러다가 아버지가 화를 주체하지 못하고 내 뺨을 때려버렸다. 내 고개가 돌아갔고 나는 소리를 질렀다. 소리를 지르면서 펑펑 울었다. 막 태어나 처음 울던 순간처럼, 나는 비로소 목이 뻥 뚫린 것 같았다.

한참 울다가 의자 옆에서 깨어났다. 얼굴은 눈물이 말라붙어서 뻣뻣했다. 목은 따끔거렸고 팔다리는 얻어맞은 것처럼 멍이 들어 있었다. 머리와 몸이 무거워서 나는 나를 간신히 일으킬 수 있었다. 나는 침대 위로 올라갔다. 그리고 눈을 감고 오랫동안 잠을 잤다. 아주 먼 곳으로 떠나는 것 같았다.

터키어 강의를 그만두기 위해 터키문화원에 갔을 때 나는 한스 요아힘 마르세유를 만날 수 있었다. 그는 터키어 문법정리를 보여주었다.

**복수형의 복수형**

예컨대 복수를 표현할 때 복수형을 사용한다. 그런데 수량이 아닌 인사 표현에 사용할 경우 뜻이 더 확장된다.

예) 1. 좋은 아침입니다 + 복수형 = (매일) 좋은 아침입니다.
　　2. 좋은 날이군요 + 복수형 = (매일) 좋은 날이군요.

한국어에서는 사용되지 않지만 터키어에서는 대부분의 인사표현에 사용된다. 대표적으로 좋은 아침, 점심, 저녁을 나타내는 표현이 있다. 그러한 표현들을 일회성으로 끝내지 않고 과거와 미래를 포괄해 지속시키는 역할을 한다.

그는 다른 말을 하지 않았다. 그와 나는 시간이 지나도 인사를 나눌 수 있다고 별다른 부연설명 없이 대화했다. 나는 다시 깊은 잠에 빠져들었다.

이게 끝은 아니다. 드라마나 영화, 특히 공포영화에서 보면 다음 이야기를 자연스럽게 이어갈 수 있는 암시 같은 것을 남겨두곤 한다.

예컨대 더 알아볼 여지가 있는 장면, '뭐? 홍콩할매귀신이 사실 우리 할머니였다고?' 아, 이건 좀 오버 같으니 다시, '뭐? 달걀귀신이 우리 집에 있는 달걀들에서 부화할 수 있다고?' 좀 부자연스러우니 다시, '뭐? 처녀귀신이 남 일이 아니라고?' 자매품인 '뭐? 총각귀신이 남 일이 아니라고?'도 있지만 너무 현실적이라 재미가 없어 보이니 다시, '뭐? 삼태기 절구통 몽당 빗자루 도깨비 바구니 깨진 사발 꿰다 놓은 보릿자루 도깨비가 천 년 만에 잠 깨어 나타났다고?' 너무 비현실적이라 재미가 없어 보이지만 뭐, 이런 것이 있다. 혹은 아귀가 맞지 않는 장면, 다 죽인 괴물의 새끼손가락이 꿈틀, 한다든가, 사라진 요괴의 웃음소리가 바람결에 희미하게 들려온다든가 하는 것도 있다.

공포영화의 법칙인 것이다. 물론 현실은 공포영화가 아니지만 자주 두려워하고 불안해하고 무서워한다는 점에서 공포영화의 법칙 정도는 적용시킬 수 있을 것이다. 이제 끝이라고 생각했던 것들이 사실은 끝이 아닐 수도 있고 어쩌면 동떨어져 있다고 생각했던 것들이 사실은 한 데 모여 있을 수도 있으니까. 그러니까 더 알아볼 여지가 있거나 혹은 아귀가 맞지 않는 것들을 되새기다 보면, 언젠가 다 같이 이야기를 나누게 되는 격렬한 2탄이 시작될 수도 있을 것이다.

터키어 강의를 듣던 사람들이 떠났다. 진도를 좇아가지 못해 그만두거나, 재미가 없어서 멈추거나, 더 배우기 위해서 유학이나 이민을 갔다. 이제 터키어 강의에 대한 두려움은 수강생 부족으로 폐강될 수 있다는 두려움이 아닌 터키어 강의를 듣던 사람들 중 자기 자신만이 아무것도 하지 않고 있을 수도 있다는 두려움으로 바뀌었다. 나는 두 가지 여지를 모았다. 낚시가게 아저씨 엉덩이가 아저씨들의 매력 따위로 설명될 수 없었듯, 다른 어떤 것들로도 설명될 수 없는 것들에 대해 다시 이야기하고 싶어서였다. 낚시가게 아저씨 엉덩이나 노숙자 아저씨 오줌 같은 것, 몇 천 명의 사람들이 게임에 미쳐가는 광경이나 엉터리 터키어 문법정리 같은 것, 어쩌면 나 같은 것.

| | 더 알아볼 여지가 있는 것 | 아귀가 맞지 않는 것 |
|---|---|---|
| 한스 요아힘 마르세유 | 한스 요아힘 마르세유는 전투 비행 시뮬레이션 게임 마니아였을까? | 한스 요아힘 마르세유가 잊지 못한 여성 혼성그룹 '아나톨리아'와 남성 솔로가수 '바르시만초'는 서로 다른 사람들이다. |
| 남중 애 | 나랑 헤어진 남중 애는 다시 무엇을 훔치기 시작했을까? | 남중 애의 부모는 부자가 아니고, 남중 애는 기초생활수급자다. |
| 터키어 강사 | 터키어 강사는 대리석 공장 후계자다. 그리고 어떤 방식으로든 물려받게 될 것이다. | 죽어도 지원 안 받고 잘 먹고 잘 산다더니, 터키문화원 계단이 유난히 고급스러운 대리석으로 바뀌어 있다. |
| 나 | 터키어 강의를 그만둔 나는 이제부터 무엇을 하게 될까? | 내가 터키어 문법정리를 한 것은 터키어 시험을 잘 보기 위해서였다. |

작가의 말

책이 언제 나오느냐고 묻는 사람이 많았다. 스물한 살 가을부터 스물두 살 가을까지 소설을 쓰는 동안에도, 스물세 살 봄 첫 장편소설을 우연히 계약한 후에도, 스물네 살, 봄을 기다리며 교정을 볼 때에도 내내 그놈의 책이 도대체 나오기는 하는 것이냐고 묻는 사람이 많았다. 그때마다 나는 얼른 출판해버리고 싶다가도 모든 연락을 받지 않고 캄캄한 굴에 들어가서 쉬고 싶었다. 아무것도 하지 않았는데 종일 지친 기분이었다.

글쓰기가 좋아서, 문예창작학과에 진학하면서 나는 이런 꿈을 꾸었다. 이제 문제집을 보지 않고『데미안』을 읽는다고 혀를 차는 선생님도 없고, 김연수 작가의 단편소설「당신들 모두 서른 살이 됐을 때」가 정말 좋더라는 말을 하면 나도 그렇더라, 고 맞장구쳐줄 친구들도 있을 거라고. 책상 앞에서『수학의 정석』을 옮겨 쓰는 대신「무진기행」을 베껴 적어도 부모님이 흐뭇하게 사과를 깎아줄 거라고. 이제 나를 가장 힘들게 하는 것은 내가 가장 좋아하는 것뿐일 테니까, 나는 쓰고 싶은 것을 쓰고 읽고 싶은 것을 읽고 배우고 싶은 것을 배우면 된다고. 그래서 왜 빨리 책을 내지 못하느냐, 왜 빨리 작가가 되지 못하느냐는 다그침은 미처 생각지 못했다. 대학에 들어가고 2년간 한 자도 쓰지 못한 나는 자주 무기력했고 더욱 무력해졌다.

글을 쓰겠다고, 처음 떠난 곳은 고시원이었다. 침대를 놓으려고 책상을 파고 들어가야 하는 곳이었다. 나는 거기서 글을 쓰기는커녕 잠만 잤는데, 잠자는 것 외의 다른 일은 의미가 없게 느껴졌기 때문이었다. 불을 끄고 이불을 덮고 누워 있으면 시간이 흐물흐물해지는 느낌이 들었다. 나와 내 삶이 먼지가 쌓여가는 박쥐 모형처럼, 그렇게 박제되어버린 것 같았다. 나는 영영 갇혀 있게 될까 봐 종종 무서웠다. 나는 정말 글을 쓰고 싶나. 그래서 여기 있나. 그 물음은 고시원을 떠나 화천, 속초, 파주, 강화도, 대전 등지를 떠도는 동안에도 계속해서 나를 따라다녔다.

나는 정말 글을 쓰고 싶나. 여진히 불안하고 두려운 날늘이 지나가고 있다. 내가 아무것도 되지 못할까 봐 겁이 난다. 그러면서도 나는 꼭 무엇이 되지 않아도 된다고 나를 다독인다. 나는 아마 평생 고민할 것 같다. 자신 있게 글을 쓰다가도 자주 도망치거나 숨어버리고 싶어질 것 같다. 주변 사람들에게 나를 재촉하지 말라고 하다가도 내가 나에게 조바심을 내며 나를 땅 끝까지 몰아갈 것 같다. 그러나 늘 진심으로 절망적이지는 않을 텐데, 어떻게 됐든 나는 계속 글을 쓰리라는 걸 내가 잘 알고 있기 때문이다.

글을 쓰면서, 아직 어리다는 이유로 내가 줄 수 있는 것보다 더 많은 것을 받기만 했다. 언젠가 갚을 날이 있을 거라는 막연한 평계로 마음의 빚을 너무 많이 졌다. 소설 쓴다는 딸을 늘 말없이 믿어주시는 부모님, 글을 대하는 마음가짐을 가르쳐주시는 정지아 교수님, 방현석 교수님, 이승하 교수님께 감사드린다. 스무 살이 되고 2년여간 내가 가장 사랑하는 장소였던 이스탄불문화원, 터키어를 사랑하게 해준 Kadir Hoca, Inhoon Bey, Eda Hanım, 처음 내 이야기를 들어준 한스 요아힘 마르세유와 내 이야기를 도와준 근수 오빠, 기원 언니, 언제나 자극을 주는 친구들 정국, 기범, 세인에게 고마움을 전한다. 그리고 이 책이 나오는 동안 고생한 나무옆의자 출판사 관계자분들께도 인사를 하고 싶다.

2016년 어느 날
우마루내

# 터키어 수강일지

초판 1쇄 인쇄 2016년 5월 9일
초판 1쇄 발행 2016년 5월 11일

지은이 우마루내
펴낸이 이수철
주  간 신승철
편  집 정사라, 최장욱
교  정 하지순
마케팅 정범용
관  리 전수연

펴낸곳 나무옆의자
출판등록 제396-2013-000037호
주소 서울시 마포구 성미산로1길 67 다산빌딩 301호(03970)
전화  02) 790-6630 팩스 02) 718-5752

페이스북 www.facebook.com/namubench9
인쇄 제본 현문자현 종이 월드페이퍼

ⓒ 우마루내, 2016
ISBN 979-11-86748-58-9  03810

* 이 도서의 국립중앙도서관 출판예정도서목록(CIP)은 서지정보유통지원시스템
  홈페이지(http://seoji.nl.go.kr)와 국가자료공동목록시스템(http://www.nl.go.kr/kolisnet)에서
  이용하실 수 있습니다. (CIP제어번호 : CIP2016004483)